Mario Benedetti

La tregua

•

휴전

창비세계문학

40

•

휴전

•

마리오 베네데띠

김현균 옮김

창비

차례

•

휴전
9

작품해설 / 몬떼비데오 사람들의 잿빛 초상
221

작가연보
232

발간사
241

일러두기

1. 이 책은 Mario Benedetti, *La tregua*(Cátedra 1992)를 번역 저본으로 삼았다.
2. 본문 중의 각주는 옮긴이의 것이다.
3. 외국어는 되도록 현지 발음에 가깝게 표기하되, 일부 우리말 표기가 굳어진 것은 관용을 따랐다.

나의 오른손은 제비
나의 왼손은 싸이프러스
나의 앞머리는 산 사람
그리고 뒷머리는 죽은 사람.

비센떼 우이도브로[1]

1 비센떼 우이도브로(Vicente Huidobro, 1893~1948): 칠레의 시인. 라틴아메리카 전위주의를 대표하는 흐름의 하나인 창조주의(creacionismo)를 주창했다. 제사(題辭)로 인용된 시는 「생사의 노래」(Canción de la muervida)의 일부로 1, 3행은 삶, 2, 4행은 죽음과 결부되어 있다.

2월 11일 월요일

이제 퇴직까지 6개월 28일밖에 남지 않았다. 그날을 손꼽아 기다린 지 어느덧 5년이 넘었다. 나에게 정말 휴식이 그토록 절실할까. 아니다. 내게 필요한 건 휴식이 아니라 하고 싶은 일을 할 권리다. 가령 정원 가꾸기는 어떨까? 일요일에 집구석에 틀어박혀 빈둥대는 걸 방지하기 위한 활동적인 휴식으로 그만이다. 또 필시 언젠가는 찾아올 관절염을 은근히 예방하는 좋은 비법이기도 하다. 하지만 그 일을 매일 참아낼 수 있을지 자신이 없다. 그럼 기타는 어떨까? 괜찮을 것 같다. 하지만 나이 마흔아홉[2]에 악보 보는 법을 배운다는 건 왠지 처량해 보인다. 그렇다면 글쓰기는? 형편없지는 않

2 작품의 배경이 되는 1950년대 말 우루과이의 법정 퇴직연령은 50세였다.

을 것이다. 적어도 사람들이 내 편지를 재미있어하는 편이니 말이다. 그래 봤자다. '오십을 목전에 둔 신진작가의 주목할 만한 점'을 언급한 짤막한 작가 소개를 떠올리자니 그 가능성만으로도 역겹다. 나 자신이 아직 철없고 미숙하게 (말하자면 젊은 날의 단점만 남고 장점이라고는 거의 없다고) 느껴진다고 해서 그 철없음과 미숙함을 밖으로 드러낼 권리가 주어지는 건 아니다. 노처녀인 사촌이 하나 있었다. 그녀는 우울하면서도 천진난만한 미소를 지으며 디저트를 만들어 모두에게 선보이곤 했다. 그 미소는 모터사이클 선수였던 애인 앞에서 아양을 떨던 시절부터 그녀의 입가를 떠난 적이 없었다. 그 애인은 숱한 '죽음의 커브길들' 중 어딘가에서 죽음을 맞고 말았지만. 그녀는 쉰셋의 나이에 어울리게 옷을 입었고, 다른 면에서도 신중하고 차분했다. 하지만 미소를 지을 때면 어김없이 싱그러운 입술과 눈부신 살결, 매끄러운 다리를 가졌던 스무살 시절로 돌아가곤 했다. 애처로운 몸짓이었지만 그뿐, 결코 우스꽝스러워 보이지는 않았다. 그 얼굴에서는 선함도 묻어났기 때문이다. 아, 고작 애처로워 보이고 싶지 않다는 그 한마디 말을 하려고 이렇게 주절거리는 꼴이라니.

2월 15일 금요일

사무실에서 그럭저럭 일을 해내려면 퇴직이 코앞에 닥쳤다는 생각을 억지로라도 떨쳐버려야 한다. 그러지 않으면 손가락에 힘이 지나치게 들어가서 표제의 서체로 써야 하는 로마체가 볼품없이 구불구불해지기 때문이다. 로마체는 내가 회사원으로 일하면서 얻은 가장 좋은 평판의 하나다. 하나 고백하자면, 난 대문자 M이나 소문자 b 같은 몇몇 글자의 생김새를 보면 기분이 좋다. 그래서 과감하게 새로운 시도를 해본 적도 있다. 내 업무에서 그나마 덜 싫은 부분이 있다면 그건 일의 기계적이고 반복적인 성격이다. 이미 수도 없이 해본 장부 기입을 반복하는 일, 시산표를 작성하는 일, 모든 것이 질서정연하고 평소와 다름없음을 확인하는 일. 이런 일은 지겹지 않다. 딴생각을 하거나 꿈을 꿀 수도(나 자신에게는 고백해도 되겠지?) 있기 때문이다. 그러다보면 나 자신이 서로 모순되고 독립된 두 자아로 분리되는 느낌이 든다. 한쪽은 눈 감고도 일할 수 있을 정도로 업무를 속속들이 꿰고 있고 거침없이 행동하는 존재이고, 다른 한쪽은 절망적이리만큼 열정적인 몽상가다. 우울하지만 천성적으로 쾌활했고, 지금도 쾌활하고, 앞으로도 쾌활할 나의 이 또다른 자아는 8개월 뒤면 검게 빛이 바래고 말 파란 잉크에 펜을 적셔 손 가는 대로 글을 휘갈겨대는 나사 빠진 녀석이기도 하다.

직장에서 참을 수 없는 것은 일상 업무가 아니라 비일상적인 문제들이다. 실체를 알 수 없는 이사회는 의사록이나 정관, 또는 성탄절 보너스의 배후에서 기습적으로 지시를 내린다. 또 긴급상황임을 내세워 보고서나 분석 자료, 재무예측서를 당장 제출하라고 독촉하기도 한다. 일상적인 업무능력 이상이 요구되는 일이다보니 나의 두 자아를 그 일에 몽땅 바쳐야 한다. 내 마음대로 생각할 수도 없고 피곤이 등과 목덜미에 들러붙어 온몸이 물먹은 솜처럼 무거워진다. 내가 지지난 회계연도 3분기에 피스톤 나사못 계정이 얼마만큼의 이윤을 창출했는지 알아 무엇하겠는가? 일반경비를 줄일 실제적인 방안을 강구하는 게 나에게 무슨 의미가 있단 말인가?

오늘은 일상적인 업무만 있어서 행복한 하루였다.

2월 18일 월요일

아이들은 아무도 나를 닮지 않았다. 우선, 셋 다 나에 비하면 에너지가 넘친다. 또 항상 망설임 없이 과감하게 일을 밀어붙인다. 에스떼반은 셋 중에서 가장 사교성이 떨어진다. 대상이 누군지는 모르겠지만 녀석이 세상에 원한을 품고 있다는 건 분명하다. 나를 존중하는 것 같긴 한데, 글쎄…… 도통 알 수가 없다. 하이메는 아마도 내가 가장 아끼는 녀석일 것이다. 거의 언제나 그 녀석을 이해하지 못하지만 말이다. 세심하고 똑똑하지만 속을 알 수 없는 아이다. 우리 사이에는 모종의 벽이 존재한다. 어떤 때는 나를 미워하는 것 같고 또 어떤 때는 나를 존경하는 것 같다. 개중에 블랑까는 적어도 나와 비슷한 면이 있다. 천성적으로 쾌활하지만 어딘가 우울한 구석도 있다. 게다가 가장 힘든 문제들조차 나와 상의하지 않을 정도로 자신의 삶에 아주 고집스럽게 집착한다. 그 아이는 집에서 가장 많은 시간을 보내는 편이니 어쩌면 자신이 집안 청소나 식사 준비, 빨래에 매여 있다고 느낄 수도 있다. 물론 다른 형제들과의 관계에서 가끔 히스테리 직전까지 가기도 하지만, 스스로 감정을 제어할 수 있을 뿐만 아니라 형제들을 다루는 법도 알고 있다. 형제간의 우애라는 것이 습관처럼 불화를 수반하기 마련이나 속으로는 서로를 꽤나 사랑하고 있을지도 모른다. 그래, 아이들은 나를 닮지 않았다. 외모조차 그렇다. 에스떼반과 블랑까는 이사벨의 눈을 갖고 있다. 하이메는 이사벨의 이마와 입을 쏙 빼닮았다. 지금 이사벨이 활달하지만 걱정도 많고 성숙해지기도 한 아이들을 본다면 어떤 생각을 할까? 아니, 이렇게 묻는 편이 낫겠다. 지금 이사벨이 눈앞에 있다면 난 어떤 생각이 들까? 살아남은 자들에게 죽음은 따분한 경험이다. 맞다, 특히 살아남은 자들에게는 그렇다. 어쩌면 자식이 줄줄이 셋이나 딸린 홀아비로 남겨져 세상 풍파를 잘 헤쳐왔다는 것에 뿌듯해해야 할지도 모른다. 그러나 내가 느끼는 감정은 뿌듯함이 아니라 그저 피곤함이다. 뿌듯함은 이삼십대에나 느끼는 감정이다. 나에게 아이들을 거느리고 살아간다는 것은 마땅히 해야 할 의무였다. 그것은 세상과의 불화와 매정한 부모들에게 쏟아지는 가혹한 시선을 피할 유일한 탈출구였다. 다른 길이 없었기에 나는 그렇게 삶을 헤쳐왔다. 하지만 행복을 느끼기에는 나를 둘러싼 모든 것이 언제나 지나치게 강압적이었다.

2월 19일 화요일

오후 4시에 별안간 이루 말할 수 없는 공허감이 밀려왔다. 그래서 번들거리는 작업복을 걸어놓고서 송금 업무 차 레뿌블리까 은행[3]에 다녀와야 한다고 인사부에 통지할 수밖에 없었다. 물론 거짓말이다. 사실 가장 참기 힘든 것은 책상 앞의 벽이었다. 고야의 그림이 꽉 들어찬 위압적인 2월 달력에 점령당한 흉측한 벽 말이다. 고야는 이 허름한 자동차 부품 수입회사에서 도대체 뭘 하고 있단 말인가? 멍청하게 계속 달력을 쳐다보고 있다가는 무슨 사달이 날 것

3 우루과이 최대의 시중은행인 방꼬 델 라 레뿌블리까 오리엔딸 델 우루과이(Banco de la República Oriental del Uruguay)를 말한다.

만 같았다. 고함을 질러대거나 고질적인 알레르기성 재채기를 연거푸 해대거나, 아니면 금전출납부에 코를 처박았을지도 모른다. 내가 폭발 직전까지 간다고 해서 항상 폭발로 이어지지는 않는다는 걸 이미 알고 있다. 실제로 폭발 직전의 상태는 완벽한 굴욕, 즉 주어진 상황과 모욕적인 외압을 어쩔 수 없이 받아들이는 것으로 귀결되곤 한다. 그렇지만 수치스럽더라도 나 자신이 폭발하게 내버려둬서는 안되며 잃어버린 평정심을 얼른 되찾아야 한다고 믿는다. 나는 바깥공기나 해안선 따위를 찾아 오늘처럼 밖으로 나가곤 한다. 물론 가끔은 해안선에 다다르지 못하고 까페 창가 자리에 죽치고 앉아 지나가는 여자들의 멋진 다리를 감상하는 데 안주하기도 한다.

근무시간의 도시는 딴판이다. 나는 직장인들의 몬떼비데오를 잘 알고 있다. 그들은 8시 30분에 출근해서 정오에 잠시 나왔다가 2시 30분에 다시 사무실로 돌아가 7시에 퇴근한다. 땀으로 범벅이 된 일그러진 얼굴과 이리저리 채이며 뒤뚱거리는 걸음걸이는 우리를 오래 알고 지낸 사람들로 만든다. 하지만 이 도시는 초저녁에 갓 샤워를 마친 몸에 향수 냄새를 풍기며 우월감에 젖어 낙천적이고 장난스러운 표정으로 집을 나서는 발랄한 아가씨들의 도시이기도 하다. 또 정오쯤 기상하고 오후 6시에도 여전히 흠잡을 데 없이 새하얀 목깃의 수입산 포플린 옷을 입은 마마보이들의 도시이기도 하고, 버스를 타고 세관 건물까지 갔다 돌아오는 동안 한번도 내리지 않다가 결국 추억이 깃든 구舊시가지를 한바퀴 둘러보며 활력을 얻는 것으로 시시한 소풍을 끝내는 노인들의 도시이며, 밤에는 외출하지 않고 오후 3시 30분쯤 죄 지은 사람의 얼굴을 하고 영화관으로 향하는 젊은 엄마들의 도시이자 아이들에게 파리가 꼬이든 말든 주인집을 헐뜯는 데 열을 올리는 유모들의 도시, 광장에서 비둘기 떼에게 빵 부스러기를 던져주며 자신이 천국에 갈 만한 선행을 하고 있다고 여기는 퇴직자들과 한량들의 도시다. 그들은 나와 상관없는 사람들이다. 적어도 지금은. 내가 고야에게 바쳐진 2월 달력 앞에서 신경쇠약으로 고통을 당할 때, 그들은 너무 안락한 삶을 누린다.

2월 21일 목요일

오늘 저녁 퇴근길에 한 취객이 거리에서 내 앞을 가로막았다. 그는 정부에 대해 불평을 늘어놓거나 나와 맞짱을 뜨려하지 않았고, 보통 취객들이 지껄이는 얘기는 일체 입 밖에 내지 않았다. 단순한 주정뱅이라기엔 이상한 구석이 있었는데, 눈이 유난히 번뜩였다. 그는 내 팔을 잡고는 몸을 기대다시피 하며 말했다. "지금 당신 문제가 뭔지 알아? 당신은 아무것도 이루지 못할 거야." 때마침 옆을 지나가던 남자가 알겠다는 듯이 싱글거리며 나를 힐긋 쳐다보았고, 심지어는 동병상련의 표시로 눈짓을 보내기까지 했다. 하지만 벌써 4시간째 안절부절못하고 있다. 나는 정말 아무것도 이루지 못할 것이고, 그 사실을 이제야 깨달은 것처럼.

2월 22일 금요일

퇴직 후에는 더이상 일기를 쓰지 않을 것 같다. 분명 그때는 지금보다 훨씬 더 한가해질 테고, 내가 느끼게 될 깊은 공허감과 그 삶이 기록으로 남겨지는 걸 견딜 수 없을 테니까. 퇴직 후에는 보상으로 주어질 휴식이라는 기나긴 잠에 나를 내던지는 게 최선일지도 모른다. 신경이, 근육이, 기운이 조금씩 이완되어 편안하게 죽음을 맞이할 수 있게 말이다. 아니, 아니다. 충만하고 풍성한 휴식이 찾아와 나 자신을 발견할 마지막 기회가 될 수도 있을 것이다. 사치스럽게도 그런 희망의 끈을 놓지 않고 있다. 그래, 그런 건 기록해볼 만하겠다.

2월 23일 토요일

오늘은 시내에서 혼자 점심을 먹었다. 메르세데스 거리를 지나던 길에 갈색 옷을 입은 남자와 마주쳤다. 처음에 그는 손을 흔드는 시늉을 했다. 멈칫하더니 다소 머뭇거리며 손을 내민 것으로 보아 내가 의아한 눈길로 쳐다본 게 분명하다. 생판 모르는 얼굴은 아니었다. 언젠가 자주 봤을 법한 누군가의 캐리커처를 보는 느낌이었다. 당혹스러워하는 반응을 보인 데 대해 변명을 늘어놓으며 그에게 손을 내밀었다. "마르떤 산또메 맞지?" 그는 고르지 못한 치열을 드러내며 웃었다. 그래, 당연히 내가 마르떤 산또메이긴 하지. 하지만 갈수록 오리무중이었다. "브란드센 거리, 기억 안 나?" 음, 글쎄. 30여년 전 일인 데다 나는 기억력이 좋지 못하다. 물론 결혼 전엔 브란드센 거리에 살았었다. 하지만 지금은 죽었다 깨어나도 당시의 집 정면이 어떤 형태였는지, 발코니가 몇개나 있었는지, 옆집에는 누가 살았는지 기억해내지 못하겠다. "데펜사 거리에 있는 커피숍 기억 안 나?" 이제야 생각이 난다. 혼란의 안개가 조금 걷혔다. 넓은 허리띠를 두른, 갈리시아[4] 사람 알바레스의 배가 순간 머릿속에 그려졌다. "당연히 기억나지." 퍼뜩 정신을 차리고 대답했다. "나, 마리오 비그날레야." 마리오 비그날레? 맹세코 누군지 기억이 나질 않았다. 하지만 선뜻 그 사실을 실토할 수도 없었다. 그는 뜻밖에 다시 만나게 되어 몹시 흥분한 눈치였다. 그래서 그냥 기억난다고 했다. 내가 사람 얼굴을 알아보는 데는 영 젬병인데 지난주에는 사촌을 보고도 알아보지 못했을 정도라고 너스레를 떨었다(지어낸 얘기다). 이런 핑계를 둘러대며 못 알아본 것에 대해 용서를 구했다. 물론 그와 커피를 마셔야 했고, 그는 나의 토요일 낮잠시간을 완전히 망쳐버렸다. 2시간 15분이 흘렀다. 그는 아주 시시콜콜한 기억까지 끄집어내며 자신이 내 인생의 일부였다는 점을 어떻게든 납득시키려고 했다. "네 어머니가 엉겅퀴로 만들어주시던 또르띠야가 생각나. 정말 끝내줬는데. 혹시 먹을 것을 주시지 않을까 싶어 항상 11시 30분에 찾아가곤 했어." 그러고는 너털웃음을 지어 보였다. "항상?" 못 믿겠다는 듯이 그에게 물었다. 그러자 그가 겸연쩍어하며 말했다. "실은 서너번 정도 갔었어." 그렇다면 어느 쪽이 진실이람? "어머닌 안녕하시지?" "15년 전에 돌아가셨어." "저런…… 그럼 아버지는?" "2년 전에 따꾸아렘보[5]에서 돌아가셨어. 레오노르 숙모님 댁에서 지내고 계셨지." "연세가 많으셨겠네." 물론 연세가 많으셨다. 세상에, 얼마나 피곤하던지. 그제야 그는 좀 더 질문다운 질문을 던졌다. "이봐, 결국 이사벨하고 결혼했지?"

4 에스빠냐 북서부에 위치한 자치주. 이민율이 높은 지역으로, 갈리시아를 떠나 몬떼비데오에 정착한 이들은 대개 바나 까페를 차렸다.

5 우루과이 중북부에 있는 도시로 몬떼비데오에 이르는 고속도로와 철도의 요지.

"그랬지, 애가 셋이야." 나는 그의 질문을 앞질러 나갔다. 그는 애가 다섯이라고 했다. 참 복도 많지. "이사벨은 어때? 여전히 매력적이지?" "죽었어." 나는 무표정한 얼굴로 대답했다. 말은 총알처럼 튀어나왔고 그는 어찌할 바를 몰라 했다. 그나마 다행이었다. 그는 세잔째 마시던 커피를 황급히 들이켜고는 바로 손목시계를 쳐다보았다. 죽음 얘기가 나오면 곧바로 시계를 쳐다보는 행위는 일종의 자동반사다.

2월 24일 일요일

도리가 없다. 비그날레와 우연히 마주친 뒤로 이사벨에 대한 생각에서 벗어날 길이 없다. 가족의 일화나 사진들, 에스떼반과 블랑까의 얼굴 따위에서 그녀를 그려내는 것만으로는 만족할 수 없다. 그녀에 대한 것이라면 속속들이 알고 있지만, 더는 이런 식으로 한 다리 건너 그녀를 기억하고 싶지 않다. 지금 거울 속의 내 얼굴을 보듯 솜털까지 생생한 그녀와 직접 마주하고 싶다. 하지만 불가능한 일이다. 그녀의 초록빛 눈은 기억나지만 나를 지그시 바라보던 그녀의 눈길은 느낄 수 없다.

2월 25일 월요일

요즘엔 아이들을 통 못 봤다. 서로 시간대가 잘 맞지 않는 데다 우리 사이엔 공통된 계획이나 관심사도 없다. 아이들은 내 앞에서 깍듯하지만 지나치게 조심스럽기도 해서 단지 의무감에서 나온 행동일 뿐이라는 인상을 준다. 예를 들면, 에스떼반은 내 생각에 토를 달지 않으려고 늘 자제하는 편이다. 우리를 갈라놓는 게 순전히 세대차이뿐일까. 애들과 소통하기 위해 내가 할 수 있는 일은 없을까. 아이들은 대체로 경솔하기보다는 의심이 많고 그 나이 때의 나보다 내성적인 것 같다.

오늘은 온 가족이 함께 저녁식사를 했다. 다함께 모여 저녁을 먹은 지가 두달은 되었을 것이다. 뭐 축하할 일이라도 있는지 농담조로 물었다. 하지만 아무런 반응이 없었다. 블랑까는 내 의도를 알겠다는 듯 나를 쳐다보며 미소 지었지만 그뿐이었다. 나는 그 신성한 침묵을 깨뜨릴 방법을 찾으려고 애썼다. 하이메는 수프가 싱겁다고 투덜댔다. "바로 코앞에 소금 있잖아." 블랑까가 쏘아붙였다. "내가 갖다주랴?" 수프는 분명 싱거웠다. 하지만 그걸 굳이 말해야 하나? 에스떼반은 6개월 뒤부터 집세가 80뻬소[6] 오른다고 했다. 각자 분담하기 때문에 그건 별문제가 아니다. 하이메는 신문을 읽기 시작했는데, 나는 식구들과 식사하는 자리에서 뭐든 읽는 건 버릇없는 짓이라고 생각한다. 이 점을 지적하자 하이메는 신문을 덮었다. 그러나 이미 기분이 상해 뾰로통해졌고, 결국 신문을 계속 읽는 것이나 별반 다를 게 없었다. 가라앉은 분위기를 좀 띄워보려고 비그날레와 만난 일을 우스꽝스러운 과장을 섞어가며 들려주었다. 뜻밖에도 하이메의 질문이 되돌아왔다. "어떤 비그날레요?" "마리오 비그날레." "그 머리가 반쯤 벗어지고 수염 난 사람?" 바로 맞췄다. "그 아저씨 알아요. 대단한 위인이죠." 하이메가 말을 계속했

6 우루과이의 화폐단위.

다. "페레이라의 동료인데, 어찌나 뇌물을 밝히는지." 나는 비그날레가 쓰레기 취급을 당하는 게 내심 마음에 들었다. 양심의 가책을 느끼지 않고 그 인간에 대해 신경을 끌 수 있을 테니까. 그러나 만족감도 잠시, 블랑까의 질문이 이어졌다. "그런데 그 사람이 엄마를 기억하던가요?" 하이메는 무슨 말을 하고 싶은 듯 입술을 달싹거리다 침묵을 지켰다. 블랑까는 "그 사람은 좋겠네"라더니 "저는 엄마가 기억나지 않아요"라고 덧붙였다. 그러자 에스떼반이 "난 기억나"라며 끼어들었다. 어떻게 기억하고 있는 걸까? 나처럼 가까스로 기억을 더듬어서? 아니면 자기 얼굴을 거울에 비춰보듯이 선명하게? 당시 겨우 네살배기였던 에스떼반은 엄마의 모습을 고스란히 간직하고 있는데, 숱한 밤을 함께 지새운 나에게는 아무런 이미지도 남아 있지 않다는 게 말이 된단 말인가? 우리는 어둠 속에서 사랑을 나누곤 했다. 아마도 그 때문일 것이다. 틀림없다. 그 밤들의 기억은 나에게 촉감으로 남아 있다. 그래, 손에 잡힐 듯 기억이 생생하다. 하지만 낮에는? 낮 동안 우리는 어둠 속에 있지 않았다. 나는 근심거리를 잔뜩 짊어진 채 녹초가 되거나, 혹은 그주나 그달에 겪은 부당한 일들에 화가 나서 씩씩대며 귀가하곤 했다.

우리는 이따금 계산기를 두드려보곤 했다. 끝이 없었다. 어쩌면 수입과 지출을 따지며 숫자에 얽매이다보니 서로를 바라볼 시간조차 없었는지도 모르겠다. 만약 정말 어디엔가 그녀가 있다면, 나를 어떻게 기억할까? 요컨대, 기억이 중요하긴 한가? "그리워하면서도 뭘 그리워하는지 모르는 제가 가끔은 한심해요." 블랑까가 중얼거리며 설탕에 절인 복숭아를 나눠줬다. 한사람 앞에 세개 반씩 돌아갔다.

2월 27일 수요일

오늘 남자 셋 여자 셋이 신입사원으로 들어왔다. 긴장한 기색이 역력했고 이따금 선임직원들에게 선망의 시선을 보내곤 했다. 나는 각각 18세, 22세의 젊은 남자애 둘과 24세의 아가씨 하나를 배정받았다. 이제 난 부하직원을 자그마치 여섯이나 거느린 엄연한 관리자다. 게다가 처음으로 여직원까지 두게 되었다. 숫자를 다루는 일에서 여자를 신뢰해본 적이 없다. 게다가 곤란한 점이 또 있다. 생리중일 때나 심지어 그 직전에도 대개 똑똑한 여자는 약간 멍청해지고 약간 멍청한 여자는 완전 바보 천치가 된다. 오늘 들어온 이 '신입들'은 나쁘지 않다. 열여덟살 먹은 남자애가 가장 별로다. 얼굴에 핏기가 없고 병약해 보인다. 사람의 시선을 피하는 것 같으면서도 동시에 아부하는 듯한 교활한 눈빛이다. 또다른 남자애는 부스스한 몰골이나 호감 가는 구석은 있다. 일을 해보겠다는 의욕이 강하다(적어도 지금은). 여사원은 일에 대한 의욕은 강하지 않지만, 적어도 내가 설명하는 내용을 알아듣는다. 게다가 그녀는 이마가 넓고 입이 큰 편인데, 나는 여자들의 이목구비 중에서 대체로 이 두가지에 특히 끌린다. 그들의 이름은 알프레도 산띠니, 로돌포 시에라 그리고 라우라 아베야네다다. 남자사원들에게는 재고장부를, 여사원에게는 손익계산서를 맡길 생각이다.

2월 28일 목요일

오늘 저녁에 블랑까와 대화를 나누었는데 서먹하기 짝이 없었다. 저녁식사 후에 우리 둘만 남아 있었다. 나는 신문을 읽었고 블랑까는 혼자 카드놀이를 했다. 그런데 그애가 갑자기 카드 한장을 허공에 든 채 굳어버리는 게 아닌가. 두 눈은 얼이 빠진 듯했고 그 속엔 우울함이 가득했다. 한동안 그 모습을 유심히 바라보다가 무슨 생각을 그리 골똘히 하느냐고 물었다. 그러자 블랑까는 퍼뜩 정신을 차리더니 슬픔에 젖은 눈으로 나를 쳐다보았다. 이내 감정이 북받쳐 올라서는 우는 모습을 들키기 싫다는 듯 두 손으로 얼굴을 감쌌다. 원래 눈앞에서 여자가 울기 시작하면 나는 속수무책이 되어 넋이 나가버린다. 초조해서 어찌할 바를 모르는 것이다. 이번에는 본능적으로 자리에서 일어나서 아이에게 다가가 아무 말 없이 머리를 쓰다듬어주었다. 흐느낌이 잦아들더니 숨소리가 조금씩 평정을 되찾아갔다. 마침내 아이가 얼굴에서 손을 뗐을 때, 나는 손수건의 깨끗한 부분으로 눈물을 닦아주고 코를 풀게 했다. 스물세살짜리 다 큰 숙녀 같지 않았다. 그 순간에는 인형이 망가지거나 동물원에 데려가주지 않아서 서러워하는 어린애 같았다. 혹시 자신이 비참하게 느껴져서 그러느냐고 물어보니 그렇단다. 이유를 물었더니 모르겠단다. 그리 의아한 일은 아니다. 나도 가끔은 별 이유 없이 그럴 때가 있으니까. 하지만 말은 생각과 반대로 나왔다. "무슨 일이 있나보지. 이유 없이 울지는 않잖아." 그러자 아이는 갑자기 속 시원히 털어놓고 싶었던지 두서없이 말을 쏟아냈다. "시간은 하염없이 흐르는데 뭐 하나 변변히 하는 일도 없고 다람쥐 쳇바퀴

같은 일상의 연속이에요. 마음속 깊이 저를 감동시키는 일도 전혀 없어요. 에스떼반이나 하이메도 자신들이 비참하다고 느끼기는 마찬가지일걸요. 이제부터 드리는 말씀, 너무 기분 나쁘게 듣지는 마세요. 가끔 아빠를 보면 전 그렇게 오십을 맞고 싶지 않다는 생각을 하게 돼요. 아빠의 강인함과 평정심도 부럽지 않아요. 이유는 단순해요. 제 눈엔 지루하고 진부해 보이거든요. 저는 혈기는 왕성한데 에너지를 어디다 써야 할지 모르겠어요. 도대체 모르겠다고요. 아빠는 그냥 우울하게 살기로 체념하신 것 같은데, 제가 보기엔 안타까워요. 아빤 그런 분이 아니잖아요. 적어도 제가 아는 아빠는 그렇지 않으셨어요." 무슨 변명을 할 수 있으랴. 구구절절 맞는 말이니 너만이라도 우리 가족과 인생의 굴레를 벗어날 수 있도록 최선을 다하라고 했다. 또 속마음을 솔직하게 말해줘서 정말 고맙고, 마치 그간 억눌려 있던 나 자신의 절규를 듣는 것 같았다고도 했다. 아이는 미소를 지으며 나더러 좋은 분이라고 말하고는 목을 꼭 껴안았다. 마치 예전처럼. 내게 블랑까는 여전히 어린애다.

3월 1일 금요일

본부장이 부장 다섯을 모아놓고 직원들의 실적이 저조하다며 45분 동안 잔소리를 늘어놓았다. 이 문제로 이사회에서 지적을 받았다며 앞으로는 근무태만으로(태만이라는 말을 어찌나 강조하던지) 인해 자신의 지위가 근거 없이 흔들리는 상황을 좌시하지 않겠단다. 그래서 이제부터는 어쩌고저쩌고.

대체 뭘 두고 저조한 실적 운운하는 건지. 우리 부서 직원들은 적어도 할 일은 한다. 신입들은 물론 선임들까지도. 뭐, 멘데스가 근무 중에 책상 서랍에 탐정소설을 몰래 숨겨두고 읽는 건 사실이다. 고위직 간부라도 들이닥칠까 오른손에 펜을 쥔 채 노심초사하면서 말이다. 또 무뇨스는 초과이득세 때문에 외근 나가는 틈을 타서 20분 동안 맥주 한잔의 여유를 즐기곤 한다. 로블레도는 화장실에 갈 때(정확히 10시 15분에) 신문의 부록이나 스포츠 면을 작업복 밑에 숨겨간다. 그렇다고 업무가 지체되는 경우는 결코 없다. 서둘러 처리해야 할 일이 코앞에 닥치고 명세서 뭉치들이 정신없이 머리 위로 날아다닐 때면 부서원들 모두가 일심동체가 되어 구슬땀을 흘린다. 각자 자기 분야에서만큼은 전문가라 할 수 있고, 일이 순조롭게 돌아가고 있다고 자신있게 말할 수 있다.

사실 본부장이 어느 부서를 염두에 두고 그런 소리를 한 건지는 빤하다. 물류부는 의욕도 없는 데다 일처리도 엉망이다. 오늘 본부장의 일장연설은 분명 수아레스를 겨냥한 것이었다. 그렇다면 굳이 부장들을 다 불러 모을 건 뭔가? 정작 잘못한 사람은 수아레스인데 우리가 덤터기를 쓸 이유라도 있나? 아니면 수아레스가 사장 딸과 놀아나고 있다는 걸 본부장도 눈치챈 걸까? 아, 물론 리디아 발베르데는 봐줄 만하지.

3월 2일 토요일

어젯밤, 30년 만에 처음으로 꿈에 복면을 한 괴물들이 다시 나타났다. 네살 무렵, 아니 좀더 어렸던가, 아무튼 그 시절 나에게는 먹는 게 고역이었다. 그래서 할머니는 어떻게든 내게 으깬 감자를 먹이려고 정말 기발한 방법 하나를 고안해내셨다. 엄청나게 큰 삼촌의 비옷에 복면을 하고 썬글라스를 낀 모습으로 내 방 창문을 쾅쾅 두드리곤 하셨던 것이다. 그러면 가정부와 엄마 그리고 이모는 한목소리로 "저기 돈 뽈리까르뽀가 나타났다!"라고 외쳤다. 돈 뽈리까르뽀는 입이 짧은 아이들을 혼내주는 일종의 괴물이었다. 그러면 나는 공포에 질린 나머지 젖 먹던 힘까지 다해 엄청난 속도로 턱을 움직여서 산더미같이 쌓인 맛없는 으깬 감자를 해치워버리곤 했다. 그렇게 하니 모두가 편했다. 돈 뽈리까르뽀로 나를 겁주는 것은 요술 버튼을 누르는 것과 같았다. 나중에 이 소동은 소문난 오락거리가 되었다. 손님이 오면 가족들은 겁먹은 내가 벌이는 진풍경을 구경시키려고 항상 내 방에 사람들을 데려오곤 했다. 인간이란 때때로 악의 없이도 얼마나 잔혹해질 수 있는지. 나를 겁주었기 때문만은 아니다. 밤이면 괴상하게 생긴 뽈리까르뽀들이 짙은 안개 속에서 두건을 쓴 채 등을 돌리고 소리 없이 찾아왔기 때문이다. 그들은 차례차례 내 두려움을 파고들겠다는 듯 매번 일렬로 나타났다. 절대 입을 여는 법이 없었다. 그저 간간이 몸을 무겁게 흔들며 어두운 색의 똑같은 외투를 질질 끌고 갈 뿐이었다. 삼촌의 비옷이 그렇게 탈바꿈한 것이었다. 이상하게도 꿈에서는 현실에서보다 두려움이 덜했다. 그리고 시간이 지날수록 점점 두려움은 사라지고 나는 그들에게 매료되었다. 나는 잠에 취해 눈꺼풀이 무거울 때의 멍한 눈으로 되풀이되는 광경을 최면에 걸린 사람처럼 바라보곤 했다. 이따금 다른 꿈이라도 꿀라치면 아득한 의식 저 깊은 곳에서는 뽈리까르뽀를 그리워했다. 어느날 밤 그들이 마지막으로 찾아왔다. 일렬로 서서 말없이 몸을 흔들다가 언제나처럼 서서히 사라졌다. 그뒤로 수년 동안 나는 어쩔 수 없는 불안감과 거의 병적인 기대감 속에서 잠들었다. 때로는 그들을 만나고 말겠다고 굳게 마음먹은 채로 잠을 청하기도 했다. 그러나 보이는 건 안개뿐이었고, 드물게는 심장이 떨리던 어린 시절의 공포가 되살아나기도 했다. 그뿐이었다. 나는 차차 기대감조차 잃어갔고, 나도 모르는 사이에 남들에게 대수롭지 않게 꿈 내용을 말하게 되었다. 언제부턴가는 그 꿈조차 잊고 지냈다. 어젯밤까지는 그랬다. 어젯밤, 부도덕하기보다는 저속하다고 할 수 있는 꿈을 한창 꾸고 있는데 눈앞이 하얘지더니 안개가 피어올랐다. 안개 속에는 꿈에 그리던 뿔리까르뽀들이 있었다. 그 순간 나는 말할 수 없이 행복했고 또 공포에 떨었다. 아직까지도 마음만 먹으면 그때의 감정이 오롯이 되살아난다. 뿔리까르뽀들, 영원히 그 모습 그대로, 해를 끼치지 않는 존재인 내 어린 시절의 뿔리까르뽀들이 몸을 흔들다가 갑자기 돌발적인 행동을 했다. 잠시뿐이었지만 그들이 처음으로 몸을 돌렸다. 하나같이 할머니의 얼굴을 하고 있었다.

3월 12일 화요일

똑똑한 여직원을 두면 좋다. 오늘은 아베야네다를 시험해볼 요량으로 회계감사와 관련한 모든 업무를 연달아 쭉 설명해줬다. 그녀는 메모를 했다. 내가 설명을 끝내자 이렇게 물었다. "부장님, 대충 이해는 가는데 몇가지 의문이 있어요." 몇가지 의문이라…… 전에 회계감사 업무를 담당했던 멘데스는 그 몇가지 의문을 완전히 해소하는 데 자그마치 4년이 걸렸다. 내 오른쪽 자리에서 일하게 한 뒤 이따금 그녀를 훔쳐보곤 했다. 다리가 예쁘다. 아직은 일을 기계적으로 하지 못해 쉽게 피로를 느끼는 모양이다. 게다가 차분하지 못하고 어쩔 줄 몰라 한다. 내 지위가 그녀를 주눅 들게 하는 것 같다(불쌍한 신입). 날 부를 때면 언제나 눈을 깜박거린다. 미인은 아니다. 뭐, 웃는 모습은 그런대로 봐줄 만하다. 꿩 대신 닭이라고 그게 어딘가.

3월 13일 수요일

오늘 저녁때 시내에 갔다가 돌아와 보니 하이메와 에스떼반이 부엌에서 서로 악을 쓰고 있었다. 에스떼반이 하이메의 '썩어빠진 친구들'에 대해 뭐라고 험담하는 소리를 들을 수 있었다. 내 기척을 느꼈는지 금세 악다구니를 멈추고 아무 일 없다는 듯이 태연하게 얘기하려고 했다. 하지만 하이메는 입술을 꽉 깨문 채 이글거리는 눈빛으로 에스떼반을 노려보았다. "왜들 그러니?" 내가 물었다. 하이메는 어깨를 으쓱했고 에스떼반은 "아빠는 상관 마세요"라고 했다. 그놈의 주둥이를 한대 갈겨주고 싶었다. 그렇게 낯짝 두꺼운 구제불능이 내 자식이라니. 내가 상관할 일이 아니라고? 냉장고로 가 우유와 버터를 꺼냈다. 내 자신이 보잘것없고 수치스럽게 느껴졌다. 그애가 날더러 "상관 마세요"라고 내뱉었는데도 거기다 대고 아무런 행동도, 아무 말도 하지 못한 채 잠자코 있었다니 믿기지 않는다. 큰 잔에 우유를 따랐다. 내가 고함을 쳐도 시원치 않을 판에 도리어 녀석이 나한테 큰소리를 내다니 있을 수 없는 일이다. 상관 말라고? 우유를 들이켤 때마다 관자놀이가 욱신거렸다. 순간 몸을 홱 돌려 녀석의 팔을 붙잡았다. "애비한테 그게 무슨 말버릇이냐! 버르장머리 없게, 어?" 이미 때를 놓치고 나서 뒤늦게 한마디 한 건 어리석었다. 에스떼반의 팔은 갑자기 강철이나 묵직한 납덩이로 변해버린 듯 뻣뻣하게 굳어버렸다. 그애와 눈을 마주치려고 고개를 드니 목덜미가 뻐근했다. 그나마 내가 할 수 있는 것은 그게 전부였다. 그런데 정작 그애는 눈 하나 깜짝하지 않았다. 도리어 거칠게 내 손을 뿌리치더니 코를 벌름거리며 하이메를 향해 "넌 도대체 언제 철들래!"라고 소리치고는 문을 꽝 닫고 나가버렸다. 하이메를 보려고 몸을 돌렸을 때 내 표정은 가관이었을 것이다. 하이메는 여전히 벽에 기대서서 천연덕스럽게 웃으며 한마디 던졌다. "거참, 성질 한번 더럽네요." 바로 그 순간 거짓말처럼 화가 눈 녹듯 사라졌다. "그래도 네 형이잖니……" 내가 힘없이 말했다. 그때 하이메가 말을 끊었다. "내버려두세요. 이쯤 되면 우리도 어쩔 도리가 없어요."

3월 15일 금요일

마리오 비그날레가 사무실로 찾아왔다. 다음 주에 자기 집에 한번 들르란다. 우리가 다 같이 찍은 옛날 사진을 찾았다나. 그런데 오늘은 가져오질 않았다. 멍청한 놈. 결국 사진은 초대에 응하는 댓가인 셈이다. 당연히 가겠다고 했다. 누군들 자신의 과거에 끌리지 않겠는가?

3월 16일 토요일

오늘 아침에 신참인 산떠니가 내게 뭔가를 털어놓으려고 했다. 도대체 내 얼굴에 뭐가 쓰여 있기에 모두들 비밀을 털어놓으려고 안달인지 모르겠다. 사람들은 나와 눈이 마주치면 미소를 짓는다. 심지어 금방이라도 눈물을 쏟을 것처럼 울상을 짓는 이들도 있다. 그러고 나서 으레 작정한 듯 내게 속마음을 털어놓는다. 솔직히 말해, 별로 듣고 싶지 않은 얘기도 있다. 무슨 비밀 얘기라도 되는 양 포장해놓고선 거리낌 없이 풀어놓는 뻔뻔함과 천연덕스러움이 그저 놀라울 따름이다. “부장님, 있잖아요, 제가 고아거든요.” 산떠니는 초장부터 동정심을 일으켜 나를 옴짝달싹 못하게 하려는 듯 운을 뗐다. 난 그를 엿 먹일 속셈으로 별일 아니라는 듯 의례적으로 악수를 청하며 이렇게 대꾸했다. “세상에, 이렇게 반가울 데가 있나. 난 홀아비라네.” 하지만 그의 고아 인생 앞에서 내 홀아비 신세는 전혀 감흥이 없나보다.

“있잖아요, 저한테 여동생이 하나 있는데요.” 그는 내 책상 옆에 서서 말을 하면서 여리고 앙상한 손가락으로 자꾸 내 업무일지 표지를 톡톡 두드려댔다. “그 손 좀 가만히 둘 수 없겠나?” 내가 언성을 높이자 히죽이 웃고 나서 손을 치웠다. 그는 손목에 작은 메달 장식이 달린 금팔찌를 차고 있었다. “있잖아요, 제 여동생이 이제 열일곱살이거든요.” 그놈의 ‘있잖아요’는 발작처럼 튀어나왔다. “오호, 그래? 얼굴은 봐줄만 한가?” 이건 나의 필사적인 방어였다. 지금은 머뭇거리는 척하고 있지만 어느 순간 그의 말문이 터져 그의 내밀한 삶에 꼼짝없이 휘말리게 되는 게 싫었다. “부장님께선

제 말을 흘려들으시는군요." 그는 입을 앙다물고 이렇게 말하더니 씩씩거리며 자기 자리로 돌아갔다. 그는 일처리가 빠른 편이 아니다. 나에게 2월 결산을 제출하는 데 2시간이 걸렸다.

3월 17일 일요일

언젠가 내가 자살을 한다면 그날은 일요일일 것이다. 일요일은 가장 맥이 풀리고 따분한 날이 아닌가. 적어도 해가 중천에 떠오르는 9시나 10시까지 침대에서 뭉그적거리고 싶지만 6시 30분이면 저절로 눈이 떠져 다시 잠을 청할 수가 없다. 가끔은 내 삶이 온통 일요일뿐이라면 어떻게 될까 궁금하다. 혹시 모르지. 어쩌면 10시에 일어나는 게 습관이 될지도. 아이들은 각자 주말을 즐기러 외출하고 없어 시내에 점심을 먹으러 갔다. 혼자 식사를 했다. 더위나 관광객을 화제로 종업원과 으레 나누곤 하던 가벼운 대화조차 할 기운이 없었다. 두자리 건너에도 혼자 온 손님이 있었다. 찌푸린 얼굴로 거칠게 빵을 뜯고 있었다. 두어번 그를 쳐다봤다. 한번은 서로 눈이 마주쳤다. 두 눈에 증오가 서린 듯 보였다. 그런데 그는 내 눈빛에서 뭘 봤을까? 우리처럼 외로운 영혼들은 대체로 남들에게 호의적이지 않은 법이다. 아니면 단순히 우리 두사람이 못돼먹은 걸까?

집에 돌아와서 잠시 낮잠을 잤다. 일어났더니 몸이 찌뿌듯하고 기분이 개운치 않았다. 마떼차[7]를 몇잔 마셨는데 떫어서 짜증이 났다. 결국 옷을 챙겨 입고 다시 시내로 나갔다. 이번에는 한 까페에

7 마떼는 남아메리카에 주로 분포하는 감탕나무과 식물로, 잎을 차로 음용한다.

들어가서 창가에 자리를 잡았다. 1시간 15분 동안 눈길을 끄는 여자가 정확히 서른다섯명 지나갔다. 시간이나 때울 요량으로 재미삼아 그 여자들의 어느 부위가 가장 마음에 드는지 통계를 내보기로 했다. 냅킨에 적어봤더니 결과가 이렇게 나왔다. 둘은 얼굴, 넷은 머리카락, 여섯은 가슴, 여덟은 다리, 열다섯은 엉덩이. 엉덩이의 완승이다.

3월 18일 월요일

어젯밤 에스떼반은 12시, 하이메는 12시 30분, 그리고 블랑까는 새벽 1시가 다 되어서야 집에 들어왔다. 아이들이 내는 소리, 발소리와 혼자 웅얼대는 욕지거리 하나하나에 촉각을 곤두세웠다. 하이메는 약간 취했던 것 같다. 내가 기억하기로, 가구에 자꾸 부딪히고 세면대 수도꼭지를 30분가량이나 계속 틀어놓았으니 말이다. 그런데 정작 상욕을 해댄 건 술은 입에 대지도 않는 에스떼반이었다. 블랑까가 들어올 때 에스떼반이 자기 방에서 뭐라고 잔소리를 했고 블랑까는 오빠나 잘하라고 쏘아붙였다. 그러고는 정적. 3시간 동안 쥐 죽은 듯한 정적이 흘렀다. 주말만 되면 고질병인 불면증이 어김없이 찾아오곤 한다. 그러니 퇴직하고 나면 잠을 아예 못 자게 되는 건 아닐까?

오늘 아침에는 블랑까하고만 얘기를 했다. 그렇게 늦게까지 나다니지 말라고 했다. 사실 블랑까는 되바라진 아이가 아니어서 굳이 잔소리를 할 필요는 없었다. 그렇지만 세상에는 아버지로서의 의무와 어머니로서의 의무가 있고, 나는 동시에 두 몫을 해야 한다.

한데 어머니 역할은커녕 제대로 된 아버지 구실도 못하는 것 같다. "뭘 그렇게 쏘다녀? 어딜 갔었어?" 훈계조로 나무라긴 했지만 사실 내가 듣기에도 지나친 감이 있었다. "왜 그렇게 아빠 혼자 악역을 도맡아하려고 하세요?" 블랑까가 토스트에 버터를 바르며 대꾸했다. "우리는 서로에게 애정이 있고, 제가 잘못하고 다니는 것도 없어요. 이 두가지는 아빠나 저나 잘 알고 있다고 생각해요." 한방 먹은 기분이었다. 하지만 단지 아버지로서의 체면을 지키기 위해 한마디 덧붙였다. "그건 전적으로 네가 생각하는 잘못이란 게 정확히 뭘 말하는지에 따라 다르지."

3월 19일 화요일

오후 내내 아베야네다와 일했다. 장부를 대조해가며 틀린 부분을 찾아내야 했다. 세상에서 가장 따분한 일이다. 7센떼시모[8]가 안 맞았다. 알고 보니 두군데에 오차가 있었다. 한쪽은 18센떼시모, 다른 한쪽은 25센떼시모. 가엾게도 아베야네다는 아직 요령을 터득하지 못했다. 철저히 기계적인 일을 하면서도 머리를 써서 적절한 해결책을 찾아야 할 때만큼이나 쉽게 지친다. 나야 이런 식의 대조 작업에 워낙 이골이 나서 가끔은 다른 일보다 편할 때도 있다. 심지어 오늘은 아베야네다가 숫자를 부르는 동안 명세서를 체크하면서 동시에 그녀의 왼팔에 있는 점을 세기까지 했다. 점은 두 종류였다. 자그마한 점이 다섯개, 큰 점이 세개였는데, 큰 점 하나

8 우루과이의 화폐단위로 100센떼시모는 1뻬소에 해당한다.

는 볼록하게 도드라져 있었다. 11월분까지 끝냈을 때 그녀의 반응을 떠보려고 슬쩍 말을 던졌다. “그 점은 빼는 게 좋겠어요. 대개 별문제 없는데 만에 하나 위험할 수도 있으니까.” 그녀는 얼굴이 새빨개져서 팔을 어디다 둬야 할지 몰라 허둥댔다. “고맙습니다, 부장님.” 말은 그렇게 했지만 숫자를 부르면서도 몹시 불편해했다. 1월분부터는 내가 숫자를 부르고 아베야네다가 확인했다. 한참 숫자를 읊어대다가 어느 순간 낌새가 이상해서 고개를 들어보니 아베야네다가 내 손을 물끄러미 쳐다보고 있었다. 점을 찾고 있던 걸까? 그럴지도 모르지. 내가 미소를 짓자 그녀는 또다시 부끄러워 어쩔 줄 몰라 했다. 딱하기도 하지. 내가 나름 점잖은 사람이고 절대 여직원들한테 함부로 집적대지 않는다는 걸 모르는 모양이다.

3월 21일 목요일

비그날레 집에서 저녁을 먹었다. 숨 막히게 답답하고 어둡고 어수선했다. 거실에는 국적을 알 수 없는 정체불명의 안락의자 두개가 놓여 있었는데, 사실 의자라기보다는 털이 복슬복슬한 난쟁이 둘처럼 보였다. 나는 의자에 털썩 주저앉았다. 의자 밑에서부터 열기가 올라와 가슴팍까지 뜨뜻해졌다. 털색이 바랜 강아지 한마리가 노처녀 얼굴을 하고 다가와 반겨주었다. 킁킁거리지 않고 날 빤히 쳐다보기만 했다. 그런데 이내 다리를 벌리더니 양탄자에 대고 개들이 흔히 저지르는 ‘전형적인’ 몹쓸 짓을 하는 게 아닌가. 퍽 괴기스러운 양탄자 문양의 백미라 할 수 있는 공작의 머리 위에 얼룩이 생겼다. 하지만 양탄자는 이미 수많은 얼룩으로 뒤덮여 있어서 그 자국들이 무늬의 일부라 해도 믿을 지경이었다.

비그날레 가족은 머릿수가 많고 시끄럽고 성가시다. 부인과 장인, 장모, 처남, 처남댁 할 것 없이 죄다 그렇다. 제일 가관인 건 다섯 아이들이다. 실로 꼬마 도깨비들이라고 해도 과언이 아니다. 혈색도 좋고 말끔하니 생긴 건 멀쩡해도 너무 멀쩡하다. 내가 도깨비 얘기를 꺼낸 건 아이들이 엄청 성가시기 때문이다. 큰애가 열세살이고(비그날레는 중년이 다 되어서야 결혼했다) 막내가 여섯살인데, 한시도 쉬지 않고 헤집고 돌아다니며 말썽을 부리고 악을 써가며 싸운다. 그애들이 등이나 어깨를 타고 기어올라 귓구멍에 손가락을 쑤셔넣거나 머리카락을 잡아당길 것만 같다. 결코 그렇게까지 하진 않지만 결과는 이러나저러나 매한가지다. 결국 비그날레의 집에 간다는 것은 이 하이에나 같은 놈들의 먹잇감이 된다는 뜻이니까. 집안 어른들은 부럽게도 무관심이라는 피난처 속으로 숨어버렸다. 뭐, 그렇다 해도 손찌검이 빠지지는 않았다. 갑자기 손바닥이 허공을 가르며 그 천사 나부랭이들의 코와 관자놀이, 심지어는 눈을 후려치기도 했다. 예컨대 애들 엄마의 교육방식은 이렇게 정의할 수 있다. 집에 온 손님을 포함해 타인들에 대한 무례한 태도와 언행은 너그러이 눈감아주지만 자신에게 못되게 말하거나 행동하면 그때마다 예외 없이 혼쭐을 낸다. 식사의 클라이맥스는 후식을 먹을 때였다. 아이들 중 한 녀석이 아로스 꼰 레체[9]가 마음에 들지 않는다는 티를 내고 싶었던지 막냇동생 바지에 그릇을 엎어버렸다. 그릇 엎어지는 요란한 소리에 한바탕 난리가 났다. 하지만 당한 녀석이 어찌나 악을 쓰고 울어대던지 상상을 초월하는 수준

9 쌀(arroz)과 향신료를 가미한 우유(leche)로 만든 에스빠냐식 푸딩.

이라 어떻게 묘사해야 할지 난감하다.

저녁식사가 끝나니 아이들이 사라졌다. 잠자러 간 건지 아니면 꼭두새벽에 말썽 부릴 준비를 하러 간 건지 모르겠다. "아이, 고놈들……!" 비그날레의 장모가 목소리를 높였다. "기운이 뻗쳐서 그래요. 어릴 땐 다 그렇잖아요." 사위가 맞장구를 쳤다. "우린 애가 없어요." 내가 묻지도 않았는데 비그날레의 처남댁이 선수를 쳤다. "결혼한 지 벌써 7년짼데." 그녀의 남편이 밉살스럽게 너털웃음을 터뜨리며 덧붙였다. "저는 말이죠. 아이가 있었으면 좋겠어요." 그의 아내가 해명하고 나섰다. "하지만 이이는 지금 상황에 만족하나봐요." 이어지는 피임, 출산에 대한 여담에서 우릴 구한 장본인은 바로 비그날레였다. 그는 그날 밤 최대의 구경거리인 '걸작 사진 전시회'가 있다며 끼어들었다. 사진은 포장지로 직접 만든 녹색 편지봉투에 담겨 있었다. 봉투에는 활자체로 '마르띤 산또메의 사진'이라고 쓰여 있었다. 봉투는 분명 오래되었지만 제목의 글자는 비교적 최근에 쓴 것이었다. 첫번째 사진은 네사람이 브란드센 거리의 집을 배경으로 찍은 것이었다. 굳이 설명이 필요 없었다. 어떤 사진인지 기억났다. 지금은 사진 색이 바랬지만 한때는 세피아 빛이었다는 걸 기억해낼 수 있었다. 사진 속의 네사람은 어머니, 훗날 에스빠냐로 간 이웃사람, 아버지 그리고 나였다. 내 모습은 너무나 촌스럽고 우스꽝스러웠다. "이 사진 자네가 찍은 거야?" 비그날레에게 물었다. "제정신이 아니군. 난 사진기나 권총을 다룰 만한 배포가 없었잖아. 이건 팔레로가 찍었어. 팔레로 기억나?" 어렴풋이 기억난다. 걔 아버지가 서점을 했는데 포르노 잡지를 훔쳐와서는 프랑스 문화의 정수를 우리에게 줄기차게 전파했었다. "이것도 좀 봐." 비그날레가 안달이 나서 다른 사진을 내밀었다. 내가 아도

낀과 함께 나온 사진이었다. 아도낀(다른 건 몰라도 아도낀이 어떤 녀석이었는지는 기억난다)은 우리의 시답잖은 농담에도 재미있다고 호들갑을 떨며 들러붙던 저능아 같은 녀석이었다.[10] 정말이지 우리 꽁무니를 밤낮없이 졸졸 따라다녔다.

이름은 기억나지 않았지만 그 멍청한 표정, 늘어진 살집, 올백으로 매끄럽게 빗어 넘긴 머리를 보니 아도낀이 틀림없었다. 웃음이 터져 나왔다. 올해 들어 가장 크게 웃은 것 같다. "뭐가 그렇게 웃겨?" 비그날레가 물었다. "아도낀 말이야. 이 꼬락서니 좀 봐." 그러자 비그날레가 눈을 내리깔고 멋쩍은 표정으로 부인과 처갓집 식구들을 쭉 훑어보고 나서 잠긴 목소리로 말했다. "그 별명을 기억할 줄은 몰랐는데. 난 그렇게 불리는 게 정말 싫었어." 그의 말에 온몸이 얼어붙었다. 어떻게 상황을 수습해야 할지, 무슨 말을 해야 할지 막막했다. 그러니까 마리오 비그날레와 아도낀이 동일인이라고? 그를 쳐다보고 또 쳐다봤다. 그는 확실히 멍청하고 성가시고 능글맞다. 하지만 분명 그의 멍청함과 성가심, 능글맞음은 예전과는 달랐다. 정녕 지금의 그는 그 시절의 아도낀이 아니다. 왠지 모르지만 이젠 돌이킬 수 없을 것만 같다. 말을 더듬은 것 같다. "이봐, 누구도 일부러 악감정을 가지고 그렇게 부르진 않았어. 쁘라도는 꼬네호[11]라고 불렀잖아." "차라리 나를 꼬네호라고 불렀으면." 아도낀 비그날레가 힘없는 목소리로 말했다. 우리는 더이상 사진을 보지 않았다.

---

10 아도낀(adoquín)은 에스빠냐어로 '멍청이' '돌대가리'라는 뜻.

11 꼬네호(conejo)는 에스빠냐어로 '토끼'라는 뜻.

3월 22일 금요일

버스를 잡으려고 20미터가량 뛰었더니 녹초가 되었다. 자리에 앉으니 기절할 것만 같았다. 외투를 벗고 와이셔츠 목 단추를 끄르고서 숨을 좀 돌리려고 몸을 이리저리 움직이다보니 옆 좌석에 앉은 여자와 팔이 두어번 스쳤다. 따뜻하고 살집도 적당히 있었다. 벨벳처럼 부드러운 솜털의 감촉이 느껴졌다. 그 같은 감촉의 솜털이 내 것인지 그녀의 것인지, 아니면 우리 둘 다의 것인지는 알 수 없었다. 나는 신문을 펼쳐 읽기 시작했다. 그 여자는 오스트리아 관광 책자를 읽고 있었다. 점차 호흡은 가라앉았지만 심장은 15분 내내 계속 두근거렸다. 그 여자도 팔을 서너번 움직거렸을 뿐 서로 스치는 게 자못 기분 나쁘지는 않은 눈치였다. 팔이 계속 닿았다가 떨어졌다. 몇번은 털끝만 살짝 닿은 듯한 미세한 감촉이 느껴지기도 했다. 나는 여러차례 창밖을 보는 척하며 그녀를 관찰했다. 도드라진 얼굴, 얇은 입술, 긴 머리, 수수한 화장, 별 특징 없는 도톰한 손. 그러다 별안간 그녀가 보던 책자가 바닥에 떨어지는 바람에 주워주려고 몸을 숙이게 되었다. 나도 모르게 자연스레 다리에 눈이 갔다. 발목에 반창고가 하나 붙어 있었다. 봐줄만 한 다리였다. 고맙다는 말은 없었다. 시에라 거리가 가까워졌을 때 그녀가 내릴 채비를 했다. 책자를 챙기고 머리를 매만지더니 핸드백을 닫고는 지나가겠다고 했다. 그래서 "나도 내려요"라고 충동적으로 말했다. 왠지 그래야 할 것 같았다. 그 여자는 버스에서 내려 빠블로 데 마리아 거리 쪽으로 빠르게 걷기 시작했다. 하지만 성큼성큼 네걸음 만에 따라잡을 수 있었고 그 상태로 한블록 반을 나란히 걸었다. 어떻게 말을 붙일까 궁리하고 있는데 그 여자가 내 쪽으로 고개를 홱 돌리며 말했다. "저한테 할 말 있으면, 지금 하세요."

3월 24일 일요일

아무리 생각해봐도 금요일 일은 정말 이상하다. 우리는 이름이나 전화번호를 주고받지 않았고 사적인 이야기를 나누지도 않았다. 다만 섹스 자체가 그녀의 목적이 아니었다는 건 분명하다. 오히려 그녀는 왠지 화가 난 듯했고, 나에게 몸을 허락함으로써 특이한 방식으로 알 수 없는 무언가에 대한 복수를 하려는 것 같았다. 솔직히 팔꿈치가 스친 인연만으로 손쉽게 여자를 정복하기는 이번이 처음이다. 모텔방에 들어서기 무섭게 환한 조명 아래서 순식간에 옷을 벗어던지는 여자를 만난 것도 처음이다. 침대에 누울 때의 그 적극적이고 뻔뻔스러운 모습은 무슨 의미일까? 자신이 실오라기 하나 걸치지 않았음을 보여주기 위해 어찌나 애를 쓰던지 남자 앞에서 알몸을 드러내는 게 처음이라고 생각될 정도였다. 하지만 분명 처음은 아니었다. 그녀는 립스틱을 바르지 않은 입술에 얼굴은 굳어 있었고, 손에는 아무런 감정도 실리지 않았지만 제법 즐기는 눈치였다. 때맞춰 욕설을 퍼부어달라고 애원하기까지 했다. 내 전공은 아니지만 그녀를 충분히 만족시켰으리라.

3월 25일 월요일

에스떼반이 공무원이 되다니. 사교 클럽에서 활동한 덕분이다. 그애가 고위직에 임명된 것을 마냥 기뻐해도 될지 모르겠다. 굴러들어온 돌이 박힌 돌을 빼내고 윗자리를 꿰찬 꼴이지 않은가. 다들 어지간히 텃세를 부리겠지. 어련할까.

3월 27일 수요일

오늘은 밤 11시까지 사무실에 남아 있었다. 이게 다 본부장의 호의 덕분이다. 본부장은 6시 15분에 나를 부르더니 아무짝에도 쓸모없는 서류를 내일 아침까지 제출하라고 했다. 세사람 정도는 필요한 작업이었다. 가엾게도 아베야네다가 남겠다고 자원했다. 하지만 그렇게 하라고 하기가 미안했다.

물류부에서도 셋이 남았다. 사실 정말로 일을 해야 하는 건 그들뿐이었다. 본부장은 발베르데 양의 애인에게 초과근무를 시킬 때마다 같이 남아서 일할 희생양을 만들어 들러리로 세우곤 했다. 이번에는 내가 희생양이었다. 참아야지. 발베르데 양이 그 버러지 같은 놈한테 싫증이 나길 바랄 뿐이다.

야근을 할 때면 걷잡을 수 없이 우울해진다. 아무도 없는 적막한 사무실, 서류철과 보관함으로 가득 찬 꾀죄죄한 책상. 사무실이 온통 쓰레기장 같다. 남은 사람들은 이쪽저쪽에 세명씩 나누어 앉아 8시간의 업무로 이미 녹초가 된 몸을 이끌고 적막한 어둠 속에서 마지못해 일하고 있었다.

로블레도와 산띠니가 숫자를 불러주면 내가 타자기로 쳤다. 8시가 되자 왼쪽 어깻죽지가 결리기 시작했다. 9시가 되니 통증조차 제대로 느껴지지 않을 정도였다. 잠긴 목소리로 불러주는 숫자를 로봇처럼 계속 두드려댔다. 일이 다 끝나자 아무도 말이 없었다. 물류부 사람들은 이미 퇴근한 뒤였다. 우리 셋은 쁠라사[12]까지 걸어갔다. 소로까바나 까페[13]에서 그들에게 커피를 사준 뒤 헤어졌다. 내가 자신들을 선택한 것이 조금은 원망스러웠겠지.

3월 28일 목요일

에스떼반과 긴 대화를 나누었다. 나는 그애가 갖게 된 직위가 정당한지에 대해 우려를 표했다. 일을 그만두는 것까지는 바라지도 않았다. 물론 요즘 세상에 그럴 위인이 없다는 것쯤은 나도 안다. 다만 마음이 편치 않다는 말만 들었어도 좋았을 것이다. 그러나 천만의 말씀. "제발 좀, 아빠. 세상이 많이 달라졌다고요." 그애가 말했다. "요즘 세상엔 어디서 굴러먹던 녀석이 낙하산 인사로 내려오더라도 아무도 열 받아하지 않아요. 왜 그런지 아세요? 모두들 그런 기회를 잡으려고 안달이 나 있거든요. 저는 눈엣가시가 아니라 선망의 대상이라고요. 틀림없어요."

12 이 작품에서 '쁠라사'는 몬떼비데오 중심가에 있는 쁠라사 인데뻰덴시아(Plaza Independencia)를 가리킨다.

13 몬떼비데오의 가장 유서 깊고 전형적인 까페의 하나로 산또메가 언급하는 쁠라사의 점포는 현재 사라지고 없다.

그래서 내가…… 관두자, 하기야 그놈한테 괜한 말을 했지.

3월 29일 금요일

바람이 얼마나 세차게 불어대던지 시우다델라 거리를 통해 꼴로니아 거리에서 빨라사까지 가느라 무진 애를 먹었다. 매서운 바람이 소녀의 치마를 들추고 사제복을 들어올렸다. 세상에나, 보기 드문 진풍경이었지! 이따금 내가 사제의 길을 택했다면 어떻게 됐을까 생각해본다. 아마 아무 일 없었겠지. 해마다 네댓번 되뇌는 말이 있다. "내가 정말이지 전혀 소질이 없다고 장담하는 직업이 둘 있어. 군인과 성직자." 그러나 그건 입버릇처럼 내뱉은 말일 뿐, 이렇다 할 확신은 없다.

머리가 헝클어진 채 집에 도착했다. 목이 따가웠고 눈은 흙먼지 투성이였다. 몸을 씻고 옷을 갈아입은 다음 마떼차를 마시려고 창가에 자리를 잡았다. 아늑했다. 한편으론 내가 뼛속까지 이기적이라는 생각이 들었다. 지나가는 사람들을 보니 남녀노소 할 것 없이 모두 바람과 씨름하고 있었다. 설상가상으로 이젠 비까지 뿌리고 있었다. 하지만 그들을 집으로 불러들여 비를 피하며 따뜻한 마떼차나 한잔하자고 권할 마음은 나지 않았다. 그럴 생각이 아예 없었던 건 아니지만, 영 터무니없는 짓인 것 같았다. 내가 문을 열어주었을 때 비바람 속에서도 그들이 짓게 될 당혹스러운 표정이 그려졌다.

만약 20~30년 전에 사제의 길을 가기로 결심했다면 지금의 나는 어떤 모습일까? 그래, 알겠다. 바람이 내 사제복을 들어올려 세속적인 보통 남자의 속옷이 훤히 드러났겠지. 그런데 그밖의 다른 것들에선 내 인생이 더 나았을까, 아니면 더 못했을까. 애들은 낳지 않았을 테고(철저하게 순결을 지키는 신실한 사제가 되었을 것이다), 사무실도 일정도 없었을 테고, 또 퇴직을 하는 일도 없을 것이다. 물론 하느님과 종교를 가졌겠지. 그렇다고 지금 내가 이것들을 안 가지고 있나? 솔직히 내가 하느님을 믿는지는 모르겠다. 하느님이 계신다면 이런 의문에 대해 불쾌해하시지 않을 거라고 이따금 상상해본다. 사실 하느님(절대적 존재?)께서 직접 주신 요소들(추론, 감성, 직관)은 그분의 존재를 증명하기 위한 충분조건은 아니다. 내가 직감으로 하느님이 존재한다고 믿는데 정말로 존재할 수도 있고, 반대로 하느님의 존재를 믿지 않는데 실제로 존재하지 않을 수도 있다. 그렇다면? 난 룰렛 딜러의 얼굴을 한 하느님 앞에서 주사위가 검은 눈금에 멎을 때 빨간 눈금에 걸고, 반대로 빨간 눈금에 멎을 때 검은 눈금에 거는 한낱 불쌍한 악마일지도 모른다.

3월 30일 토요일

로블레도는 지난 수요일에 내가 야근을 시킨 일로 아직 단단히 골이 나 있다. 불쌍한 친구 같으니라고. 오늘 아침 무뇨스가 로블레도의 애인이 그의 일거수일투족에 무섭게 집착한다고 귀띔해주었다. 그날 애인과 8시에 만나기로 했는데 내가 남으라고 하는 바람에 갈 수가 없었다고 했다. 애인에게 전화로 사정을 얘기했지만 소용이 없었다고 한다. 이미 잔뜩 의심하게 된 그녀는 더이상 변명은 듣고 싶지 않다고 했단다. 그래서 무뇨스가 차라리 그런 단점을 결혼 전에 알아두는 편이 훨씬 낫다고 다독였다는데도 로블레도는 심기가 매우 불편한 상태다. 오늘 그를 불러 애인 일은 몰랐다고 말했다. 왜 진작 말하지 않았느냐고 하자 눈을 부라리며 투덜거렸다. "다 알고 계셨잖아요. 그런 농담으로 저를 조롱거리로 만드는 것도 이젠 신물 나요." 그는 신경질적으로 재채기를 해댔다. 그러고는 크게 실망했다는 몸짓을 취하며 재빨리 덧붙였다. "다른 사람들이 그런 장난질을 해대는 건 그러려니 해요. 원래 무례하기 짝이 없는 인간들이니까요. 하지만 부장님같이 어느 모로 보나 진중하신 분이 그런 무리에 동조하시다니, 솔직히 좀 실망했습니다. 한번도 말씀드린 적은 없지만 참 좋은 분이라고 생각했거든요." 그가 말하는 좋은 사람의 이미지를 지키자니 쑥스러워서 정색을 하고 말했다. "이보게, 내 말을 믿으려면 믿고 아니면 참게나. 진짜 아무것도 몰랐네. 그러니까 이쯤하고 이제 일하러 가보게. 나 역시 실망하는 꼴 보고 싶지 않으면."

3월 31일 일요일

오늘 저녁 깔리포르니아[14]에서 나오는데 버스에서 만났던 여자가 멀리서 걸어오는 게 보였다. 팔꿈치로 유혹했던 여자 말이다. 그녀는 운동선수처럼 덩치는 크지만 어딘가 좀 모자라 보이는 남자와 같이 있었다. 그가 히죽거리는 모습을 보니 세상에 별의별 등신이 다 있다 싶었다. 그 여자도 고개를 한껏 젖힌 채 깔깔 웃어대며

14 몬떼비데오 시내에 있는 영화관.

애교스럽게 그 녀석의 품으로 파고들었다. 두사람은 내 앞을 지나쳤고, 그녀는 한창 깔깔대던 중에 나와 눈이 마주쳤지만 웃음을 멈추지는 않았다. 나를 알아보았는지는 확실치 않다. 곧이어 그녀는 "아이, 자기야"라며 교태 섞인 몸짓으로 그 축구선수 같은 애인의 기린 무늬 넥타이에 와락 얼굴을 파묻었다. 그뒤에 그들은 에히도 거리 쪽으로 꺾어졌다. 정말 궁금하다. 그녀가 정녕 그날 밤 빛의 속도로 옷을 벗어 던진 바로 그 여자란 말인가?

4월 1일 월요일

오늘은 나에게 '유대인 걸직자乞職者'를 상대하는 임무가 주어졌다. 두세달에 한번 꼴로 회사에 나타나곤 하는데, 본부장은 그를 어떻게 처리해야 할지 몰라 골머리를 앓는다. 오십 줄은 되어 보이는 주근깨 자글자글한 키다리 양반이다. 에스빠냐어를 말하는 건 끔찍할 정도로 엉망이고 쓰는 건 안 봐도 비디오다. 서너개의 언어로 서신 교환을 할 수 있다는 둥 독일어 속기나 원가회계가 주특기라는 둥 그의 레퍼토리는 항상 똑같다. 이내 늘 지니고 다니는 너덜너덜한 편지 한장을 주머니에서 꺼낸다. 볼리비아의 라빠스에 있는 어떤 기관의 인사부장이 쓴 추천서인데, 프란츠 하인리히 울프씨가 더할 나위 없이 훌륭하게 업무를 수행했고 자의로 퇴사했음을 증명한다는 내용이 적혀 있다. 하지만 그 남자의 표정에서는 자의든 타의든 어떤 의지도 찾아볼 수가 없다. 우린 그의 안면 경련이나 레퍼토리, 체념적인 태도를 속속들이 알고 있다. 그는 항상 자신을 시험해보라고 떼를 쓰지만 막상 타자기 앞에 앉혀놓으면 편지를 제대로 쓴 적이 한번도 없다. 어쩌다 질문이라도 던지면 대답 대신 태연하게 침묵으로 일관한다. 대체 어떻게 먹고사는지 도통 알 수가 없다. 용모는 말쑥하면서도 동시에 초라해 보인다. 자신이 실패했다는 생각에 꼼짝없이 사로잡힌 나머지 일말의 성공 가능성도 믿지 않지만, 번번이 거절당하면서도 크게 개의치 않는 고집만큼은 의무처럼 여기는 듯하다. 그 광경이 애처로웠는지, 혐오스러웠는지, 숭고했는지 콕 집어 말할 수는 없다. 하지만 안 좋은 결과를 받아들었을 때의 표정(담담한 표정, 아니면 화난 표정?)과 어정쩡하게 인사하며 나가는 모습은 절대 잊지 못할 것이다. 언젠가 길에서 그를 본 적이 있다. 느릿느릿 발걸음을 옮기거나, 아니면 지나가는 인파를 물끄러미 바라보며 뭔가를 골똘히 생각하고 있었을 것이다. 그는 결코 웃을 일이 없을 것 같다. 그에게서는 광인, 현자, 꼭두각시 혹은 고생에 찌든 사람의 눈빛이 두루 읽히니 말이다. 하지만 한가지 확실한 건 그를 볼 때마다 뭔가 불편한 느낌이 든다는 것이다. 마치 그가 지금 비참한 상황에 처해 있는 게 일정 부분 내 책임인 것처럼 느껴진다. 설상가상으로 그는 내 탓이라고 믿고 있는 것만 같다. 바보 같은 생각이라는 건 안다. 나에겐 그를 채용하고 말고 할 권한이 없다. 게다가 그는 아무짝에도 쓸모없는 인간이 아닌가.

그럼 어떡한다? 어쩌면 이 양반을 도와줄 다른 방도가 있을지도 모른다. 하지만 어떻게? 가령 조언을 해준다? 내가 조언을 하면 그가 어떤 표정을 지을지 생각하기도 싫다. 오늘 열번째로 거절의 말을 하고 나니 동정심이 일었다. 그래서 10뻬소짜리 지폐 한장을 내밀었다. 그는 어이없는 표정으로 나를 빤히 쳐다보았다(속 모를 복잡한 눈빛이었지만 8할은 비참함이었을 것이다). 곧 그는 거센소리가 섞인 귀에 거슬리는 억양으로 말했다. "당신은 아무것도 모라요." 백번 맞는 말이다. 나는 아무것도 모른다. 됐다, 이 일에 대해 더이상 생각하고 싶지 않다.

4월 2일 화요일

요즘엔 통 애들을 보지 못한다. 하이메가 특히 그렇다. 하이메야말로 가장 자주 보고 싶은 앤데 이상할 따름이다. 셋 중에서 유일하게 유머감각이 있는 아이이다. 부자간에 살갑게 대한다는 게 무슨 의미가 있는지는 모르겠지만, 애들 중에는 확실히 하이메가 가장 상냥하게 군다. 그 대신에 가장 속을 알 수 없는 아이이기도 하다.

오늘 이상한 일을 겪었다. 꼰벤시온 거리와 꼴로니아 거리 교차로에서 같이 퇴근하던 무뇨스와 헤어지던 참에 우연히 맞은편 보도를 따라 걷고 있는 하이메를 보았다. 그애는 날 보지 못했다. 같이 가던 다른 두 녀석의 옷차림이나 거동에 어딘가 눈에 거슬리는 점이 있었지만 정확히 기억은 안 난다. 내가 주의 깊게 살핀 건 하이메였으니까. 하이메가 다른 두 녀석에게 무슨 말을 했는지는 모르지만 둘은 호들갑을 떨며 웃어젖혔다. 그애는 진지해 보였지만 만족스러운 표정이 역력했다. 아니, 그 표정은 오히려 그 순간 나머지 둘을 분명히 지배하고 있다는 확신에서 기인한 것인지도 모른다.

밤에 하이메한테 말을 걸었다. "오늘 꼴로니아 쪽에서 널 봤다. 두사람과 같이 가던데." 얼굴이 빨개지는 것 같았다. 어쩌면 내가 잘못 봤을 수도 있다. "직장 동료와 그 사람 사촌이에요." "그 사람들을 네가 많이 웃겨주는 것 같던데." 내가 말을 덧붙였다. "아, 그 사람들은 시답잖은 얘기에도 잘 웃어요."

그러고 나서 난생처음 나에게 사적인 질문을 던졌다. 내 걱정거리에 관한 것이었다. "음…… 아빠, 퇴직 시점은 언제쯤으로 보세요?" 하이메가 내 퇴직에 대해 묻다니! 퇴직 절차가 신속하게 처리되도록 에스떼반이 친구와 상의한 일에 대해 말해주었다. 하지만 그 친구라고 뾰족한 수가 있을까. 애당초 오십 줄에 접어드는 건 거역할 수 없는 불가항력적인 일이다. "기분이 어떠세요?" 웃음을 띤 채 어깨를 으쓱할 수밖에 없었다. 두가지 이유 때문에 아무 말도 하지 않았다. 첫째는 아직 퇴직 후에 무엇을 해야 할지 모르기 때문이고, 둘째는 그런 느닷없는 관심에 감동을 받았기 때문이다. 오늘은 참 기분 좋은 날이다.

4월 4일 목요일

오늘도 늦게까지 남아야 했다. 이번에는 순전히 우리 실수로 인한 오차를 찾아내는 작업이었다. 야근할 사람을 고르는 게 골칫거리였다. 불쌍한 로블레도는 도전적인 눈빛으로 나를 쏘아보았고 한번 져주는 편이 낫겠다 싶어 굳이 선택하지 않았다. 산띠니는 생일파티가 있었고 무뇨스는 발톱이 살을 파고드는 바람에 심기가 말이 아니었다. 또 시에라는 이틀째 결근 중이다. 결국 멘데스와 아베야네다가 남게 되었다. 7시 45분경에 멘데스가 슬그머니 다가오더니 얼마나 더 걸릴 것 같은지 물었다. 적어도 9시는 돼야 끝날 거라고 답해주었다. 그러자 그는 혹여나 아베야네다가 들을까 전전긍긍하며 조심스레 털어놓았다. 실은 9시에 데이트 약속이 있는데 그 전에 집에 가서 씻고, 면도도 하고, 옷도 갈아입고 싶다고 말이다. 아직 애를 좀더 태우고 싶어서 괜히 물었다. “잘빠졌나?” “완전 예술이에요, 부장님.” 직원들은 솔직하게 나가면 내가 마음이 약해진다는 걸 빤히 알고 있고, 그러다보니 가끔은 지나치게 솔직할 때도 있다. 물론 가보라고 했다.

가엾은 아베야네다. 휑한 사무실에 둘만 남게 되자 평소보다 더 불안해했다. 결재서류를 내밀 때 손을 덜덜 떠는 것을 보고 단도직입적으로 말했다. “내가 그렇게 무서운가요? 어려워할 것 없어요, 아베야네다 양.” 그녀는 미소를 지었고 그뒤로는 한결 차분하게 일했다. 아베야네다와 대화하는 건 정말 고역이다. 엄격함과 친근함 사이에서 줄타기를 잘 해야 하기 때문이다. 서너번쯤 그녀를 곁눈질했다. 괜찮아 보인다. 똑 부러지면서 착실한 구석이 있다. 일이 잘 안 풀리면 자기도 모르게 머리를 헝클어뜨리는데 그 모습도 꽤나 잘 어울린다. 9시 10분밖에 안됐는데 벌써 틀린 곳을 찾아냈다. 집까지 바래다줄까 물었더니, “아니에요, 부장님. 괜찮아요”라고 했다. 그래도 쁠라사까지 함께 걸어가면서 업무에 관한 얘기를 나누었다. 그녀는 커피나 한잔하자는 제안도 사양했다. 그녀에게 사는 곳이 어딘지, 또 누구와 사는지 물었다. 부모님과 함께 산단다. “애인은 있고?” 아무렇지 않게 있다고 대답하는 걸 보니 사무실 밖에서는 내가 좀 덜 어려운가보다. “그럼, 결혼은 언제쯤?” 하고 의례적인 질문을 던졌다. “어머…… 만난 지 1년밖에 안된걸요.” 애인 얘기를 털어놓은 뒤로는 좀 안심이 됐는지 내 물음을 거의 아버지뻘 어른이 갖는 관심 정도로 받아들인 것 같다. 그녀는 용기를 내서 내가 결혼은 했는지, 아이는 있는지 따위를 물었다. 홀아비라는 말에 표정이 몹시 심각해지더니 재빨리 화제를 돌릴지, 아니면 20년이나 지난 내 슬픔을 위로해줄지 고민하는 눈치였다. 결국 신중함이 이겼고, 그녀는 애인 얘기로 말을 돌렸다. 애인이 시청에서 일한다는 대목까지 들었는데, 그때 트롤리버스가 도착했다. 그런데 인사를 하려고 손을 내미는 게 아닌가. 해가 서쪽에서 뜰 일이다.

4월 5일 금요일

아니발이 편지를 보내왔다. 쌍빠울루 생활에 싫증이 나서 이달 말에 돌아온단다. 반가운 소식이다. 아니발은 몇 안되는 친구들 중 제일 괜찮은 녀석이다. 적어도 남들 앞에선 웃음거리가 될 만한 얘기도 스스럼없이 털어놓을 수 있는 유일한 친구다. 대체 우리가 뭣 때문에 죽이 잘 맞는지는 연구 대상이다. 그는 가톨릭 신자이고 난 종교가 없다. 그는 여자라면 사족을 못 쓰지만 난 꼭 필요할 때만 여자를 만난다. 그는 활동적이고 창의적이며 결단력이 있다. 반면, 나는 융통성이 없고 우유부단하다. 이런 이유로 많은 경우 결단을 내리도록 그가 나를 밀어붙이기도 하고, 때로는 내가 의문을 제기하며 그의 행동에 제동을 걸기도 한다. 어머니가 돌아가셨을 때 —8월이면 돌아가신 지 15년이 된다— 나는 만신창이가 되어 있었다. 하느님과 친척들, 주변 사람들에 대한 미칠 듯한 분노만으로 하루하루를 버텨내고 있었다. 장례식장에서 하염없이 밤을 지새우던 그때를 떠올리면 구역질이 난다. 조문객들은 두 부류였다. 울음을 터뜨리며 들어와서는 양팔로 나를 감싸 안고 흔들어대는 사람들과 예의상 찾아와서 가식적인 태도로 조의를 표하고는 돌아서기가 무섭게 상스러운 농담이나 늘어놓는 인간들로. 그때 아니발이 도착했다. 내 쪽으로 다가오더니 남들처럼 악수를 청하지도 않고 태연하게 나와 자기 자신에 대한 얘기, 그리고 그의 가족과 심지어 우리 어머니에 대한 얘기를 늘어놓기 시작했다. 그 자연스러운 행동은 진심 어린 위로를 표하는 그만의 방식이었다. 나는 그것을 돌아가신 어머니와 어머니에 대한 그리움에 사무친 내게 표할 수 있는 최고의 경의라고 생각했다. 물론 그 일은 단지 사소한 일화에 불과하다는 걸 잘 안다. 하지만 슬픔으로 인해 극도로 민감해진 순간에는 그런 사소한 일도 특별하게 느껴지는 법이다.

4월 6일 토요일

희한한 꿈이었다. 꿈속에서 잠옷 바람으로 알리아도스 공원[15]을 지나고 있었는데, 그때 갑자기 호화로운 이층집 앞 보도에 있는 아베야네다의 모습이 눈에 들어왔다. 나는 주저 없이 다가갔다. 그녀는 장식도 벨트도 없는 민무늬 원피스를 속옷 없이 맨살 위에 걸치고 유칼립투스 나무 옆 주방용 의자에 앉아 감자를 깎고 있었다. 그러고 보니 어느덧 한밤중이라는 생각이 퍼뜩 들어서 그녀에게 다가가 "아, 향긋한 시골내음!"이라고 속삭였다. 이 한마디가 결정적이었나보다. 어느새 난 그녀를 정신없이 탐하고 있었고, 그녀는 내게 아무 저항도 하지 않았으니 말이다.

그런데 오늘 아침 아베야네다가 장식도 벨트도 없는 민무늬 원

15 몬떼비데오의 대규모 녹지 중 하나.

피스를 입고 나타났길래 참지 못하고 그만 "아, 향긋한 시골내음!" 이라고 말해버렸다. 그러자 그녀는 질겁해서 나를 쳐다보았다. 딱 미친놈이나 술주정뱅이를 쳐다볼 때처럼. 엎친 데 덮친 격으로 거기다 대고 혼잣말을 한 거라고 둘러대기까지 했다. 변명이 먹혀들기는커녕 정오쯤 자리를 뜰 때까지도 경계의 눈초리로 나를 흘긋거렸다. 이로써 현실에서보다 오히려 꿈속에서 더 설득력을 가질 수 있다는 걸 다시 한번 실감했다.

4월 7일 일요일

거의 매주 일요일마다 점심과 저녁을 혼자 먹는다. 이럴 때면 별 수 없이 울적해지기 마련이다. '난 살아오면서 도대체 뭘 한 걸까?' 이런 질문은 까를로스 가르델[16]의 노래나 여성잡지 부록 또는 『리더스 다이제스트』에나 나올 법하지만 알게 뭔가. 일요일인 오늘은 내가 한없이 초라하게 느껴지니 이런 식의 질문을 내뱉어도 좋겠지. 나의 인생에서 이렇다 할 터무니없는 변화나 허무맹랑하고 뜬금없는 반전은 없었다. 그나마 가장 기억할 만한 일은 이사벨의 죽음이었다. 과연 그녀의 죽음이 내가 느끼는 좌절감의 원천일까? 그런 것 같진 않다. 더욱이, 곱씹으면 곱씹을수록 그녀의 요절이 그나마 불행 중 다행이었다는 생각이 든다(맙소사, 어찌나 천박하고 비열하게 들리는지 나 자신조차 소름 끼친다). 이사벨이 죽었을 때 나는 스물여덟살, 그녀는 스물다섯살이었고, 그 당시 우리는 둘 다

16 까를로스 가르델(Carlos Gardel, 1890~1935): 아르헨띠나의 가수이자 작사가, 탱고 작곡가.

육체적 욕망이 절정에 달해 있었다. 이사벨을 볼 때마다 언제나 주체할 수 없는 격렬한 육체적 욕구를 느꼈던 것 같다. 아마도 그것이 바로 내가 이사벨의 얼굴은 재구성할 수 없어도(사진이나 추억이 아닌 나 자신의 이미지로) 언제든 원할 때마다 그녀의 허리와 배, 종아리, 가슴의 특별한 감촉을 손끝에 다시 살려낼 수 있는 이유일 것이다. 내 기억보다 내 손바닥이 그녀를 더 잘 기억하는 이유가 뭘까? 결국 결론은 하나다. 만약 이사벨이 피부가 늘어질 때까지 충분히 오래 살았다면(구석구석 매끄럽고 탱탱한 피부가 그녀의 매력이었다) 그녀를 향한 욕망도 그만큼 시들었을 것이다. 또 우리의 남다른 금슬이 어떻게 되었을지 장담하지 못하겠다. 결국 우리의 진정한 화합은 전적으로 침대, 바로 우리의 침대에 달려 있었으니 말이다. 물론 그렇다고 우리가 낮 동안에 견원지간처럼 티격태격했다는 말은 아니다. 오히려 일상생활도 꽤나 원만했다. 그렇다면 무엇이 감정이 폭발하거나 넘치지 못하도록 제동을 걸었을까? 한마디로 말해, 결국 밤에 찾아올 쾌락, 무미건조한 일상의 한가운데서 날 지켜주는 그 쾌락의 존재감이었다. 증오가 치밀어 오르고 입술이 달싹거릴 때면, 우리가 느꼈던 밤의 쾌락과 곧 맛보게 될 환희에 대한 유혹이 눈앞에 펼쳐졌고, 결국에는 모든 분노의 싹을 잠재우는 애정의 물결이 되어 우리를 감싸 안았다. 이 사실을 부인하진 않겠다. 나의 결혼은 좋은 선택이었고 행복한 순간이었다.

하지만 그밖의 것들은 어땠을까? 사람은 누구나 자기 자신에 대해 놀라우리만치 솔직한 평가를 할 때가 있기 마련 아닌가. 어떠한 허세도 가감도 없이 지나치게 솔직해서 거울 앞에서 면도를 하면서도 고백하기 민망한 그런 평가 말이다. 그런 시기(열여섯에서 스무살 사이쯤?)가 있었던 것으로 기억한다. 그때는 나 자신에 대해 긍정적인, 아니 거의 완벽에 가까운 견해를 갖고 있었다. 뭔가 '거창한 일'에 뛰어들어 꼭 실현하고 말겠다는 포부가 있었다. 많은 이들에게 쓸모 있는 사람, 세상을 바로잡는 사람 말이다. 그렇다고 나의 태도가 어리석을 정도로 자기중심적이었다고 말할 수는 없다. 인정을 받고 더 나아가 다른 사람들로부터 찬사를 받는 것도 좋았겠지만, 나의 일차적인 목표는 타인을 이용하는 것이 아니라 그들에게 유용한 사람이 되는 것이었다. 이것이 순수한 기독교적 사랑은 아니라는 건 알고 있다. 나는 기독교적 의미의 사랑에 별 관심이 없다. 내가 기억하기로도 나는 빈곤하거나 장애가 있거나 혹은 불우한 이들을 도우려는 시도를 하지 않았다(나는 갈수록 무분별하게 도움을 베푸는 것에 회의적이 돼간다). 당시에 나의 의도는 더 소박한 것이었다. 한마디로, 나와 동등한 사람들, 즉 나를 필요로 할 합당한 권리가 있는 사람들에게 보탬이 되자는 것.

나 자신에 대한 그 완벽에 가깝던 자존감이 상당히 무너져버린 게 사실이다. 오늘은 내가 하찮은 존재로 여겨지고, 어떤 면에서는 무방비 상태로 느껴지기도 한다. 내가 보통 이상은 된다는 의식만 없어도(물론, 마음속으로만) 이런 삶의 방식을 좀더 수월하게 견뎌낼 수 있을지 모른다. 내 안에 다른 가능성으로 도약할 수 있는 충분한 요소들이 있다는 — 혹은 과거에 있었다는 — 것을 아는 것. 내가 소모적인 직업, 몇 안되는 취미, 그리고 판에 박힌 일상적인 대화에서 드러나는 것보다는, 대단치는 않지만 그래도 더 잘난 사람임을 아는 것. 이 모든 것을 아는 것은 나의 평정심에 도움이 되기보다 상황을 극복하는 데 무력감과 좌절감을 안겨준다. 최악인 것은 나를 옥죄고, 최상의 추진력에 제동을 걸고, 성장을 가로막고, 혼수상태 같은 일상에 나를 옭아맬 만한 어떤 끔찍한 일도 일어난 적이 없다는 점이다. 물론 이사벨의 죽음은 충격적이었지만 그걸 끔찍하다고 말할 수는 없다. 따지고 보면 세상을 떠나는 것보다 더 자연스러운 일이 어디 있단 말인가? 틀에 박힌 일상을 만들어낸 건 나 자신이지만, 그조차도 매순간의 축적이라는 지극히 단순한 방식을 통해서였다. 내가 더 훌륭한 일을 할 수 있다는 확신에서 만사를 미루는 버릇이 생겼다. 결국 내 무덤을 내가 판 꼴이다. 그때부터 나의 일상은 색깔도 없고 뭐라 정의할 수도 없는 것이 돼버렸다. 항상 임시방편적이었고 늘 불확실한 방향으로 나아갔다. 계속 미루면서 그것을 나의 운명에 결정적으로 뛰어들기 전에 일견 불가피하게 겪어야 할 준비기간일 뿐이라 여겼고, 정작 그 기간 동안 내가 한 일이라고는 매일매일의 의무를 견뎌내는 게 전부였다. 내가 봐도 참 허탈하다. 그렇게 살다보니 지금 딱히 나쁜 버릇은 없지만(담배도 별로 안 피우고 가끔 무료할 때 맥주 한잔 홀짝이는 정도) 이렇게 미루는 습관을 이제는 못 버릴 것 같다. 나의 고질병이 되었다. 당장 '내가 과거에 꿈꾸었던 바로 그 사람이 되겠어'라고 일종의 때늦은 다짐을 해봤자 다 부질없을 것이기 때문이다. 우선, 이젠 인생을 바꾸는 도박을 감행할 기력도 없다. 또 내가 꿈꾸었던 것이 이제 와서 무슨 의미가 있을까? 일부러 기력을 더 빨리 소진하려고 덤비는 격이다. 지금 내가 소망하는 것은 30년 전에 내가 소망했던 것보다 훨씬 더 소박하다. 특히나 지금 나에게는 그것을 성취하느냐 못하느냐가 별 의미가 없다. 예컨대 퇴직은 물론 내가 바라는 바지만 인생 내리막의 맥 없는 꿈이기도 하다. 때가 되면 퇴직의 순간이 홀로 쓸쓸히 오리라는 걸 안다. 그러니 굳이 이렇게 조바심을 낼 필요가 없다는 것 또한 안다. 이렇게 생각해야 만사가 편하고, 그래야 현실에 굴복하고 결정을 내리는 것에도 의미가 있다.

4월 9일 화요일

오늘 오전에 아도낀 비그날레가 전화를 했다. 직원들에게 자리에 없다고 말하라고 했지만 오후에 다시 전화가 걸려왔고, 도저히 받지 않을 수가 없었다. 이거 하나는 분명하다. 비그날레와의 관계(차마 우정이라고는 못하겠다)가 지속되는 건 내가 그 정도 그릇밖에 안되기 때문이다.

그가 우리 집에 오고 싶어한다. "긴히 할 얘기가 있는데 말이지. 전화로는 좀 그렇고, 그 일로 자네를 우리 집에 오라고 할 수도 없어서." 목요일 밤에 보기로 했다. 저녁식사 후에 올 것이다.

4월 10일 수요일

아베야네다에겐 어딘가 끌리는 데가 있다. 확실하다. 대체 그게 뭘까?

4월 11일 목요일

저녁식사 시간까지 30분 남았다. 오늘밤 비그날레가 올 것이다.

집에는 블랑까와 나뿐이다. 다른 두 녀석은 그가 온다는 말을 듣고는 부리나케 어디론가 사라졌다. 그애들을 나무랄 수는 없다. 나라도 도망쳤을 테니까.

블랑까가 좀 변했다. 볼이 발그레한데 세수를 하고 나서도 그대로인 걸 보면 화장기는 아니다. 종종 내가 집에 있다는 것도 깜빡하고 노래를 부르기 시작한다. 나지막한 목소리지만 기분 좋게 흥얼거린다. 그 소리에 나까지 즐거워진다. 아이들은 어떤 생각을 하고 있을까? 원대한 꿈이라도 꾸는 걸까?

4월 12일 금요일

비그날레는 어젯밤 11시에 와서 새벽 2시에 떠났다. 그의 고민거리는 한마디로 요약할 수 있다. 처남댁이 그를 좋아한다는 것이다. 비그날레 쪽의 얘기는 대략이나마 옮겨 적어볼 만하다. “이봐, 처남 부부가 우리와 6년째 같이 살고 있어. 하루 이틀도 아니고 자그마치 6년이야. 그동안 내가 엘비라에게 눈길을 준 적이 한번도 없다고 말하진 않겠네. 이미 봐서 알겠지만, 꽤 잘빠졌잖아. 만약 엘비라가 수영복 입은 모습을 보면 자네도 침을 질질 흘릴걸. 그런데 그냥 눈으로 보는 거랑 실제로 뭘 하는 거랑은 차원이 다르잖아. 나라고 어쩌겠어. 마누라는 이제 나이깨나 먹었고 집안일 하랴 애들 돌보랴 맨날 피곤에 절어 있다고. 생각을 해봐. 결혼 15년 차에 마누라를 보는 것만으로 흥분한다는 게 말이 되냐고. 게다가 생리를 보름씩이나 해대는 통에 내가 하고 싶을 때와 그날이 겹치기 일쑤야. 솔직히 말하면, 고플 때가 많아서 엘비라 종아리를 힐끗 힐끗 쳐다보는데, 미치겠는 건 집에서 맨날 핫팬츠를 입고 다닌다는 거야. 문제는 그 여자가 내 시선을 오해했다는 거지. 그래, 뭐, 사실 오해가 아니긴 한데, 그 정도까지는 아니라고. 가슴에 손을 얹고 말하지만 엘비라가 날 좋아하는 걸 진즉 알았으면 쳐다보지도 않았을 거야. 내가 항상 신성하게 여겨왔던 집안에 평지풍파를 일으키고 싶은 마음은 추호도 없거든. 처음에는 추파를 던지더라고. 모르는 척했지. 그런데 며칠 전엔 내가 보는 앞에서 핫팬츠 차림으로 다리를 꼬더라고. 그래서 한 소리 할 수밖에 없었어. '조심 좀 하시지'라고 했더니 '조심하기 싫은데요?'라고 대꾸했고, 그걸로 볼 장을 다 본 셈이었지. 이어서 나보고 장님이냐는 둥 내가 자기한테 무관심하지만은 않았다는 걸 나 자신이 더 잘 알고 있지 않느냐는 둥 꼬치꼬치 따지고 들더라니까. 씨알도 안 먹힐 걸 알았지만 그래도 남편, 그러니까 처남의 존재를 일깨워줬지. 그랬더니 뭐라고 대꾸했는지 알아? '누구요? 그 머저리요?' 그런데 말이야 최악인 건, 그 말이 맞다는 거야. 프란시스꼬는 머저리지. 그 말을 들으니 양심에 덜 찔리더라고. 자네라면 어떻게 하겠어?"

나라면 아무런 문제가 없었을 것이다. 우선 난 멍청한 그의 아내와 결혼하지 않았을 것이고, 또 절대 그 물살 아줌마에게 끌리지 않았을 테니까. 그러나 상투적인 말을 해줄 수밖에 없었다. "조심해. 그러다가 그 여자를 떼어내기 힘들어질 수도 있어. 만약 집안을 풍비박산 내려거든 그렇게 해. 하지만 가족이 무엇보다 소중하다고 생각하면 애먼 짓 하지 마."

고민에 잠긴 그는 마음을 정하지 못한 채 심란한 얼굴로 떠났다. 프란시스꼬의 앞길이 험난해 보인다.

4월 14일 일요일

오늘 아침에 버스를 타고 아그라시아다 거리와 4월 19일 거리[17] 교차로에서 내렸다. 그쪽 동네에는 안 간 지 한참 되었다. 꼭 낯선 도시에 온 느낌이었다. 그제야 비로소 내가 가로수 없는 거리에서 사는 데 익숙해졌다는 걸 깨달았다. 원, 거리라는 것이 얼마나 대책 없이 삭막해질 수 있는 건지.

햇살이 나뭇잎 사이로 쏟아져 내리는 광경을 바라보는 건 삶에서 가장 큰 즐거움의 하나다.

참 기분 좋은 아침이었다. 하지만 오후에 낮잠을 4시간 자고 나서 찌뿌둥한 기분으로 깨어났다.

4월 16일 화요일

아베야네다의 어떤 점에 이토록 마음이 끌리는지 여전히 모르겠다. 오늘 그녀를 계속 관찰했다. 다소곳하고 머리는 단정하게 묶었으며 볼에는 복숭아처럼 솜털이 나 있다. 애인하고는 뭘 할까? 아니, 애인이 그녀에게 어떻게 할까? 건전한 데이트를 할까, 아니면 여느 커플처럼 욕정에 불타오를까? 여기서 핵심적인 질문 하나. 내가 질투하고 있는 건가?

17 몬떼비데오 외곽에 위치한 곳으로, 4월 19일은 브라질 지배하에 있던 오늘날의 우루과이 영토를 되찾기 위해 1825년 봉기를 일으킨 33인의 영웅이 아그라시아다 해안에 상륙한 날이다.

4월 17일 수요일

연말에 퇴직하려면 지금부터 준비해야 한다고 에스떼반이 일러주었다. 시기를 조정하는 건 도와줄 수 있지만, 그렇더라도 시간이 걸릴 거란다. 퇴직 시기를 조정하려면 십중팔구 누군가를 매수해야 한다는 얘기겠지만 그럴 마음은 없다. 물론 뇌물을 받는 쪽이 더 수치스럽겠지만 나도 결백하다고 할 순 없다. 에스떼반의 논리는 주어진 상황에 따라 유연하게 처신할 필요가 있다는 것이다. 어떤 상황에서는 떳떳한 일이 다른 상황에서는 오히려 바보짓이 될 수도 있으니 말이다. 물론 일리가 있다. 하지만 그게 날 맥 빠지게 한다.

4월 18일 목요일

감사관이 왔다. 콧수염이 덥수룩하고 싹싹해 보였다. 그런데 그렇게 성가시게 굴 줄 누가 알았겠는가. 초장부터 가장 최근 시산표의 데이터를 요구하더니 마지막에는 기초재고액의 세부 자료까지 제출하라고 했다. 아침부터 오후 퇴근시간까지 뒤죽박죽인 해묵은 회계장부를 나르며 하루를 보냈다. 감사관은 정말 괜찮은 사람이었다. 미소를 짓고 양해를 구했으며, "정말 고마워요"라고도 했다. 사람이 아주 그만이었다. 저승사자는 그런 작자 안 잡아가고 뭐하나 몰라. 처음엔 부글부글 끓는 마음을 삭히며 속으로는 욕을 해대면서도 건성으로 대답을 해주고 있었다. 그러다 분노가 사그라지면서 또다른 감정이 스며들었다. 불현듯 내가 늙었다는 생각이 들기 시작했다. 1929년의 기초 자료들은 내가 기록한 것이다. 영업일지의 대변기입과 차변기입도 내가 적었고 현금출납부에 연필로 쓴 운송료 기록도 내가 남긴 것이다. 당시에 나는 수습사원에 불과했는데도 중요한 업무를 맡고 있었다. 그 싸구려 명예는 당시 온전히 내 상사의 몫이 되곤 했는데, 그건 지금 무뇨스와 로블레도가 담당하는 중요한 업무 덕분에 내가 값싼 명예를 차지하는 것과 마찬가지다. 마치 내가 이 회사의 헤로도토스[18]쯤 되는 것처럼 느껴진다. 기록관이자 필경사인, 회사 역사의 산증인 말이다. 25년이라니. 반의반 100년인 셈이다. 아니면 사반세기라고도 할 수 있겠다. 아니다. 단도직입적으로 25년이라고 말하는 편이 훨씬 더 놀랍게 들린다. 그동안 내 글씨체는 얼마나 몰라보게 변했나! 1929년에는 글씨체가 굉장히 들쑥날쑥했다. d와 b, 그리고 h와는 다르게 소문자 t만 다른 방향으로 기울어져 있었다. 마치 모든 글자에 같은 방향으로 바람이 불지는 않았다는 듯이 말이다. 1939년 글씨체를 보면 f와 g, 그리고 j의 아랫부분은 아무런 특색이나 의욕도 없이 흐릿한 게 꼭 풀린 실밥처럼 보인다. 1945년에는 드디어 대문자의 시대가 도래했다. 그때는 시원시원한 곡선으로 쓸데없이 화려하게 글씨를 꾸미길 좋아했다. 특히 대문자 M이나 H는 거미줄 따위를 두루 갖춘 왕거미 같았다. 지금은 매끈하고 가지런해서 명료하면서도 인위적인 느낌이 나는 글씨체다. 그런데 정작 나 자신은 복잡하고 특이하며 어수선한 데다 순수함도 상실해버려 글씨체는 다만 내가 가식적인 인간임을 입증할 뿐이다. 감사관이 1930년도 자료를 보여달라고 요구하는데 문득 특별했던 시기의 내 글씨체가 눈에 들어

18 헤로도토스(Herodotos, ?B.C. 484~?B.C. 430): 고대 그리스의 역사가.

왔다. '1930년 8월 급여명세서'를 기록했던 바로 그 서체로 그해에 매주 두번씩 편지를 쓰곤 했다. 당시 이사벨이 멜로[19]에 살았기에 화요일, 금요일이면 꼬박꼬박 '내 사랑 이사벨'로 시작하는 편지를 보냈던 것이다. 그러니 그건 연애시절의 글씨체였다. 추억을 떠올리며 미소를 머금자 감사관 또한 미소를 지어 보였다. 그러고는 다른 세부 자료를 요구했다.

4월 20일 토요일

나는 메마른 걸까? 감정적으로 말이다.

4월 22일 월요일

산띠니가 또다른 비밀을 털어놓았다. 이번에도 예의 그 열일곱 살짜리 여동생에 대한 얘기였다. 부모님이 집을 비울 때면 그애가 자기 방으로 와서 거의 알몸으로 춤을 춘단다. "왜 그 위아래 둘로 된 투피스 수영복 있잖아요, 아시죠? 그런 차림으로 제 방에 와서는 춤을 추면서 윗도리를 벗더라고요." "그럼 자넨 어떻게 하나?" "저야…… 바짝 긴장하고 있죠." 나는 그저 긴장이 될 뿐이라면 걱정할 거 없지 않느냐고 했다. "그래도요, 부장님. 그건 부도덕한 일이잖아요." 그는 쇠줄과 메달 장식이 주렁주렁 매달린 손목을 흔들

19 우루과이 북동부에 위치한 도시로 세로라르고 주의 주도(州都).

어대며 말했다. "그런데 동생은 그렇게 옷도 제대로 안 걸치고 자네 앞에서 춤을 추는 이유가 뭐라고 하던가?" "그게 말이죠, 부장님. 제가 여자들한테 관심이 없다면서 자기가 고쳐주겠다나 뭐라나." "그런데 그게 사실인가?" "글쎄요. 사실이라 해도 그애가 직접 나서서 그럴 것까지는 없는데……" 이쯤 되자 나는 오래전부터 참아왔던 도발적인 질문을 던질 수밖에 없었다. "그래서 자네는 남자가 좋은가?" 그는 쇠줄과 메달 장식을 또다시 흔들어댔다. "하지만 그건 부도덕한 일이잖아요, 부장님" 하고 대답하고는 내게 장난스럽고도 구역질나는 눈짓을 보냈고, 내가 말을 덧붙일 겨를도 없이 물었다. "아니면 부장님은 그렇게 생각 안하시나보죠?" 귀찮다는 듯 손을 휘휘 내저으며 그에게 따분한 일을 하나 시켰다. 족히 열흘은 자리에 처박혀 고개도 못 들겠지. 어쩐 나한테 뭔가 하나 빠진 것 같더라니. 왜 여태 사무실에 호모가 없나 했어. 그래도 '양심에 털 난' 놈은 아니구먼. 고 녀석 참 물건이야. 어쨌든 한가지는 분명하다. 그 여동생이라는 애도 진짜 보통내기가 아니다.

4월 24일 수요일

오늘은 매년 4월 24일이면 그랬듯이 다함께 저녁을 먹었다. 에스떼반의 생일이라는 좋은 구실이 있었다. 모두들 즐거워 보여야 한다는 의무감을 조금씩은 가지고 있는 듯했다. 에스떼반조차 부루퉁해 보이지 않았으니까. 그애는 농담도 몇마디 했고 우리의 포옹도 꿋꿋이 잘 참아냈다.

오늘 저녁의 백미는 블랑까가 준비한 요리였다. 역시 맛있는 음식 앞에선 기분이 좋아지기 마련이다. 감자 또르띠야를 먹을 때보다 뽀르뚜갈식 닭고기 요리를 먹을 때 더 낙천적이 된다는 건 허튼 소리가 아니다. 왜 어떤 사회학자도 식습관이 우루과이의 문화·경제·정치 전반에 미치는 영향에 대한 엄밀한 분석을 시도해볼 생각을 하지 못했을까? 세상에, 우리가 얼마나 먹어대는데! 기쁠 때도 먹고, 괴로울 때도 먹고, 놀랐을 때도 먹고, 낙담했을 때도 먹고. 우리의 감성은 근본적으로 먹는 것과 관련이 있다. 우리가 천성적으로 민주주의자인 이유는 옛적부터 '모든 인간은 먹어야 한다'라는 관념이 있었기 때문이다. 우리나라 신자들은 회개기도는 대충대충 하지만 일용할 양식을 달라는 기도는 눈물을 글썽이며 무릎을 꿇고 한다. 확신컨대 그들이 바라는 것은 상징으로서의 '빵'이 아니라 저울에 달아 파는 독일 빵 한덩이다.

여하튼 우리는 에스떼반의 생일을 축하하며 맛있게 먹었고 질 좋은 끌라레떼[20]도 한잔 곁들였다. 식사가 거의 끝나고 모두가 커피를 천천히 젓고 있을 즈음, 블랑까가 넌지시 새로운 소식 하나를 전했다. 애인이 생겼단다. 그러자 하이메는 낯설고 요상한 눈빛으로 블랑까를 흘겨보았다(하이메가 뭐길래? 하이메가 누구길래? 하이메가 대체 뭘 바라길래?). 에스떼반은 쾌활하게 그 '불쌍한 녀석'의 이름을 물었다. 나는 흡족한 마음이 들었고 굳이 감정을 숨기지 않았던 것 같다. "그 귀여운 녀석은 언제쯤 볼 수 있을까?"라고 물은 걸 보면 말이다. "아빠, 디에고는 월, 수, 금에 시간을 정해놓고 찾아오는 그런 의례적인 방문은 하지 않을 거예요. 어디서든 만나요. 시내나 개네 집, 아니면 여기도 좋아요." '개네 집'이라는

---

20 적포도주로 흔히 보르도산 와인을 지칭한다.

말에 우리가 얼굴을 찌푸렸나보다. 블랑까가 재빨리 "아파트에서 어머니와 함께 살아요. 염려하지 마세요"라고 덧붙인 걸 보니. 에스떼반은 이미 심사가 뒤틀려서 떨떠름하게 물었다. "그럼 그 어머니는 집 밖으로 한발짝도 안 나가신다던?" 블랑까는 "그러지 좀 마"라고 받아넘기고는 곧바로 내게 질문을 던졌다. "아빠, 아빠가 저를 믿으시는지 알고 싶어요. 저에게 중요한 건 아빠 의견뿐이에요. 절 믿으시죠?" 그렇게 단도직입적으로 물어오면 내가 할 수 있는 대답은 하나뿐이다. 딸아이도 이미 알고 있다. "당연히 믿지." 에스떼반은 미심쩍다는 듯 크게 헛기침을 했고, 하이메는 계속 침묵을 지켰다.

4월 26일 금요일

본부장이 부장 몇을 소집했다. 수아레스는 운 좋게도 감기에 걸려 불려오지 않았다. 그가 빠진 틈을 타 마르띠네스가 몇몇 사실들을 발설했는데 제법 솔깃한 내용이었다. 참으로 그런 에너지가 어디서 나오는지 존경스럽다. 내가 정말로 극히 사소하게 여기는 것들이 몇가지 있는데 직장, 학벌, 직위 따위가 그것들이다. 직위를 얻는 것에는 관심을 둔 적도 없다. 나의 비밀스러운 좌우명을 하나 공개하자면, '직위가 낮을수록 책임도 적다'다. 아무렴, 모름지기 큰 책무가 주어지지 않았을 때에 비로소 사는 게 더 편한 법이지. 마르띠네스에 대해 말하자면, 업무능력은 꽤 뛰어난 친구다. 여러 부장들 중에서 연말에 부본부장 자리를 노려볼 만한 후보를 꼽자면 연공서열 순으로 나, 마르띠네스 그리고 수아레스가 있다. 마르띠네스는 내가 퇴직한다는 걸 알고 있으니 나를 경계하지 않지만 수아레스에 대해선 한시도 경계를 늦추지 않고 있다. 그도 그럴 것이 발베르데 양과 사귀기 시작한 이래 그는 분명 고속승진을 했다. 작년 중순쯤 출납 담당 보조에서 주임으로, 그리고 바로 넉달 전에는 주임에서 물류부 부장으로 승진했으니 말이다. 마르띠네스는 그로부터 자신을 지켜낼 유일한 방법이 그의 평판을 바닥에 떨어트려버리는 것임을 너무도 잘 알고 있다. 물론 수아레스는 업무능력이 한참 떨어지니 이를 위해 크게 잔머리를 굴릴 필요는 없다. 특별대우에 눈총을 받는 것은 불보듯 빤하지만 그는 결코 양심의 가책을 느끼는 부류가 아니다.

마르띠네스가 울분을 토했을 때 본부장의 얼굴은 가관이었다. 마르띠네스는 본부장님께서는 부장들과 잠자리를 같이하고 싶어하는 딸을 둔 이사회의 임원을 아느냐며 대놓고 묻고는 자신은 언제든 준비가 되어 있다고 덧붙였다. 본부장은 무슨 꿍꿍이로 그런 말을 하냐며 정직당하고 싶어 환장했느냐고 받아쳤다. "그럴 리가요. 승진을 하려면 임원 딸과 동침하는 것이 수순이라고 알고 있습니다만." 마르띠네스가 대꾸했다. 본부장이 안쓰러웠다. 그는 마르띠네스의 말이 맞다는 것을 알지만 자신에게도 뾰족한 수가 없다는 것 또한 알고 있다. 적어도 지금 수아레스는 감히 아무도 손댈 수 없는 존재다.

4월 28일 일요일

아니발이 도착했다. 공항으로 마중을 나갔다. 그는 더 마르고, 더 늙고, 더 지쳐 보였다. 어쨌든 다시 보게 되어 기뻤다. 우린 거의 얘기를 나누지 못했다. 그의 세 누이들이 같이 있었기 때문이다. 나는 그 수다스러운 여자들과 한번도 잘 지내본 적이 없다. 가까운 시일 내에 다시 만나기로 했다. 그가 사무실로 연락을 할 것이다.

4월 29일 월요일

오늘 우리 부서는 황량한 사막 같았다. 셋이나 출근하지 않았다. 게다가 무뇨스는 외근을 나갔고 로블레도는 판매부와 함께 기록을 점검해야 했다. 월말이라 일이 많지 않은 게 그나마 다행이었다. 매달 1일 이후에야 정신없이 바빠진다. 딱히 처리할 업무도 없어 단둘이 있는 기회를 틈타 아베야네다와 잠시 이야기를 나누었다. 아베야네다는 며칠 전부터 풀이 죽어 있고 왠지 슬퍼 보이기도 한다. 그래, 슬픈 게 맞다. 얼굴은 핼쑥하고 두 눈엔 우울함이 가득했지만, 오히려 그래서 더 어려 보였다. 아베야네다가 좋다. 언젠가 이 말을 일기에 쓴 것 같다. 무슨 일 있느냐고 물었더니 내 책상 가까이로 다가와 미소만 지을 뿐 아무 말도 하지 않았다(미소는 또 얼마나 예쁜지). "며칠 전부터 풀이 죽어 있고 왠지 슬퍼 보이던데"라고 말했다. 그러고는 내 생각을 있는 그대로 말해주기 위해 덧붙였다. "그래, 슬픈 게 맞지요?" 아베야네다는 내 말에 흑심이 있다고 여기지 않았다. 눈빛에서 우울한 기색이 가시더니 "부장님은 정말 좋은 분이세요"라고 했다. '부장님'이라고? 맙소사. 잘 나가다가 대체 왜…… 그 '부장님'이라는 호칭에 내가 오십이 다 됐다는 사실이 떠올라 맥이 풀렸다. 나는 짐짓 아버지 같은 말투로 가까스로 질문을 던졌을 뿐이다. "애인 때문인가?" 가엾은 아베야네다의 눈에 눈물이 그렁그렁했다. 고개를 흔들었지만 긍정하는 것처럼 보였다. "죄송해요." 이렇게 웅얼거리고는 화장실로 뛰쳐나갔다. 한동안 난 어찌할 바를 모르고 서류 더미 앞에 앉아 있었다. 가슴이 일렁였던 것 같다. 호흡이 가빠졌다. 참 오랜만에 느껴보는 감정이었다. 흔히 울고 있는 여자나 울음을 터뜨리기 직전의 여자를 봤을 때 드는 긴장감이 아니었다. 나의 불안감은 나의 것, 오직 나만의 것이었다. 나의 마음을 온통 흔들어놓는 불안. 그 순간 한줄기 빛이 뇌리를 스쳤다. 그래, 난 메마르지 않았어! 이제 울음을 그친 아베야네다가 다소 민망해하며 돌아왔을 때도 나는 이기적이게도 여전히 이 새로운 발견을 즐기고 있었다. 나는 메마르지 않았어. 나는 메마르지 않았다고. 그제야 고마운 마음으로 그녀를 쳐다보았다. 바로 그때 무뇨스와 로블레도가 사무실로 들어섰기 때문에 우리는 마치 약속이라도 한 것처럼 일하기 시작했다.

4월 30일 화요일

어디 보자. 대체 내가 왜 이러지? 마치 끝없이 반복되는 구호처럼 단 하나의 문장이 온종일 머릿속에 맴돌았다. '그래, 애인과 다툰 거야.' 그런 생각을 떠올리면 금세 호흡이 가빠지곤 했다. 내가 아직 메마르지 않았다는 걸 깨달은 바로 그날, 다른 한편으론 나 자신이 무서우리만큼 이기적임을 느꼈다. 그래, 어찌됐건 일보 전진했다는 뜻이겠지.

5월 1일 수요일

역사상 유례없이 지루한 노동절. 설상가상으로 우중충하고 비가 추적추적 내리는 때 이른 겨울 날씨다. 행인도 버스도 없고 개미 한마리 보이지 않는 거리. 방 안 싱글침대에 누워 있다. 7시 30분의 어둡고 무거운 정적. 어서 아침 9시가 되어 사무실 책상에 앉아 있고 싶다. 그리고 이따금 왼쪽으로 고개를 돌려 슬픈 표정으로 일에 집중하고 있는 무방비 상태의 그녀를 바라보고 싶다.

5월 2일 목요일

아베야네다와 얘기하고 싶지 않았다. 첫째, 그녀를 놀래주기 싫고, 둘째, 정말로 그녀에게 무슨 말을 해야 할지 모르기 때문이다. 그전에 도대체 나에게 무슨 일이 일어나고 있는지 정확하게 파악해야만 한다. 이 나이에 갑자기 나타난 딱히 예쁘지도 않은 아가씨에게 마음을 빼앗긴다는 건 있을 수 없는 일이 아닌가. 그러나 한 가지 확실한 건, 지금 내가 사춘기 소년처럼 안절부절못한다는 것이다. 하지만 처지기 시작한 피부와 눈가의 주름, 발목의 울퉁불퉁한 핏줄을 바라보고 있자면, 또 노인처럼 아침마다 기침을 해야만 기관지가 제대로 작동하는 걸 느낄 때면 사춘기 소년은커녕 나 자신이 괴물처럼 느껴질 뿐이다.

20년 전 이사벨이 죽었을 때, 내 모든 감정은 작동을 멈추었다. 처음에는 고통, 다음에는 무관심, 그뒤에는 자유가 잇따랐고 결국에는 권태만이 남았다. 길고, 황량하고, 한결같은 권태. 아, 이런 단계를 거치는 동안에도 성생활은 유지해왔지. 하지만 수법이라고는 여기저기 찔러보는 것뿐. 오늘은 버스에서 상대를 찾았다면, 내일은 감사 차 방문한 회계사를, 모레는 에드가르도 라마스 주식회사의 출납 담당자를 건드리는 식이다. 단, 한 여자와 절대 두번 관계를 갖지 않는다. 그건 영속적이고 정상적인 관계에 말려들거나 미래를 저당 잡히지 않으려고 발버둥치는 일종의 무의식적인 저항이다. 뭣 때문에 이렇게까지 하는가? 대체 뭘 지켜내고 싶었던 거지? 이사벨의 이미지? 아니, 그건 아닌 것 같다. 내가 그 비극적인 언약의 피해자라고 느낀 적도 없고, 애초에 언약을 지킬 생각도 없었으니까. 그럼 자유일까? 어쩌면 그럴 수도 있겠다. 나에게 자유란 타성의 다른 이름이다. 오늘 한 여자와 자고 내일은 다른 여자와 자는 것. 그래, 하기야 일주일에 한번은 한다. 그런데 이건 본능에 충실한 것일 뿐, 그 이상도 이하도 아니다. 먹고 씻고 싸는 것과 다를 게 없다. 하지만 이사벨하고는 달랐다. 우리 둘 사이에는 일종의 교감이 존재했고, 사랑을 나눌 때면 매순간 그녀의 부드러운 틈에 나의 단단한 뼈가 정확히 맞춰지고 내가 주는 자극은 하나하나 메아리가 되어 정확히 되돌아오는 느낌이었다. 우린 천생연분이다. 마치 오랫동안 호흡을 맞춰온 파트너와 춤을 추는 듯한 느낌이랄까. 처음에는 한사람의 동작에 상대가 반응한다. 그러나 나중에는 생각만으로도 반응이 따라온다. 생각하는 사람은 하나지만 춤추는 사람은 둘인 것이다.

5월 4일 토요일

아니발이 전화를 걸어왔다. 내일 보기로 했다.

아베야네다는 오늘 출근하지 않았다. 하이메가 돈을 달라고 했다. 전에 없던 일이다. 돈이 어디에 필요한지 물었다. "말할 수도 없고 말하고 싶지도 않아요. 주고 싶으면 주고, 주고 싶지 않으면 관둬요. 아무래도 상관없어요." "상관없다고?" "네, 상관없어요. 아빠한테 제 사생활, 제 심장과 창자 속까지 드러내는 참담한 댓가를 치르느니 차라리 이자만 물면 되는 다른 곳을 알아보는 게 낫겠어요." 물론 녀석에게 돈을 줬다. 하지만 그렇게 거칠게 나올 건 뭔가? 질문 하나 던졌을 뿐인데 참담한 댓가로 호도하다니. 최악이었던 건, 정말 열 받았던 건, 보통은 내가 그런 질문을 아무 생각 없이 건성으로 한다는 거다. 남의 사생활에 간섭하는 건 딱 질색이다. 특히 애들 일에 대해서는 더더욱 그렇다. 하지만 하이메도 에스떼반도 나와 관련된 일이라면 언제나 폭발하기 일보 직전이다. 도대체 말이 통하지 않는 대책 없는 철부지들이니 죽이 되든 밥이 되든 지들이 알아서 하라지.

5월 5일 일요일

내가 기억하는 그 아니발이 아니었다. 항상 그 친구만큼은 끝까지 젊게 살 거라는 은밀한 느낌이 있었는데, 어느새 그 끝이란 게 와버린 것 같다. 더이상 그에게서 젊음을 찾아볼 수 없다. 몸도 많이 쇠약해졌다(비쩍 말라서 뼈가 툭 불거져 보였고 옷은 헐렁했으며 콧수염도 풀린 실오라기 같았다). 하지만 그뿐만이 아니다. 목소리 톤부터 내가 기억하는 것보다 훨씬 더 침울하게 들린다. 손동작까지도 활기를 잃었다. 처음에는 나른해 보였던 눈빛도 알고 보니 환멸로 가득 차 있었다. 예전엔 톡톡 튀고 재기발랄했던 대화도 지금은 믿을 수 없을 정도로 밋밋하다. 이 모든 것으로 미루어 볼 때, 아니발이 인생의 낙을 잃었다고 결론을 내릴 수 있다.

그는 본인 얘기는 거의 하지 않았다. 기껏해야 피상적인 얘기뿐이었다. 돈을 좀 모은 것 같다. 여기서 사업을 시작할 생각인데, 어떤 사업을 할지는 아직 미정이다. 맞다, 여전히 정치에는 관심이 많다.

그건 내 전공이 아니다. 아니발이 자신이 이해할 수 없는 것들에 대한 설명을 찾는 듯 갈수록 더 예리한 질문을 던지기 시작했을 때 그 사실을 깨달았다. 까페나 사무실에서 잡담을 하다 가끔 튀어나오기도 하고 아침식사 중에 신문을 읽다가 무심코 떠올리게 되는 그런 시시콜콜한 주제들이 생각났고, 이런 주제들에 대해서는 정돈된 내 의견이 없다는 사실도 깨달았다. 아니발이 몰아붙이는 통에 대답을 하다보니 어느새 내 의견이 정리된 것 같다. 아니발은 5년 전 자기가 떠날 때에 비해 상황이 더 좋아졌는지, 아니면 더 나빠졌는지 내 의견을 물었다. “나빠졌지.” 내 몸의 세포들이 한목소리로 대답했다. 그러나 나중에 일일이 설명해야 했다. 휴, 어찌나 진땀을 뺐던지.

사실 예나 지금이나 뇌물은 항상 존재했고 낙하산 인사나 부정거래 따위도 마찬가지다. 그럼 뭐가 더 나빠졌나? 머리를 쥐어짠 끝에 더 나빠진 것은 체념하는 태도라는 결론을 얻었다. 반항아들은 어정쩡한 반항아들이 되었고 어정쩡한 반항아들은 체념하게 되었다. 이 겉만 번지르르한 몬떼비데오에서 근래에 와서 번성한 두

무리를 꼽으라면, 그건 게이들과 체념한 인간들일 것이다. "할 수 있는 게 없잖아"라고 사람들은 말한다. 예전에는 뭔가 불법적인 것을 손에 넣고 싶을 때만 뇌물을 썼다. 그 정도야 뭐. 하지만 요즘은 합법적인 것을 원할 때조차 뇌물을 제공한다. 완전 무법천지다.

그러나 체념이 상황의 끝은 아니다. 처음에는 체념할 뿐이지만 그다음엔 양심을 버리고, 더 시간이 흐르고 나면 한통속이 된다. "위에서 다들 그렇게 하는데, 나도 한몫 챙겨야지"라는 유명한 말을 남긴 것도 먼저 체념한 사람이다. 물론 그 사람도 비양심적인 행동에 대한 변명거리는 있다. 그것이 다른 사람들에게 이용당하는 걸 막을 수 있는 유일한 방법이라는 논리다. 어쩔 수 없이 그 판에 뛰어들어야 했고, 만약 그렇게 하지 않았다면 그의 재산은 점점 줄어들고 정직한 길은 갈수록 가로막혔을 거라는 얘기다. 그는 그 길을 가도록 강요한 선구자들에게 여전히 잠재적인 앙심과 증오를 품고 있다. 어쩌면 그는 그 누구보다 더 위선적인 사람일지도 모른다. 이런 상황에서 벗어나기 위해 손가락 하나 까딱하지 않으니 말이다. 또 정직하게 산다고 죽는 것도 아닌데, 그걸 누구보다 잘 알고 있는 그가 가장 악질적인 도둑놈일 수도 있다.

하지만 이 모든 것을 생각하는 게 아직은 영 어색하기만 하다. 아니발은 새벽녘에 돌아갔고, 나는 마음이 너무 뒤숭숭해 아베야네다 생각이 들지 않았다.

5월 7일 화요일

아베야네다에게 다가갈 방법은 두가지가 있다. 첫째, 솔직하게 대략 이렇게 말하는 것이다. '당신이 좋아요. 우리 한번 잘해봅시다.' 둘째, 위선적으로 대략 이렇게 말하는 것이다. '이봐요. 나는 경험이 많으니 아버지 같은 존재가 돼줄 수 있어요. 내 조언을 받아들여요.' 믿기지 않지만 두번째가 더 나은 것 같다. 첫번째 선택은 위험부담이 크고 아직 때가 무르익지 않았다. 지금껏 그녀는 나를 그럭저럭 친절한 직장 상사 정도로만 봐왔을 것이다. 하지만 그녀가 그렇게까지 어린 건 아니다. 스물넷은 열넷과는 다르다. 그 나이 때에는 원숙한 남자를 더 선호할 수도 있다. 그런데 그 애인이라는 녀석은 애송이였다. 그러니 결국 그렇게 삐걱거리는 거지. 아마 지금은 그 반작용으로 정반대의 남자에게 끌릴지도 모른다. 그리고 그 정반대의 남자는 내가 될 수 있다. 성숙하고 경험 많고 차분하며, 딱히 아픈 데도 없이 돈도 잘 버는 반백半白의 마흔아홉 중년남자인 나 말이다. 보탬이 되지 않으니 세 아이는 계산에 넣지 않겠다. 도움 될 게 없으니까. 어차피 그녀는 나한테 자식이 있다는 걸 알고 있다.

그건 그렇다 치고, (동네 아줌마들이 입방아를 찧듯이 말하자면) 나의 저의는 뭘까? 사실 '죽음이 우리를 갈라놓을 때까지'('죽음'이라는 단어를 쓰자마자 이사벨이 떠올랐지만 이사벨의 경우는 지금과 달랐다. 아베야네다와의 관계에서는 섹스가 그때만큼 중요하지 않다. 아마도 마흔아홉의 나이에는 스물여덟 때보다 섹스에 덜 집착하기 때문일 것이다)라는 식의 영원한 무언가를 염두에 두고 있는 건 아니지만, 그렇다고 아베야네다를 포기하기로 마음먹은 것도 아니다. 영원한 사랑에 대한 의무감 없이 아베야네다를 곁에 두는 게 가장 이상적이라는 것쯤은 이미 알고 있다. 그것도 지나친 욕심이다. 그래도 시도는 해볼 수 있지 않을까.

아베야네다와 말해보기 전에는 아무것도 알 수 없다. 모든 것은 혼자 머릿속으로만 생각해본 것들이다. 사실 이 나이가 되고 보니 어두운 곳에서의 은밀한 약속이나 모텔에서의 밀회가 조금은 지루하다. 그곳은 항상 숨 막힐 듯한 공기로 가득 차 있고 서둘러 일을 끝내야 할 것 같은 조바심이 든다. 그런 분위기에서는 어떤 여자와도 대화를 제대로 나눌 수가 없다. 상대가 누구든 잠자리를 갖는 순간까지 중요한 건 그 여자와 관계를 갖는다는 것, 그 자체다. 관계를 가진 뒤에 중요한 건 헤어져서 각자의 침대로 돌아가 영원히 남남이 되는 것이다. 오랜 세월 이런 짓거리를 해왔지만 위로가 될 만한 대화도, 마음을 움직이는 감동적인 말 한마디도(내가 말한 것이든, 상대방이 말한 것이든) 떠오르지 않는다. 그런 여자들은 언젠가는 다시 나타나기 마련이다. 그 예기치 않은 순간에 최소한의 용기만 낸다면 남아 있는 일말의 망설임에도 종지부를 찍고 분명한 태도를 취할 수 있다. 물론, 기억에 남는 말이 전혀 없는 건 아니다. 한 6~7년 전쯤, 리베라 거리의 모텔에서 한 여자가 나한테 이런 명언을 남겼다. "자기는 섹스도 사무적으로 하네."

5월 8일 수요일

또 비그날레다. 사무실 앞에서 기다리고 있었다. 피할 수 없는 1시간짜리 고해성사의 서막이었지만, 커피 한잔하자는데 마다할 수도 없는 노릇이었다.

싱글벙글이었다. 보아하니 처남댁의 애정 공세가 성공해서 지금 한창 달아오른 모양이다. "나한테 어찌나 푹 빠졌는지. 믿을 수 없을 지경이야." 비그날레는 젊은이 스타일의 넥타이를 어루만지며 말했다. 작은 푸른색 다이아몬드 무늬가 박힌 옅은 밤색의 넥타이는 그가 평범하고 충실한 남편에 지나지 않던 시절에 매고 다니던, 암갈색의 우중충한 주름투성이 넥타이에 비하면 엄청나게 발전한 것이었다. "이봐, 그 여자 천생 여자인 데다 오래도 굶었더라고."

튼실한 엘비라의 오랜 허기는 알 만하지만, 딱한 비그날레가 6개월도 못 가 어떻게 될지는 생각하기도 싫다. 그러나 지금 이 순간에는 그의 온몸에서 행복이 방울방울 뿜어져 나오고 있다. 비그날레는 엘비라를 유혹한 것이 자신의 남자다운 면모라고 철썩같이 믿고 있다. 욕구불만인 여자에게(불쌍한 프란시스꼬는 분명 고자 같은 온화한 얼굴과 어긋나지 않을 것이다) 자신은 단지 손 닿을 거리에 있는 남자로, 밀린 욕구를 해결해줄 가장 손쉬운 대상이라는 걸 깨닫지 못한다.

"그럼, 자네 마누라는?" 그렇게 양심 없이 굴어도 괜찮겠느냐는 투로 물었다. "그렇게 태평할 수가 없어. 글쎄 얼마 전엔 뭐랬는지 아나? 요새 기분이 훨씬 더 좋아 보인다나. 왜 아니겠어. 아주 그냥 오장육부까지 팔팔한 느낌이라고."

5월 9일 목요일

사무실에서는 그녀에게 말을 걸 수 없다. 다른 곳을 찾아봐야 한다. 나는 그녀의 동선을 꼼꼼히 살펴보는 중이다. 그녀는 종종 런던 빠리 백화점[21]에서 일하는 뚱뚱한 친구와 함께 시내에서 점심을 먹는다. 친구와 헤어지고 나서는 25일 거리와 미시오네스 거리[22] 교차로에 있는 까페에 가서 뭔가를 마신다. 우연한 만남이어야 한다. 그게 모양새가 좋다.

5월 10일 금요일

장차 사위가 될 디에고를 만났다. 첫인상은 마음에 든다. 눈빛에서 결단력이 느껴진다. 말투에선 자부심이 묻어나는데, 내가 보기에 아주 근거 없는 자부심은 아니다. 요컨대, 그 자부심은 어느정도 그의 천성에서 우러나오는 듯하다. 나에게 깍듯이 대했지만, 그렇다고 아부를 떤 건 아니다. 그의 태도 하나하나가 마음에 쏙 들었고 나의 허영심 또한 충족시켜주었던 것 같다. 그 역시 나에게 호감이 있는 게 분명했다. 블랑까와의 대화를 통해서가 아니라면 그 호감이 달리 어디에서 생길 수 있을까 싶다. 딸내미가 나를 좋은 아빠로 생각한다는 사실을 알게 되면 아마 뛸 듯이 기쁠 것이다. 참 알 수 없는 일이다. 에스떼반이 나에 대해 어떻게 생각하는지는 관심이 없지만, 반대로 하이메와 블랑까가 날 어떻게 보는지는 꽤나 신경이 쓰인다. 곰곰이 생각해보면, 셋 다 나의 충동적인 기질과 자제하는 태도를 빼닮은 것처럼 보이지만, 유독 에스떼반에게서만 일종의 은밀한 반감, 스스로에게조차 감히 고백하지 못할 일종의 증오가 느껴져서 그런 것 같다. 그애의 거부감이 먼저인지, 아니면

21 지금은 사라지고 없는 우루과이의 대형 백화점.

22 몬떼비데오의 구시가지에 있는 거리들로 '25일 거리'는 5월 25일을 뜻하는데, 이날은 1810년 5월 혁명을 통해 리오 델 라 쁠라따(Río de la Plata) 부왕 체제가 붕괴된 날이다.

나의 거부감이 먼저인지는 잘 모르겠다. 하지만 내가 그애를 다른 애들만큼 좋아하지 않는 건 맞다. 그애는 항상 멀게만 느껴졌다. 한시도 집에 붙어 있는 법이 없고 의무감에서 마지못해 나에게 말을 걸며, 오직 그 자신만으로 이루어진 '그의 가족'이 있어 우리를 마치 '남'처럼 대하는 것 같다. 하이메 역시 마음을 터놓지는 않지만, 주체할 수 없는 거부감 같은 건 느껴지지 않는다. 하이메는 천성적으로 어쩔 수 없는 외톨이이고, 주변 사람들이 결국 뒤치다꺼리를 해주고 만다.

디에고 얘기로 돌아와서, 나는 이 녀석이 강단이 있다는 게 마음에 든다. 블랑까를 위해서도 좋을 것이다. 블랑까보다 한살 어리지만 네댓살은 많아 보인다. 중요한 건 블랑까가 보호받고 있다고 느낀다는 점이다. 블랑까도 진중한 아이이니 디에고를 실망시키지 않을 것이다. 사촌이나 여동생을 달고 다니지 않고 단둘이 데이트하는 모습도 보기 좋다. 연애시절은 무엇과도 바꿀 수 없고 되돌릴 수도 없는 아름다운 시기다. 그렇기에 나는 이사벨의 어머니가 절대 용서가 안된다. 연애시절 내내 그녀는 항상 찰거머리처럼 들러붙어 눈에 불을 켜고 우리를 밀착 감시했다. 그러니 제 아무리 순수한 사람이라 해도 시도 때도 없이 부도덕한 생각을 떠올릴 수밖에 없었을 것이다. 물론, 간혹 그녀가 없는 경우에도 둘만 있는 느낌은 아니었다. 숄을 두른 유령이 우리의 일거수일투족을 감시하고 있다는 확신이 들었다. 우리가 입이라도 맞출 때면 그녀가 거실 어느 구석에서 튀어나올지 몰라 신경을 곤두세우고 전전긍긍하지 않을 수 없었다. 언제나 키스는 단순히 입술을 잠시 붙였다 떼는 수준인 데다 성적인 느낌도 거의 없고 감정은 더더욱 실리지 않았다. 오히려 당황하여 맥이 끊기는 바람에 김이 빠지곤 했다. 그녀의 어머니는 건재하시다. 어느 오후, 껑충하고 완고한 모습이 여전한 불멸의 장모를 사란디 거리 근처에서 봤다. 여섯 딸 중 막내와 그녀의 애인으로 보였지만 실상은 인질이나 다름없는 박복한 청년을 대동하고 있었다. 그 여자애와 그 순진한 녀석은 팔짱도 끼지 않은 채 걷고 있었는데, 두사람 사이가 적어도 20센티미터 정도 휑하니 벌어져 있었다. 익히 알고 있는 그 노친네의 신조가 여전한 모양이었다. '선 결혼, 후 팔짱'이라는.

그런데 디에고 얘기를 하다 말고 또 삼천포로 빠졌다. 디에고는 어느 사무실에서 일한다는데 그것도 당분간만이라고 했다. "저는 평생 장부 더미 속에서 케케묵은 종이 냄새나 맡으며 갇혀 있진 않을 겁니다. 그런 제 모습에 만족할 수 없어요. 나중에 반드시 다른 사람이 되어서 다른 일을 할 겁니다. 지금 하는 일보다 더 나은 일일지 더 못한 일일지는 모르지만 아무튼 다른 일 말입니다." 나 또한 그렇게 생각했던 시절이 있었지. 그렇지만…… 그래도…… 이 녀석은 나보다 더 결단력이 있어 보인다.

5월 11일 토요일

어쩌다 우연히 그녀가 토요일마다 정오에 18일 거리[23]와 빠라과이 거리 교차로에서 사촌을 만난다고 얘기하는 걸 들었다. 그녀에게 말해야 한다. 길모퉁이에서 1시간을 기다렸지만 그녀는 나타나지 않았다. 그래도 약속을 잡는 건 안된다. 우연한 만남이어야 한다.

23 7월 18일을 뜻하는데, 1930년 7월 18일에 우루과이 헌법이 제정되었다.

5월 12일 일요일

그녀가 일요일마다 장에 간다는 얘기도 들었다. 그녀에게 말을 해야만 했고, 그래서 장에 가보았다. 그녀인가 싶은 사람을 두세번쯤 보았다. 인파 속에서 수많은 얼굴들 틈으로 문득 그녀를 닮은 목덜미나 머리 모양, 어깨가 보이곤 했다. 하지만 이내 몸 전체가 드러나고 닮은 부분이 나머지와 합쳐지면서 그녀의 모습은 사라져버렸다. 때로는 비슷한 걸음걸이에 엉덩이와 목선까지 똑같은 여자의 뒷모습도 보였다. 하지만 그 여자가 갑자기 뒤를 돌아보았을 때 닮은 모습은 온데간데없었다. 결코 착각할 수 없는 건 (오직 그녀만이 가진) 눈빛이다. 어디에서도 그녀의 눈을 찾을 수 없었다. 그렇지만 (이제와 생각해보니) 그녀의 눈이 어떻게 생겼는지, 또 무슨 색깔인지 모르겠다. 난 녹초가 되어 집으로 돌아왔다. 머리가 멍한데다 따분하고 화도 났다. 정확히 말하자면, 홀로 쓸쓸히 돌아왔다.

5월 13일 월요일

그녀의 눈은 초록색이다. 때로는 회색빛이 돈다. 내가 너무 뚫어지게 쳐다보고 있었던지 그녀가 물었다. “무슨 문제 있나요, 부장님?” 또 그놈의 부장님 소리. “얼굴에 뭐가 묻었네”라고 소심하게 얼버무렸다. 그녀는 집게손가락으로 볼을 훔치고 나서(그러면서 눈을 아래로 당기는 건 꽤나 특이한 그녀만의 버릇인데 별로 예뻐 보이지 않는다) 다시 물었다. “이제 괜찮나요?” “이젠 완벽하군.”

이번엔 그나마 제법 호기있게 대답했다. 그녀는 얼굴이 빨개졌고, 나는 한마디 덧붙일 수 있었다. "이제 보니 완벽한 정도가 아니라 예쁜걸." 그녀가 눈치챈 것 같다. 이제는 뭔가 일이 벌어지고 있다는 걸 알겠지. 혹시 그 말을 아버지뻘 되는 사람의 애정 표현 정도로 받아들인 걸까? 그녀가 나를 아버지처럼 느끼는 건 끔찍하게 싫다.

5월 15일 수요일

25일 거리와 미시오네스 거리 교차로에 있는 까페에 있었다. 12시 30분부터 2시까지. 실험을 하나 해보았다. '그녀에게 말을 해야만 해.' 나는 생각했다. '그러니 그녀는 반드시 나타나야 하고.' 25일 거리로 걸어오는 모든 여자들에게서 '아베야네다가 보이기' 시작했다. 그 여자들의 이런저런 모습에서 그녀와 닮은 곳을 전혀 찾을 수 없어도 크게 상관없었다. 그럼에도 '그녀를 보았기' 때문이다. 일종의 마법 게임(아니면, 바보 게임일 수도. 보는 관점에 따라 다르겠지)이다. 그 여자들이 코앞까지 다가오고 나서야 황급히 정신을 차려 그녀 보기를 멈추고 손꼽아 기다리던 모습을 달갑지 않은 현실로 대체하곤 했다. 어느 순간 마침내 기적이 일어났다. 모퉁이에서 한 아가씨가 나타났고, 난 곧바로 그녀에게서 아베야네다, 아니 아베야네다의 이미지를 보았다. 예의 '정신 차리기' 단계로 넘어가려는 순간, 아베야네다가 현실이 됐다. 아이고, 깜짝이야. 심장이 관자놀이에서 뛰는 것 같았다. 내 창문 옆, 바로 코앞에 그녀가 있었다. "안녕. 여긴 어쩐 일인가?" 나는 자연스럽게 거의 일상적인 어조로 말했다. 그녀는 화들짝 놀라 나를 쳐다보았다. 아마 기분 좋은 놀람이었겠지. 제발 그랬기를. "아, 산또메 부장님. 놀랐잖아요." 오른손으로는 무심한 듯 손짓 한번, 초대할 땐 허세 부리지 않기. "커피 한잔?" "아니요, 안돼요. 아쉽네요. 아버지가 은행에서 기다리세요. 볼일이 있어서요." 그녀는 커피 초대를 두번째 사양했지만 이번에는 "아쉽네요"라고 했다. 그렇게 말하지 않았다면, 나는 컵을 바닥에 내동댕이치거나 아랫입술을 물어뜯거나 손톱으로 손끝을 찔러댔을 것이다. 아니, 헛소리다. 무슨 호들갑이냐. 아무 행동도 하지 않았겠지. 기껏해야 풀이 죽어 허탈한 마음이었겠지. 다리를 꼬고 앉아 이를 앙다문 채 눈이 아플 정도로 커피잔이나 뚫어지게 쳐다봤겠지. 하지만 그녀는 "아쉽네요"라고 했다. 게다가 헤어지기 전에 "이 시간에 항상 여기 계세요?"라고 물었다. "그래요." 거짓말이었다. "그럼 다음에 사주세요." "알았어요. 잊지 마요." 내가 힘주어 말했다. 그리고 그녀는 자리를 떴다. 5분쯤 뒤에 종업원이 커피잔을 들고 나타나 거리를 내다보며 말했다. "햇살이 정말 좋아요, 그렇죠? 누구든 자신이 새로워졌다고 느끼겠죠. 노래든 뭐든 하고 싶어지네요." 그제야 나의 목소리가 들렸다. 무의식중에 낡은 축음기에 음반을 걸어놓고 잊어버리듯이 나도 모르는 사이에 「미 반데라」[24] 2절을 흥얼거리고 있었다.

5월 16일 목요일

비그날레가 전화를 해서는 불쑥 물었다. "내가 누구랑 마주쳤는

24 우루과이 국가(國歌)로 '나의 깃발'을 뜻한다.

지 알아?" 나의 침묵이 그의 입을 근질거리게 만든 게 분명하다. 자신이 던진 질문에 3초도 못 배기고 답을 내놓았다. "세상에, 에스까욜라를 만났어. 기억나?" 에스까욜라라고? 요즘은 찾아볼 수 없는 그 촌스러운 이름을 다시 듣게 되다니 참 별일이다. "말도 안돼. 그래 어떻던가?"

"돼지가 다됐어. 98킬로래." 어쨌든 비그날레가 날 만났다는 사실을 에스까욜라가 알게 된 이상, 함께 저녁 자리를 갖는 게 당연한 수순이다.

에스까욜라. 역시 브란드센 거리 시절의 친구다. 그래도 그 녀석은 기억난다. 청소년기에 그는 약간 마른 데다 키가 크고 예민한 학생이었다. 그는 무엇에 대해서건 재치 있고 익살스러운 입담으로 좌중을 즐겁게 하곤 했다. 갈리시아 사람인 알바레스 씨 까페에서 단연 스타였다. 분명 우리는 모두 으레 웃을 준비가 되어 있었다. 무슨 얘기든 그가 입만 뻥긋하면(굳이 그렇게 웃긴 얘기일 필요도 없었다) 모두들 폭소를 터뜨렸으니 말이다. 어떤 때는 너무 웃긴 나머지 배를 움켜잡고 껄껄대며 데굴데굴 굴렀던 기억이 난다. 내 생각에, 그 녀석의 비결은 정색하면서 웃기는 데 있었던 것 같다. 버스터 키턴[25]처럼 말이다. 그를 다시 보면 반가울 것 같다.

5월 17일 금요일

드디어 일이 일어났다. 나는 까페 창가 자리에 앉아 있었다. 이

25 버스터 키턴(Buster Frank Keaton, 1895~1966): 미국의 영화배우·감독·각본가. 무표정한 얼굴과 슬랩스틱 코미디로 유명하다.

번에는 딱히 뭘 기다린다거나 눈여겨보고 있지 않았다. 완연한 가을 날씨에 부채가 넘쳐나는 이 더딘 5월의 수입과 지출의 균형을 맞추기 위해 부질없는 숫자 계산을 하고 있었던 것 같다. 눈을 들어보니 그녀가 있었다. 허깨비나 환영 같기도 하고, 진짜 아베야네다 같기도 했다(그렇다면야 더할 나위 없지!). "지난번 그 커피 마시러 왔어요." 그녀가 말했다. 나는 일어나면서 의자에 발이 걸렸고, 그 바람에 티스푼이 탁자에서 미끄러져 마치 국자가 떨어지듯 와장창 소리를 냈다. 종업원들이 쳐다봤다. 그녀는 자리에 앉았다. 티스푼을 집어 들었지만 앉기도 전에 의자 등받이마다 있는 그 빌어먹을 가장자리 장식에 재킷이 걸려버렸다. 이 고대하던 만남의 리허설을 머릿속으로 숱하게 해봤지만 이토록 꼴사납게 연출하게 될 줄은 꿈에도 생각지 못했다. "저 때문에 놀라셨나봐요." 그녀가 허물없이 웃으며 말했다. "음, 사실 조금 놀랐어요." 솔직하게 말한 것이 도리어 나를 살렸다. 평정심을 되찾은 것이다. 회사와 몇몇 동료들에 대해 이야기를 나누며, 나는 지난날의 여러 일화들을 들려주었다. 그녀는 웃었다. 흰 블라우스 위에 진녹색 재킷을 걸치고 있었다. 머리가 부스스했는데, 유독 오른쪽만 그랬다. 마치 폭풍이 그쪽에만 휘몰아친 것처럼 말이다. 그녀에게 말해주었다. 그러자 핸드백에서 손거울을 꺼내 비춰보더니 한동안 자신의 우스꽝스러운 모습을 쳐다보며 재미있어했다. 그녀가 자신의 망가진 모습도 즐거워할 만큼 기분 좋다는 게 기뻤다. 그때 내가 말했다. "내 인생의 가장 커다란 위기들 중 하나가 당신 때문이란 걸 알고 있나요?" 여전히 웃으며 그녀가 물었다. "재정적인 위기인가요?" 내가 대답했다. "아니, 감정적인 위기." 그러자 그녀가 돌연 진지해졌다. "어머나." 그녀는 내가 말을 계속하기를 기다렸다. 그래서 이렇게 말했다. "있잖아요, 아베야네다 양, 내가 지금부터 하는 말이 정신 나간 소리로 들릴 수도 있을 거예요. 만약에 정말로 그렇다면 단도직입적으로 그렇다고 말해줘요. 하지만 빙빙 돌려 말하고 싶진 않아요. 당신을 사랑하게 된 것 같아요." 잠시 기다렸다. 그녀는 핸드백만 뚫어져라 쳐다볼 뿐 한마디도 하지 않았다. 얼굴이 약간 상기되었던 것 같다. 기쁨의 홍조인지, 아니면 부끄러움의 홍조인지 굳이 확인하려 들지 않았다. 내가 말을 계속했다. "내 나이나 아베야네다 양의 나이를 생각하면 내가 입을 다물어야 마땅하겠지만, 당신을 향한 내 마음을 꼭 표현하고 싶었어요. 아무것도 요구하지 않을게요. 만약 당신이 지금이나 내일 아니면 언제든 그만하라고 하면 이 얘기는 없었던 걸로 하고 다시 좋은 동료로 지내면 돼요. 회사 업무나 직장에서의 불편함에 대해서는 염려하지 마요. 어떻게 처신해야 하는지 잘 압니다. 그러니 걱정 마요." 그러고는 다시 기다렸다. 그녀는 무방비 상태로 있었다. 말하자면 내가 공격해놓고 내가 막아준 형국이었다. 그녀가 무슨 말을 하든, 또 어떤 태도를 취하든 그것은 '당신 미래의 색깔이에요'라는 의미를 갖게 될 것이다. 결국은 더이상 기다리지 못하고 말했다. "그런데……" 그러고는 약간 억지웃음을 지으며 덧붙였다. "뭐 할 말 없어요?" 농담조로 말하려고 했지만 목소리가 떨렸다. 이윽고 그녀가 핸드백 바라보기를 그만두고 눈을 들었을 때 이미 최악의 순간은 지나갔음을 직감했다. "이미 다 알고 있었어요." 그녀가 말했다. "그래서 오늘 커피 마시러 온걸요."

5월 18일 토요일

어제는 그녀가 한 말까지만 쓰고 일기장을 덮었다. 일기 속에서라도 두근거리는 희망을 품고 하루를 접고 싶었다. 그녀는 '이제 그만하세요'라고 하지 않았다. 어디 그뿐인가. "그래서 커피 마시러 온걸요"라고 했다. 나중에는 하루라도, 아니 몇시간만이라도 생각할 시간을 달라고 했다. "사실 알고는 있었지만 그래도 놀라운 건 어쩔 수 없네요. 마음을 좀 가라앉혀야겠어요." 어쨌든 내일 일요일에 시내에서 같이 점심을 먹기로 했다. 이제 어쩐다? 사실 장황한 설명을 준비했지만 아직 입을 떼지도 못했다. 실은 그런 식의 설명이 과연 가장 적절할지 별로 확신이 없었다. 또 연륜이 풍부하다는 점을 내세워 그녀의 조언자 역할을 자청하는 것도 염두에 두긴 했었다. 그러나 이리저리 따져보다가 막상 내 앞에 서 있는 그녀를 본 순간 걷잡을 수 없이 어색한 몸짓으로 허둥댔다. 적어도 그런 한심한 상황에서 효과적으로 빠져나오려면 단 한가지 방법밖에 없다는 걸 눈치로 알아냈다. 다름 아니라 미리 준비해둔 말이나 노림수 따위는 제쳐두고 그 순간 마음이 움직이는 대로 말하는 것이었다. 충동에 따라 행동한 것을 후회하지는 않는다. 난 짧게, 그리고 무엇보다 소탈하게 내 마음을 전했고, 이 소탈함이야말로 그녀 앞에 내세울 만한 최선의 카드였다고 생각한다. 생각을 정리하겠다고? 그래, 좋다. 하지만 이런 의문이 든다. 그녀가 정말 내 감정을 알고 있었다면, 어째서 생각을 미리 정리해두지 않았을까? 왜 어떤 태도를 취해야 할지 망설이는 걸까? 여기에는 여러가지 설명이 있을 수 있다. 예컨대, 사실은 '그만하세요'라는 끔찍한 말을 내

뺻을 작정이었지만, 그렇게 딱 잘라 말하는 건 너무 가혹하다고 생각했을 수 있다. 또다른 해석은 내가 느꼈던, 혹은 지금 내가 느끼고 있는 이 감정을 그녀가 알고 있었더라도(이 경우 안다는 것은 직관을 의미한다) 내가 구체적인 말로 프러포즈하리라고는 미처 예상하지 못했을 수 있다는 것이다. 아마도 그래서 그녀는 망설이는 것이리라. 하지만 그녀는 바로 '그래서' 커피를 마시러 왔다고 했다. 그건 무슨 말일까? 내가 물음을 던지길, 또 그것을 통해 망설임을 일깨우길 바란 걸까? 누군가가 이러한 종류의 질문을 해주길 바랄 때는 긍정적으로 답하는 게 일반적이다. 하지만 더이상 긴장한 채로 불편하게 기다리지 않고 단호하게 '싫다'라고 잘라 말하고 나서 안정을 되찾기 위해 결국 내가 질문을 던져주길 바랐을 수도 있다. 게다가 그녀에게는 애인, 아니 전 애인도 있다. 그 남자와는 어떻게 돼가는 걸까? 그와 있었던 일(물론, 두사람이 헤어진 것을 뜻한다)이 아니라 그녀의 감정 말이다. 결국 나는 그녀에게 필요했던 충동, 즉 망설이던 그녀가 다시 그에게 돌아가기로 마음먹도록 부추기는 계기를 마련해준 셈일까? 그뿐만 아니라 우리에겐 나이차도 있고, 나는 홀아비인 데다 자식까지 줄줄이 딸렸다. 그리고 내가 진심으로 그녀와 맺고 싶은 관계란 대체 어떤 것인지도 확실히 해야 한다. 이 마지막 문제는 보기보다 훨씬 복잡하다. 만약 나 말고도 이 일기를 읽는 독자가 있다면 오늘 하루는 연재소설처럼 끝내야겠다. '이 절박한 질문들에 대한 답이 궁금하면 다음 호를 기대하시라.'

5월 19일 일요일

메르세데스 거리와 리오블랑꼬 거리 교차로에서 그녀를 기다렸다. 그녀는 고작 10분밖에 늦지 않았다. 나들이용 맞춤옷을 차려입은 그녀는 평소보다 훨씬 더 예뻐 보인다. 어쩌면 항상 내가 그녀를 예쁘게 보려고 마음먹고 있어서인지도 모르겠다. 그녀는 오늘 정말로 초조해했다. 몸에 꽉 끼는 맞춤옷은 좋은 징조였다(그녀는 잘 보이고 싶어했다). 초조함은 좋은 징조가 아니었다. 화장에 가려진 그녀의 볼과 입술이 창백하다는 느낌을 받았다. 레스토랑에서 그녀는 거의 눈에 띄지 않는 안쪽 테이블을 잡았다. 나는 생각했다. '나와 함께 있는 모습을 다른 사람들에게 들키고 싶지 않은 모양이로군. 나쁜 징조야.' 자리에 앉자마자 그녀는 핸드백을 열더니 손거울을 꺼내 얼굴을 비춰보았다. '용모에 신경을 쓰는군. 좋은 신호야.' 이번에는 냉육冷肉과 와인을 주문하고 흑빵에 버터를 바르면서 15분 동안 일상적인 얘기를 나누었다. "제발 그런 기대에 찬 눈빛으로 저를 힘들게 하지 말아주세요." 그녀가 불쑥 말했다. "다른 뜻은 없는데." 내가 멍청하게 대답했다. "제 대답을 듣고 싶어하시잖아요." 그녀가 덧붙였다. "대답으로 하나 더 물을게요." "해봐요." "저와 사랑에 빠지셨다는 게 무슨 뜻인가요?" 이런 질문이 존재할 거라고는 한번도 생각해본 적이 없는데 내 눈앞에 떡하니 주어졌다. "아베야네다 양, 제발 날 더 우스꽝스럽게 만들지 말아줘요. 사춘기 애들처럼 사랑에 빠지는 게 어떤 건지 일일이 설명해달라는 건가요?" "아니요. 그럴 리가요." "그럼?" 사실 나는 순진한 척 연기를 하고 있었고, 내심 그녀가 무슨 말을 하는지 잘 알고 있었다. "알겠어요." 그녀가 말했다. "우스꽝스럽게 보이고 싶지 않으시군요. 그런데 제가 우스꽝스러워 보이는 건 상관하지 않으시네요. 제가 무슨 말을 하는지 아시잖아요. 게다가 남자들의 언어로 '사랑에 빠졌다'라고 할 때는 여러가지를 의미할 수 있어요." "맞는 말이에요. 그럼 그 많은 의미 중에서 최상의 것이라고 해두죠. 그게 바로 그제 내가 그 말을 했을 때 전하고 싶었던 의미니까요." 우리가 나누고 있는 건 사랑의 대화가 아니었다. 기대할 걸 기대해야지. 억양만 놓고 보자면 마치 장사꾼이나 교수 혹은 정치인 들, 혹은 누구든 침착하고 차분한 사람들끼리 나누는 대화 같았다. 나는 좀더 활기차게 말을 이어갔다. "들어봐요. 세상엔 진실이 있고 겉으로 보이는 모습도 있죠." "아하." 그녀가 비웃는 기색 없이 말했다. "나는 진정 당신을 사랑하고 있어요. 하지만 우리가 겉으로 보이는 모습에 신경 쓰면 많은 문제가 생겨요." 그녀는 이번엔 정말로 호기심이 동한 듯 "무슨 문제요?"라고 물어왔다. "내 입에서 내가 당신 아버지뻘이라거나 당신이 내 자식뻘이라는 말이 나오지 않게 해줘요. 그러지 마요. 그게 이 모든 문제의 핵심이니까요. 게다가 그러면 내가 비참해지잖아요." 아무런 대답이 없었다. 다행이었다. 차라리 그게 덜 위험했다. "이제 이해했어요?" 대답을 기대하지 않고 물었다. "물론 내가 행복해지거나 혹은 최대한 행복에 가까워지길 원하는 건 당연하지만 결국에는 당신도 행복해지도록 노력하고 싶어요. 그런데 그게 참 어렵네요. 당신은 날 행복하게 해줄 수 있는 조건을 두루 갖추고 있지만, 반대로 난 당신을 행복하게 해줄 수 있는 게 거의 없잖아요. 아, 마음에 없는 말을 지어낸다고는 생각지 말아줘요. 다른 입장(더 정확히는 다른 연령대)에서 본다면, 당신에게는 내가 가까운 장래에 결혼을 약속할 진지한, 아주 진지한, 어쩌면 너무 진지한 연인 관계를 제안하는 게 가장 바람직하겠지요. 그렇지만 내가 지금 그런 제안을 한다면 너무 이기적이라고 생각해요. 내 입장만 내세우는 꼴이니까요. 내가 지금 가장 바라는 건 나 자신이 아니라 당신 입장을 헤아리는 거예요. 나는 물론이고 아베야네다 양도 10년 뒤에 내가 육십이 되는 걸 가볍게 여길 수는 없어요. 어떤 낙천주의자나 아첨꾼은 아직 젊다고 말하겠지만 '아직' 같은 말은 전혀 중요하지 않아요. 지금 당장 그리고 앞으로 몇개월간은 결혼에 대해 말할 용기를 낼 수 없는 내 마음을 알아줬으면 해요. 그렇지만—언제나 '그렇지만'이 존재하기 마련이다—이제 또 무슨 말을 할까요? 당신이 아무리 이런 내 마음을 헤아려준다 해도 다른 제안까지 받아들이기는 어렵다는 걸 알아요. 그래요. 사실 다른 제안을 준비해놓긴 했어요. 그리고 이 제안에는 사랑을 위한 자리는 있지만, 결혼을 위한 자리는 없어요." 그녀는 눈을 들었지만 묻고 있지는 않았다. 단지 내가 어떤 표정으로 이 얘기를 하는지 확인하고 싶었는지도 모른다. 이제 와서 멈출 생각은 없었기에 말을 계속했다. "작명 센스가 없는 사람들은 이런 제안을 두고 보통 '인조이'나 '불륜'이라고들 하지요. 당신이 좀 놀라는 것도 당연해요. 실은 무엇보다도 내가 어떤 불륜 관계를 제안하는 것으로 오해할까봐 걱정도 돼요. 하지만 내가 이렇게 대담하게 찾고 있는 건 하나의 합의, 그러니까 내 사랑과 당신의 자유 사이의 일종의 타협이라고 말한다면 그게 바로 내 솔직한 심정일 거예요. 아, 그래요. 알고 있어요. 지금 현실은 정반대라고, 내가 찾고 있는 건 정확히 당신의 사랑과 내 자유라고 생각하겠지요. 물론 충분히 그렇게 생각할 권리가 있어요. 하지만 나 또한 이 카드에 올인할 권리가 있다는 것도 알아줘요. 그리고 이 한장의 카드는 당신이 내게 품고 있을지 모를 일말의 신뢰라는 것도요." 그 순간 우리는 디저트가 나오길 기다리고 있었다. 마침내 웨이터가 연유로 만든 푸딩을 가져왔고 그 틈을 타 계산서를 부탁했다. 아베야네다는 디저트를 마지막으로 한입 떠먹고 나서 곧바로 냅킨으로 입가를 야무지게 쓱 닦고는 미소를 띤 채 나를 쳐다봤다. 그녀가 미소 짓자 입술선 사이로 일종의 광채 같은 것이 부드럽게 흘렀다. 그녀가 말했다. "당신이 좋아요."

5월 20일 월요일

구상한 계획은 완전한 자유다. 서로 알아가면서 무슨 일이 일어나는지 보자는 것, 시간의 흐름에 맡기고 차분히 상황을 돌아보자는 것. 그 어떤 구속도 언약도 없다. 그녀는 정말 멋지다.

5월 21일 화요일

"강장제가 잘 받으시나봐요." 정오에 블랑까가 말했다. "활기차고 기분도 더 좋아 보이세요."

5월 24일 금요일

이번에는 사무실에서 하는 일종의 장난이다. 상사와 부하 놀이 말이다. 이 게임의 규칙은 평소처럼 튀지 않게 행동하는 것이다. 아침 9시에 무뇨스, 로블레도, 아베야네다, 산띠니에게 각각 업무를 할당해준다. 아베야네다도 리스트에 있는 하나의 이름, 내가 건네는 서류를 받기 위해 책상 앞으로 손을 뻗는 직원들 중 한명일 뿐이다. 그중에서 손가락이 길쭉하고 쭈글쭈글한 데다 손톱 모양이 꼭 갈고리처럼 생긴 것은 무뇨스의 손이다. 로블레도의 손은 손가락이 짧아서 정사각형에 가깝다. 산띠니의 손은 손가락이 갸름하고 반지를 두개 끼고 있다. 그리고 그 옆에 산띠니의 손가락을 닮았으나 여성스러운 게 아니라 진짜 여자 손가락이라는 점만 다른 그녀의 손이 있다. 나는 아베야네다에게 그녀가 다른 직원들과 함께 내게 가까이 다가와 손을 뻗을 때마다 그 가늘고 섬세한 손마디에 점잖게 입을 맞추곤 한다고(물론 마음속으로만 그렇게 한다고) 이미 말했다. 무표정한 내 얼굴에서는 전혀 그런 티가 나지 않는단다. 그녀는 가끔 참을 수 없는 웃음 바이러스를 전염시키려고 한다. 그러나 나는 꿈쩍도 하지 않는다. 표정이 얼마나 굳어 있었으면 오늘 오후에는 무뇨스가 다가오더니 무슨 안 좋은 일이라도 있느냐고 물었다. 요 며칠 무슨 걱정거리라도 있는 것 같다면서 말이다. "결산이 얼마 안 남아서 그러세요? 걱정 마세요, 부장님. 장부는 신속하게 시간에 맞춰서 정리할 수 있습니다. 지금보다 더 늦은 적도 많았잖아요." 결산 따위가 대수랴. 하마터면 면전에다 대고 웃음을 터트릴 뻔했다. 하지만 모름지기 시치미를 떼야 한다. "무뇨스, 자네 생각에는 우리가 해낼 수 있을 것 같나? 초과이득세 처리 기한도 다가오는데, 그 깐깐한 인간들은 진술서를 서너번씩 퇴짜 놓는다고. 그렇게 되면 당연히 일이 꼬이기 시작하는 거지. 서두르자고. 이번이 내 마지막 결산이니 잘 마무리하고 싶네. 다른 직원들한테도 그렇게 전해주게나. 알겠나?"

5월 26일 일요일

오늘 비그날레, 에스까욜라와 함께 저녁을 먹었다. 아직도 충격이 가시질 않는다. 소식조차 모르던 에스까욜라를 30년 만에 만났는데, 오늘처럼 세월의 흐름이 가혹하게 느껴진 적이 없었다. 훤칠한 데다 예민하고 농담을 잘하던 사춘기 소년은 비대한 목덜미, 통통하고 물렁한 입술에 벗어진 머리에는 커피 자국 같은 반점이 난 배불뚝이 괴물로 변해 있었고, 눈 밑은 끔찍할 정도로 축 늘어져서 웃을 때마다 출렁거렸다. 그래, 천하의 에스까욜라도 이제 웃는다. 브란드센 거리에 살던 시절, 그의 농담이 잘 먹혔던 건 다름 아니라 농담을 할 때의 진지함 때문이었다. 모두들 웃겨죽을 지경인데도 그 녀석은 시종일관 무덤덤한 모습이었다. 녀석은 오늘 저녁식사 중에도 농담을 몇마디 했는데, 학창시절부터 익히 알고 있던 음담패설을 늘어놓는가 하면, 주식 브로커로 일하면서 겪은 시시껄렁한 일을 자극적인 얘깃거리랍시고 떠벌리기도 했다. 하지만 에스까욜라는 기껏해야 나의 억지웃음과 목에 사레라도 걸린 듯한 비그날레(정말로 남의 비위를 잘 맞추는 녀석이다)의 어색한 너털웃음을 자아냈을 뿐이다. 더는 못 참겠다 싶어 그에게 말했다. "몸이 분 건 그렇다 치고, 자네가 그렇게 큰 소리로 웃는 건 낯설기 짝이 없구먼. 전에는 초상이라도 난 것 같은 얼굴로 지독한 농담을 던져대지 않았나. 그 표정이 정말 압권이었는데 말이지." 에스까욜라의 두 눈에 분노인지 무력감인지 모를 기색이 비치더니 이내 내게 설명하기 시작했다. "무슨 일이 있었는지 아나? 자네 말이 맞아. 난 언제나 아주 심각한 얼굴로 농담을 하곤 했지. 자넨 기억력도 좋네그려. 그런데 어느날 문득 얘깃거리가 떨어져간다는 걸 깨달았어. 남들이 하는 이야기를 앵무새처럼 따라 하기는 싫었어. 내가 창의적이었다는 거 알잖아. 내가 하던 농담은 그전까지 아무도 들어보지 못한 거였어. 내가 지어냈으니까. 가끔은 만화처럼 주인공이 등장하는 제대로 된 농담 시리즈를 만들어서 2~3주 동안 우려먹기도 했지. 그런데 소재가 바닥났다는 걸 알면서도(도대체 내가 왜 그 지경이 된 건지 모르겠어. 아마 머리가 텅 비어버렸나봐) 잘나가는 운동선수처럼 제때 은퇴하기가 싫어지더라고. 그때부터 남의 농담을 끌어다 쓰기 시작했어. 처음에는 개중에 괜찮은 걸 골랐지만 나중엔 그마저 바닥나서 그다음부턴 아무 얘기나 닥치는 대로 레퍼토리에 집어넣었지. 그랬더니 사람들, 친구들(항상 같이 어울려 다니던 패거리가 있었거든)은 점차 웃어주지 않았고 더이상 내 이야기를 재미있어하지 않더라고. 그럴 만도 했지만 나 역시 호락호락 물러서지 않았어. 그 대신 다른 방법을 찾았지. 얘기를 하는 중간중간에 나 스스로 웃는 거야. 듣는 사람에게 강한 인상을 줘서 내 이야기가 정말로 재미있다고 착각하게 만드는 거지. 사람들은 처음엔 나를 따라 웃었지만, 곧 속았다는 걸 간파했어. 내 웃음이 재미를 확실하게 담보하지 못한다는 걸 알게 된 거야. 이번에도 그들이 옳았지만, 그렇다고 웃는 걸 그만둘 수는 없었지. 그래서 자네가 보았듯이, 결국 이렇게 따분한 인간이 되고 말았어. 충고 한마디 할까? 계속 친구로 남고 싶으면 나한테 슬픈 얘기만 하게나."

5월 28일 화요일

그녀는 거의 매일 나와 커피를 마시러 간다. 전체적인 대화 분위기만 보면 영락없는 친구 사이이다. 기껏해야 우정 플러스알파? 하지만 그 '플러스알파'에서 진전을 이루어가고 있다. 일례로 우리가 가끔 얘기하는 '우리 관계'가 있다. '우리 관계'란 우리를 하나로 이어주는 막연한 끈이다. 하지만 우리는 그걸 대놓고 화제에 올리는 법이 없다. 부연해 설명하자면, "사무실에서 아직 아무도 '우리 관계'를 눈치채지 못했어"라거나 우리 관계가 시작되기 전에 이러저러한 일이 일어났다고 말하는 식이다. 하지만 우리 관계라는 게 도대체 뭔가? 적어도 지금으로선 남들 앞에서의 일종의 공모, 우리가 공유하는 비밀, 일방적인 협약이리라. 당연히 불륜이나 인조이 관계는 아니고 연인 관계는 더더욱 아니다. 그렇지만 우정 이상의 어떤 것이다. 최악인 건(아니, 최선인가?) 그녀가 이 모호한 관계를 매우 편안해한다는 것이다. 나에게 말할 때 그녀는 더없이 솔직하고 쾌활하다. 애정까지 담긴 것 같다. 그녀는 자신을 둘러싼 모든 것을 지극히 주관적이고 제법 삐딱한 시선으로 바라본다. 사무실 동료들에 대한 험담을 듣기 싫어했지만 그들을 낱낱이 분류할 수 있을 만큼 훤히 꿰고 있다. 때로는 까페에서 주위를 둘러보다가 더없이 정확한 인물평을 내놓기도 했다. 일례로, 오늘 서른에서 서른다섯쯤 돼 보이는 여자 네댓명이 한 테이블에 앉아 있었다. 그 여자들을 한동안 유심히 살피더니 나에게 물었다. "공증인들이죠, 그렇죠?" 실제로 그녀들은 공증인이었다. 그중 몇은 적어도 몇년째 안면이 있는 여자들이었다. "저 여자들 알아요?" 내가 물었다. "아뇨, 한번도 본 적 없어요." "그럼 어떻게 그렇게 족집게처럼 알아맞혔지?" "글쎄요. 공증인인 여자들은 항상 알아보겠더라고요. 다른 직업을 가진 여자들에게는 없는 독특한 모습이나 습관이 있거든요. 분필로 칠판에 선을 긋듯이 립스틱도 그냥 한번에 찍 긋고 만다든지, 온갖 증서를 낭독하느라 항상 목이 잠겨 있다든지, 늘 서류가방만 들고 다녀 핸드백은 아예 맬 줄도 모른다든지요. 또 규칙에 어긋나는 말은 절대 하기 싫다는 듯 최대한 자제하면서 말하죠. 저 여자들이 거울을 꺼내 보는 모습은 아마 평생 못 보실걸요? 저기, 왼쪽에서 두번째 여자 좀 보세요. 올림픽 육상에서 은메달은 족히 땄을 법한 종아리를 가졌죠. 그 옆에 있는 여자는 또 어떻고요. 척 보면 달걀 프라이 하나 못 부치게 생겼잖아요. 저런 여자들을 보면 짜증이 나요. 안 그래요?" 나는 짜증이 나지는 않는다(오히려 세상에서 가장 매력적인 가슴의 소유자인 여자 공증인이 기억난다). 어쨌든 그녀가 흥분해서 이건 어떻고 저건 어떻고 재잘대는 소리를 듣고 있자면 즐겁다. 사내처럼 괄괄하고 우락부락한 그녀들은 불쌍하게도 테이블 하나를 사이에 두고 자기들의 외모나 자세, 태도, 대화 내용에 대해 이러쿵저러쿵 혹평을 쏟아내는 혹독한 비평가의 존재는 까맣게 모른 채 자기들끼리 옥신각신하고 있었다.

5월 30일 목요일

에스떼반의 친구라는 녀석, 참 대단한 놈이다. 퇴직금의 절반을 내놓으란다. 그 대신 단 하루라도 필요 이상으로 출근하게 되는 일은 절대 없을 거라나. 그런 유혹은 거절하기 힘들다. 아니, 거절하기 힘들었다. 결국 그 제안에 넘어갔으니 말이다. 40퍼센트로 깎아 주겠다고 하고는 누구하고도 이런 거래를 한 적이 없다는 둥, 한번도 50퍼센트 밑으로는 내려본 적이 없다는 둥, "이런 일을 하는 사람 중 십중팔구는 사기꾼이나 파렴치범들이니" 미심쩍으면 가서 아무나 붙잡고 물어봐도 좋다는 둥, 에스떼반의 아버지니까 특별히 그 가격에 해준다는 둥 하면서 마음이 바뀌기 전에 제안을 받아들이라고 권했다. "전 그 친구가 친형제처럼 좋아요. 4년 동안 매일 밤 함께 당구를 쳤죠. 그러면 엄청 친해지거든요." 그러자 아니발의 얼굴이 떠올랐고 지난 5일 일요일에 대화를 나누면서 했던 말이 기억났다. "요즘은 합법적인 것을 원할 때조차 뇌물을 제공하잖아. 완전 무법천지야."

5월 31일 금요일

5월 31일은 이사벨의 생일이었다. 얼마나 아득한 옛날 일인가. 한번은 그녀의 생일에 인형을 사준 적이 있었다. 독일제 인형이었는데 눈이 움직이고 걷기까지 했다. 딱딱한 판지로 만든 길쭉한 상자에 인형을 담아갔다. 침대 위에 올려놓고 뭐가 들었는지 알아맞혀보라고 했더니, 그녀는 대뜸 "인형"이라고 답했다. 나는 그 일로 한동안 꽁해 있었다.

애들은 아무도 자기 엄마 생일을 기억하지 못했다. 적어도 입 밖에 내지 않았다. 아이들은 엄마에 대한 기억으로부터 천천히 멀어졌다. 그나마 블랑까만은 엄마를 정말로 그리워하고 자연스럽게 엄마 얘기를 꺼낸다. 내 탓일까? 처음에는 단지 가슴이 미어져 이사벨 얘기를 자주 꺼내지 않았다. 지금도 마찬가지다. 내가 행여나 착각해서 그녀와 전혀 상관없는 다른 사람에 대해 말할까봐 두렵다.

언젠가 아베야네다도 그런 식으로 나를 잊게 될까? 참 아이러니하다. 잊기 위해서는 우선 기억을 해야 한다는 것, 적어도 '기억하기'를 시작해야 한다는 것은.

6월 2일 일요일

세월은 유수와 같다. 이젠 서둘러야 하지 않을까 하는 생각이 들곤 한다. 앞으로 남은 몇년의 시간을 최대한 활용해야 하니 말이다. 지금은 내 주름살을 찬찬히 훑어보고도 누구나 이렇게 말할 것이다. "그래도 아직 젊으십니다." 아직은. 그 '아직'이라는 게 앞으로 몇년이나 남았을까. 그 생각을 하면 마음이 조급해지고, 마치 혈관이 터졌는데 지혈을 할 수 없는 것처럼 삶이 나를 두고 스러져가는 씁쓸한 느낌이 몰려온다. 삶은 수많은 것들로 이루어져 있다. 일, 돈, 행운, 우정, 건강, 그리고 그외의 복잡한 문제들. 그러나 '삶'이라는 단어를 떠올릴 때, 예컨대 "삶에 매달린다"라고 말할 때 사실 우리는 좀더 구체적이고 매력이 넘치는 아주 중요한 다른 단어와 동일시하지 않는가. 그게 바로 '쾌락'임을 어느 누구도 부정하지 못할 것이다. 쾌락(어떤 종류의 쾌락이든)에 대해 생각해보면, 그것이 삶이라는 확신이 든다. 바로 거기에서 절박함, 나를 바짝 뒤쫓아오는 오십이라는 나이에 대한 비극적인 절박함이 생겨난다. 앞으로 몇년 동안은 우정, 양호한 건강상태, 일상적인 욕구, 그리고 운명에 대한 기대가 그런대로 유지될 것이다. 아니, 그러길 바란다.

하지만 쾌락은 얼마나 남았을까? 스무살 시절에 나는 젊었었다. 서른에도 젊었고 마흔에도 젊었다. 이제 내 나이 오십이고 난 '아직' 젊다. '아직'은 젊음이 곧 끝난다는 것을 의미한다.

여기서 우리가 맺은 협정의 모순이 드러난다. 우리는 차분하게 받아들이고 어느정도 시간이 흐른 뒤에 상황을 다시 보기로 했다. 그러나 우리가 내버려두든 말든 시간은 흘러갈 테고, 그녀는 하루가 다르게 더 탐스럽고 더 성숙하고 더 생기가 넘치는 완숙한 여자가 되어간다. 하지만 그 똑같은 하루하루가 나에겐 병약함과 노쇠함을 선물하고 용기와 활기는 앗아가는 위협적인 시간이다. 하루빨리 우리가 일치를 이루는 지점을 찾아야 한다. 우리의 경우 미래에 명암이 서로 교차하는 건 어쩔 수 없기 때문이다. 그녀가 완벽해질수록 나의 장점은 사라져간다. 또 그녀의 결점이 줄어들수록 내게는 결점만 남을 것이다. 젊은 여자에게는 이미 오래전에 순수함을 연륜으로 대체한, 산전수전 다 겪은 분별 있는 남자가 매력적일 수 있다는 건 알겠다. 매력적일 수 있지만 찰나의 순간뿐이다. 연륜도 정력이 받쳐줄 때 좋은 것이고, 그뒤에 기력이 쇠하면 누구든 지나간 세월을 기억하는 것이 유일한 가치인 고상한 박물관의 유물이 되고 마는 것이다. 연륜과 정력이 공존하는 기간은 매우 짧다. 나는 지금 그 짧은 기간에 있다. 사실 크게 내세울 것도 못된다.

6월 4일 화요일

빅뉴스다. 발베르데 양이 수아레스와 다투었다. 사무실이 발칵 뒤집혔다. 마르띠네스는 아주 의기양양한 얼굴이다. 간단히 한마디로 그 소동은 부본부장 자리가 마르띠네스의 차지라는 걸 의미한다. 오전에는 수아레스가 보이지 않았다. 오후가 되어서야 이마에 시퍼렇게 멍이 든 채 죽을상을 하고 나타났다. 본부장이 그를 부르더니 네차례나 호통을 쳤다. 요컨대 이젠 단순한 소문을 넘어 공공연한 사실이 되었다는 얘기다.

6월 7일 금요일

지금까지 영화관에 두번 같이 갔는데 영화가 끝나면 그녀는 혼자 귀가했다. 하지만 오늘은 집까지 바래다주었다. 그녀는 매우 다정하고 살가웠다. 영화[26]의 중반부에서 알리다 발리가 멍청한 팔리 그레인저 때문에 괴로워할 때쯤 갑자기 그녀가 내 팔에 손을 얹는 게 느껴졌다. 반사적인 동작인 듯했지만, 여하튼 그뒤에도 그녀는 손을 거두지 않았다. 내 안에는 억지로 진도를 나가려 하지 않는 남자가 있는가 하면, 서두르지 못해 안달이 난 녀석도 있다.

우리는 10월 8일 거리[27]에서 내려 세블록을 걸었다. 희뿌연 달빛만이 감돌 뿐 사위가 온통 칠흑 같은 어둠이었다. 때마침 관대하게도 유서 깊은 우루과이 전력공사(UTE)가 정전을 선사해주었다. 그녀는 내게서 1미터쯤 떨어져 걷고 있었다. 그런데 길모퉁이에 가까워질 무렵(모퉁이에는 상점이 하나 있었는데, 카드놀이용 테이

---

26 이딸리아의 영화감독 루끼노 비스꼰띠가 연출한 「쎈소」Senso(1954)로, 팔리 그레인저와 알리다 발리가 주연을 맡았다.

27 몬떼비데오 중심가의 후미진 구역에 있는 거리로, 10월 8일은 대전쟁(Guerra Grande, 1839~51)이라 불리는 우루과이 내전이 종식된 날이다.

블에 촛불을 켜두었다), 나무 그늘에 가려져 있던 누군가의 그림자가 천천히 모습을 드러냈다. 그러자 우리 사이의 거리는 순식간에 사라졌고, 나도 모르는 사이에 그녀가 내 팔짱을 끼고 있었다. 그림자의 주인은 취객이었는데, 남을 해코지하기는커녕 제 몸도 가누지 못할 만큼 엉망으로 취해 횡설수설하고 있었다. "영혼이 가난한 자들과 국민당[28] 만세!" 그녀는 피식 웃음이 나는 걸 참으며 내 팔을 꽉 쥐었던 손가락의 힘을 풀었다. 그녀의 집은 어느 거리의 368번지였다. 라몬 P. 구띠에레스나 에두아르도 Z. 도밍게스처럼 이름과 성으로 된 거리였는데 기억나지 않는다. 현관과 발코니가 몇개 있는 집이었다. 문은 잠겨 있었는데, 그녀는 스테인드글라스가 연상되는 덧문도 하나 있다고 했다. "주인이 노트르담 성당의 스테인드글라스를 흉내 내려 했다나봐요. 그런데 웬 가르델을 닮은 성聖 세바스티아누스[29]가 붙어 있다니까요."

그녀는 곧장 문을 열지 않았다. 그 대신 문에 살짝 기댔다. 청동으로 된 손잡이가 그녀의 등에 닿는 것 같았다. 그러나 불편해하는 기색은 없었다. 그때 그녀가 말했다. "당신은 정말 좋은 분이세요. 제 말은 정말 점잖게 대해주신다고요." 내가 나 자신을 잘 알지만, 나는 짐짓 성인군자라도 되는 척했다. "당연히 좋은 사람이지. 그런데 내가 점잖게 행동하고 있는지는 잘 모르겠는데." "자신만만하시네요. 아무리 착하게 행동해도 그걸 스스로 내세우면 안된다고 어렸을 때 배우지 않으셨어요?" 바로 그때였다. 그녀도 그 순간

---

28 Partido Nacional. 블랑꼬당(Partido Blanco)이라고도 불리며, 농촌을 세력 기반으로 한 중도우파 성향의 정당.

29 세바스티아누스(Sebastianus, ?~?288): 르네상스 화가들이 즐겨 그렸던 3세기 디오클레티아누스 황제 시기의 순교자. 역병의 수호자로 추앙받고 있다.

을 기다리고 있었다. "난 어렸을 적에 착하게 행동하면 항상 보답을 받는다고 배웠는데. 나도 하나쯤 받을 만하지 않나?" 순간 정적이 흘렀다. 시에서 심었다는 망할 놈의 소나무 이파리가 달빛을 가려 그녀의 얼굴을 볼 수 없었다. "그럼요. 자격이 있으세요." 그녀의 대답이 들렸다. 이윽고 그녀는 어둠 속에서 두 팔을 뻗어 내 어깨에 올려놓았다. 분명 어느 아르헨띠나 영화에서 그런 동작을 봤을 것이다. 하지만 이어지는 키스 장면은 어떤 영화에서도 보지 못한 게 틀림없다. 나는 그녀의 입술, 그러니까 그 입술의 맛과 깊이 잠겼다가 반쯤 열리고 다시 빠져나가는 그 입술의 움직임이 좋다. 물론 이번이 그녀의 첫 키스는 아니다. 아무렴 어떤가. 어쨌든 믿음과 애정을 갖고 다시 입맞춤을 할 수 있다는 사실만으로도 위안이 된다. 그 상태로 우리가 얼마나 희한하게 몸을 움직였는지는 모르겠지만 분명한 건 어느 순간 갑자기 내 등을 찌르는 청동 손잡이가 느껴졌다는 것이다. 368번지의 문간에서 30분의 시간이 흘렀다. 엄청난 발전입니다, 산또메 선생. 그녀도 나도 입 밖으로 꺼내지는 않았지만 이 일이 있고 나서 한가지는 분명해졌다. 그건 내일 생각하자. 지금은 피곤하니까. 달리 말하면 행복하다고도 할 수 있겠지. 하지만 마냥 행복해하기엔 나는 경계심이 너무 많다. 나 자신과 나의 운명, 그리고 내일이라는 단 하나의 확실한 미래에 대해서 말이다. 경계한다는 것은, 바꿔 말하면, 의심이 많다는 것이다.

6월 9일 일요일

어쩌면 내가 절충안에 지나치게 집착하고 있는지도 모른다. 어떤 문제에 봉착하든 나는 절대 극단적인 해결책에 끌리는 법이 없다. 그것이 내 좌절감의 원천일지도 모르겠다. 한가지 분명한 사실은, 극단적인 태도는 열정을 불러일으키고 사람들을 끌어당기는 정력의 징표인 반면, 균형 잡힌 태도는 대체로 불편하고 가끔은 불쾌하기까지 하며 영웅적으로 보일 일이 거의 없다는 것이다. 보통 균형을 유지하는 데는 적지 않은 용기(특별한 종류의)가 요구되지만 다른 사람들에게 겁쟁이로 비치는 것을 피할 도리가 없다. 게다가 따분하기까지 하다. 오늘날엔 일반적으로 따분함이 아예 용납하기 힘든 심각한 단점으로 치부되지 않는가.

어쩌다가 이런 얘기를 꺼냈지? 아, 그렇지. 지금 내가 찾고 있는 절충안은 아베야네다에 관한 것이다(요즘 내 삶에서 그녀와 관련되지 않은 게 뭐가 있겠는가). 그녀에게 상처를 주고 싶지도, 그렇다고 내가 상처를 받고 싶지도 않다(첫번째 절충안). 우리 관계가 애인 사이에서 부부 사이로 치닫는 그런 터무니없는 상황이 발생하지 않았으면 한다. 그렇지만 저속하고 원색적인 불륜 관계로 알려지는 것도 싫다(두번째 절충안). 미래에 한창 물오른 젊은 여자에게 괄시당할 무기력한 늙은이로 낙인 찍히고 싶지 않으며, 그렇다고 미래에 대한 두려움 때문에 이토록 매력적이고 무엇과도 바꿀 수 없는 오늘을 어정쩡하게 보내기도 싫다(세번째 절충안). 모텔을 전전하기도 거창하게 살림을 차리기도 싫다(네번째이자 마지막 절충안).

그렇다면 해결책은? 첫째, 작은 아파트라도 한채 빌릴 것. 물론, 원래 집을 떠나지는 말 것. 그래, 첫번째 해결책으로 끝이다. 다른 선택은 없다.

6월 10일 월요일

춥고 바람이 분다. 어찌나 징글징글한지. 생각해보니 열다섯살 땐 분명 겨울을 좋아했다. 지금은 한번 재채기를 시작하면 도무지 멈추질 않는다. 어떤 때는 코가 있어야 할 자리에 10초 후면 썩기 시작할 정도로 푹 익은 토마토가 매달려 있는 느낌마저 든다. 한 서른다섯번 정도 재채기를 할 때쯤이면 내가 다른 사람들보다 열등하다는 느낌을 지울 수 없다. 나는 성인들의 코에 경탄한다. 예를 들어, 엘 그레꼬[30]가 그린 성인들의 코처럼 오뚝하고 완벽한 그런 코 말이다. 나는 성인들의 코에 경탄한다. 감기에 걸린 적도 없고(틀림없다), 따라서 이렇게 연달아 터져 나오는 재채기에 만신창이가 된 적도 없을 것이다. 단 한번도. 만약 연달아 이삼십번 폭발하듯이 재채기를 해봤다면, 그들도 필시 말과 생각으로 악담을 마구 퍼부어댔을 것이다. 그러나 누구든 악담—아무리 하찮은 사념邪念일지라도—을 퍼붓는 자에겐 영광의 길이 닫히기 마련이다.

6월 11일 화요일

아베야네다에게 한마디 귀띔도 하지 않고 무작정 아파트를 찾아 나섰다. 마음에 드는 이상적인 아파트를 염두에 두고 있다. 하지만 유감스럽게도 마음에 드는 매물은 에누리가 없다. 늘 비싸게만

30 엘 그레꼬(El Greco, 1541~1614): 그리스 태생의 에스빠냐 화가로 종교화와 초상화를 주로 그렸다.

나온다.

6월 14일 금요일

하이메나 에스떼반과 5분 이상 대화를 나눠본 지 분명 한달은 된 것 같다. 그애들은 툴툴대며 집에 돌아와서는 방에 틀어박혀 있고, 신문을 읽으면서 말없이 식사를 하고, 욕설을 내뱉으면서 자리를 뜬다. 그러고는 다음날 새벽같이 집을 나간다. 반면에 블랑까는 상냥하고, 수다스럽고, 행복해한다. 디에고는 거의 보지 못하지만, 블랑까의 얼굴에서 그애의 존재를 읽어낸다. 정말로 내 판단이 틀리지 않았다. 디에고는 좋은 녀석이다. 에스떼반이 부업으로 클럽에서 일한다는 것을 알고 있다. 누군가가 일자리를 구해준 모양이다. 그럼에도 난 그애가 꼼짝없이 함정에 빠진 것을 후회하기 시작한 듯한 인상을 받는다. 언젠가 폭발해 아무한테나 막무가내로 성질을 부릴 것이다. 불을 보듯 빤하다. 곧 그런 일이 일어나길 바란다. 그애가 자신의 오랜 신념과 명백히 어긋나는 일에 말려드는 걸 보고 싶지 않다. 그애가 냉소가, 그것도 비난받을 때가 되면 "내가 발전하려면, 무언가라도 되려면 이 길밖에 없어요"라며 변명을 늘어놓는 그런 가짜 냉소가가 되는 게 싫다. 하이메는 직업이 있고 일도 잘한다. 그래서 직장에서 사랑받는다. 그러나 하이메의 문제는 다른 데 있고, 설상가상으로 난 그게 뭔지 모른다. 그애는 늘 신경질적이고 불만이 가득하다. 겉으로는 개성이 있어 보이지만, 때때로 그게 개성인지, 아니면 변덕인지 확신하지 못하겠다. 어울려 다니는 친구들도 마음에 들지 않는다. 그 녀석들은 어딘가 거들먹거린다. 뽀시또스[31] 출신들로 속으로는 어쩌면 우리 애를 멸시할지도 모를 일이다. 그들은 하이메를 이용한다. 그애가 영리하고, 특히 손재주가 좋아 맡기는 일을 언제나 척척 해내기 때문이다. 마땅히 받아야 할 사례는 없다. 그들 중 누구도 일하지 않으며 모두 부잣집 자식들이다. 이따금 그들이 투덜대는 소리를 듣는다. "야, 네가 하는 일은 너무 구질구질해. 널 전혀 믿지 못하겠어." 그들이 "일!"이라고 말할 때의 모습은 술 취한 걸인에게 다가가 구두 끝으로 툭툭 건드리는 이들과 닮아 있다. 그럴 때면 이런 자들은 대단한 일이라도 하는 양, 혹은 자기가 구세군이라도 되는 양 혐오인지 연민인지 알 수 없는 표정을 짓는다. 마치 그 말을 내뱉고 나서 자신들의 몸을 소독해야만 할 것 같은 표정으로 "일!"이라고 말한다.

6월 15일 토요일

아파트를 찾았다. 내가 꿈꾸던 것과 아주 흡사했고 믿을 수 없을 만큼 저렴했다. 어쨌든 예산이 빠듯하겠지만 형편이 되기를 바란다. 18일 거리와 안데스 거리 교차로에서 다섯블록 떨어져 있다. 게다가 싼값에 가구를 들여놓을 수 있다는 장점이 있다. 그러나 그건 단지 말뿐이다. 이뽀떼까리오[32]에 남은 2,465.79뻬소의 잔고를 바닥내는 것 말고는 다른 방도가 없다.

오늘밤 그녀와 외출할 것이다. 하지만 일절 귀띔하지 않을 생각이다.

31 몬떼비데오 상류사회 특유의 분위기를 풍기는 세련된 구역의 하나.
32 방꼬 이뽀떼까리오 델 우루과이(Banco Hipotecario del Uruguay)를 말한다.

6월 16일 일요일

그래도 그녀에게 말했다. 10월 8일 거리에서 그녀의 집까지 세 블록을 걸었다. 이번엔 정전이 일어나지 않았다. 그녀에게 완전한 자유를 위한 우리의 계획에 대해, 서로 알아가면서 무슨 일이 일어나는지 보는 것에 대해, 시간의 흐름에 맡기고 차분히 상황을 돌아보는 것에 대해 상기시킬 때 말을 더듬은 것 같다. 틀림없다. 지난번에 못 마신 커피를 사달라며 그녀가 25일 거리와 미시오네스 거리 교차로에 나타난 것은 한달 전이었다. "제안을 하나 하고 싶은데." 내가 말했다. 나는 지난주 금요일인 7일부터 그녀에게 말을 놓았지만 그녀는 아직도 그놈의 부장님 타령이다. 나는 그녀가 "이미 알고 있어요"라고 대답할 것으로 예상했다. 그랬다면 나에게 큰 위로가 되었을 것이다. 그러나 아니었다. 그녀는 내가 제안의 무게를 온통 짊어지도록 했다. 이번에 그녀는 추측하지 않았고 추측하고 싶어하지도 않았다. 나는 말의 서두를 꺼내는 데 영 젬병이다. 그래서 단도직입적으로 말했다. "우리가 지낼 아파트를 빌렸어." 바로 그 순간 정전이 되지 않아 유감이었다. 그랬다면 그녀의 얼굴 표정이 보이지 않았을 텐데. 슬픈 표정 같았다. 난들 어찌 알겠는가. 난 여자들이 날 쳐다볼 때 그게 무슨 의미인지 결코 확신하지 못한다. 때로는 나에게 질문을 한다고 생각하는데, 잠시 뒤 실은 나에게 대답을 하고 있었음을 깨닫는다. 일순간 우리 사이에 단어 하나가 머물러 있었다. 한조각 구름, 움직이기 시작한 한조각 구름처럼. 우리는 둘 다 결혼이라는 단어를 떠올렸다. 그리고 둘 다 구름은 멀리 사라지고 내일이면 하늘이 맑게 갤 것임을 알았다. "저하고 상의도 없이요?" 그녀가 물었다. 난 그렇다는 의미로 고개를 끄덕였다. 실은 목이 메었다. "괜찮아요." 애써 미소 지으며 그녀가 말했다. "그런 식으로 준비된 각본을 가지고 저를 대하셔야 해요." 우린 현관 입구에 서 있었다. 지난번보다 훨씬 이른 시각이라 문은 열려 있었다. 여기저기 불이 켜져 있었다. 침묵만 감돌 뿐 신비의 여지는 없었다. 난 프러포즈가 완전한 성공을 거두지 못했음을 깨닫기 시작했다. 하지만 나이 오십에 더이상 완전한 성공을 바랄 수는 없다. 혹 그녀가 싫다고 말했다면 어쩔 뻔했나? 난 그녀가 부정적으로 반응하지 않은 데 대한 댓가를 치르고 있었고, 그 댓가는 불편한 상황이었다. 그녀가 내 앞에 말없이 앉아 있는 모습을 보는 것은 불쾌하고 거의 고통스러운 순간이었다. 검은 재킷 차림에 몸을 약간 웅크린 그녀는 많은 것들에 작별을 고하는 듯한 표정이었다. 그녀는 나에게 키스하지 않았다. 그렇다고 내가 선수를 치지도 않았다. 그녀의 얼굴은 긴장해서 딱딱하게 굳어 있었다. 순간 예고도 없이, 마치 참을 수 없는 가면을 벗어버리듯 갑자기 안면의 모든 긴장이 풀리는 것 같았다. 그렇게 문에 머리를 기댄 채 하늘을 쳐다보며 그녀가 울기 시작했다. 로맨틱한 행복의 눈물은 아니었다. 그것은 왠지 불행하다고 느낄 때 예기치 않게 샘솟는 눈물이었다. 하지만 누가 자신이 눈부시게 불행하다고 느낀다면, 그땐 특히 청중 앞에서 몸을 떨고 어깨를 들썩이며 흐느낄 만한 가치가 있다. 그러나 불행과 함께 울적함도 느낀다면, 그땐 반란이나 희생, 영웅적인 행동이 개입할 여지는 없다. 그때는 소리 없이 울어야 한다. 아무도 도와줄 수 없기 때문이며, 또 그런 일이 지나가고 결국에는 균형과 평정심을 회복한다는 것을 스스로 의식하기 때문이다. 그녀의 울음이 바로 그랬다. 이 문제에 관한 한 아무도 날 당해낼 수 없다.

"도와줄까?" 그럼에도 내가 물었다. "내가 어떻게든 이 문제를 해결할 수는 없을까?" 실없는 질문들. 나는 여전히 의구심을 떨치지 못하고 질문을 하나 더 던졌다. "무슨 일이지? 우리가 결혼하길 바라는 건가?" 그러나 구름은 멀리 있었다. "아니요." 그녀가 대답했다. "모든 게 애처로워서 눈물이 나요." 그건 정말 사실이다. 모든 게 애처롭다. 정전이 없었던 게, 내 나이가 오십인 게, 그녀가 좋은 사람인 게, 나의 세 아이가, 그녀의 옛 애인이, 아파트가…… 손수건을 꺼내 눈물을 닦아주었다. "이젠 괜찮은 거지?" 내가 물었다. "네, 괜찮아요." 거짓말이었지만, 차라리 거짓말을 하는 편이 더 낫다는 것을 우리 둘 다 이해했다. 복받치는 감정이 아직 채 가시지 않은 눈빛으로 그녀가 덧붙였다. "자긴 왜 내가 늘 멍청할 거라고 생각해요?" 날더러 '자기'란다. 분명 '자기'라고 했다. 이제 날 친근하게 '자기'라고 부른 것이다.

6월 20일 목요일

아파트 임차 절차를 밟느라 나흘 동안 한줄도 쓰지 못했다. 보증서를 수령하고, 은행에서 2,465.79뻬소를 인출하고, 가구 몇점을 구입했다. 내내 몹시 흥분되었다. 내일 아파트 열쇠를 넘겨받는다. 그리고 토요일 오후에 가구가 배달될 것이다.

6월 21일 금요일

수아레스가 해고당했다. 믿을 수 없는 일이지만 그는 해고되었다. 직원들은 발베르데 양이 그를 해고하라고 압력을 넣었다는 소문을 기꺼이 퍼뜨렸다. 하지만 놀라운 것은 그가 극히 사소한 이유로 해고되었다는 사실이다. 물류부에서 소포 두개를 엉뚱한 주소로 보냈다. 수아레스는 그 발송 건에 대해 전혀 알지 못했다. 그 소포는 분명 얼빠진 포장 담당 신입사원들 중 한명이 발송했을 것이다. 얼마 전 수아레스가 끔찍한 실수를 여러차례 저질렀지만 어느 누구도 그에게 일언반구 하지 않았다. 보아하니, 지난 사나흘 동안 본부장이 이 망신살 뻗친 애인을 해고하는 임무를 떠맡은 것 같다. 그러나 자신이 곧 해고될 것을 예감한 수아레스는 모범생처럼 처신했다. 정시에 출근했고 심지어 야근을 하는 날도 있었다. 또 친절하고 겸손하게 굴었고 빠릿빠릿하게 움직였다. 그러나 아무 소용이 없었다. 발송 실수가 없었더라도 그는 분명 담배를 너무 많이 피운다거나 구두가 윤이 나지 않는다는 등의 이유로 해고되었을 것이다. 한편, 소포가 경영진의 비밀스럽고 분명한 지시 하에 엉뚱한 주소로 발송되었다고 주장하는 눈치 빠른 직원도 있다. 전혀 놀랄 일이 아니다.

수아레스가 해고를 통보받은 뒤로 그를 지켜보는 것은 안타까움 그 자체였다. 그는 경리부로 가서 보상금을 수령한 다음 자기 책상으로 돌아와 소리 없이 서랍을 비우기 시작했다. 누구 하나 그에게 다가가 무슨 문제가 있는지 묻지 않았고, 그에게 조언을 하거나 도와주겠다고 나서는 사람도 없었다. 불과 30분 만에 그는 달갑지 않은 존재가 되어 있었다. 난 수년간 그와 대화를 나누지 않았다(그가 경리부에서 기밀 자료를 빼내 이사들 중 한명에게 넘겼고 이후로 그 이사가 다른 이사들을 적대시하게 되었다는 것을 알아차린 날부터). 하지만 맹세코 오늘은 그에게 다가가 동정과 위로의 말을 건네고 싶었다. 하지만 그러지 않았다. 그는 추잡한 쓰레기이고 그럴 만한 가치가 없었다. 그러나 갑작스럽고도 철저한 변화(이사회 의장부터 말단 직원까지 가담한)가 순전히 그리고 전적으로 수아레스와 발베르데의 딸 사이의 관계가 끝났다는 데 기인한다는 사실에 일말의 혐오감을 느끼지 않을 수 없었다. 이상하게 들릴지 모르지만, 이 무역회사의 분위기는 사적인 오르가슴에 의해 크게 좌우된다.

6월 22일 토요일

사무실로 가지 않았다. 어제 어수선하고 신나는 분위기를 틈타 오전 근무를 안하는 데 대한 합당한 허가를 본부장에게 요청했다. 미소와 함께 허가가 떨어졌고, 심지어 본부장은 사무실의 핵심인물이 빠져 직원들이 얼마나 허둥댈지 모르겠다며 입에 발린 말을 건네기도 했다. 발베르데의 딸을 억지로 나에게 떠넘기려는 속셈인가? 쳇.

나는 아파트로 배달된 가구를 받았고 노예처럼 일했다. 가구는 괜찮아 보였다. 눈에 띄게 모던한 구석은 어디에도 없었다. 나는 노려보기만 해도 주저앉을 정도로 터무니없이 불안정한 다리가 달린 기능성 의자도, 사람들이 보여주고 싶어하지도 보고 싶어하지도 않는 것들—가령 거미줄이나 바퀴벌레, 퓨즈—을 항상 비추는 등도 좋아하지 않는다.

내 취향대로 집을 꾸민 것은 이번이 처음일 것이다. 결혼할 때, 나의 가족들이 침실 가구를 장만해주었고 이사벨의 가족은 주방용품을 선물해주었다. 양쪽 집안은 끊임없이 서로 티격태격했지만 그건 상관없었다. 나중에 장모가 와서 의견을 피력하곤 했다. "너희 두사람 거실엔 자그마한 그림이 한점 필요해." 두말할 필요가 없었다. 이튿날 아침 쏘시지와 딱딱한 치즈, 멜론, 집에서 만든 빵, 맥주병 등을 그린 정물화가 도착했다. 한마디로 6개월 동안 식욕이 뚝 떨어지게 만드는 그림이었다. 다른 때는 주로 어떤 기념일을 맞아 삼촌이 침실 벽에 걸라며 갈매기를 보내오거나 혐오감마저 주는 계집애 같은 시동侍童들로 장식된 이딸리아산 도자기 두개를 보내기도 했다. 이사벨이 죽고 나서는 시간과 나의 취미와 집안일이 정물화와 갈매기, 시동들을 없애고, 하이메가 주기적으로 설명을 요하는 엉뚱한 물건들로 차츰 집안을 채워갔다. 그의 친구들이 날개 달린 항아리와 신문 스크랩, 고환 달린 문 앞에서 넋을 잃은 모습이 눈앞에 생생하고, 그들이 "와, 끝내주는 복제품인데!"라고 감탄하는 소리가 들린다. 난 이해가 안되고 이해하고 싶지도 않다. 사실 그들의 감탄은 위선적으로(!) 보이기 때문이다. 한번은 내가 그들에게 물었다. "언제 고갱이나 모네, 르누아르의 복제품을 집에 가져오지그래? 그 화가들이 싫은가보지?" 그때 '밤 시간은 가장 진정한 시간'이기 때문에 매일 새벽 5시에 잠드는 한량에다 어느 레스토랑에서 누군가가 이쑤시개를 사용하는 걸 목격한 뒤로는 그곳에 발길을 끊은 까탈스러운 다니엘리또 고메스 페란도 바로 그애가 대답했다. "하지만 아버님, 우린 추상화가 좋은걸요." 그러나 눈썹 없는 조막만 한 얼굴에 항상 새끼 밴 작은 고양이 같은 표정을 하고 있는 그 녀석은 전혀 추상적이지 않다.

6월 23일 일요일

문을 열고 그녀가 지나갈 수 있도록 비켜섰다. 그녀는 종종걸음으로 들어와 꼼꼼하게 주위를 두루 살폈다. 마치 빛과 공기, 냄새를 천천히 빨아들이고 싶은 듯했다. 그녀는 먼저 책상을, 그다음에 소파 덮개를 어루만졌다. 침실 쪽은 눈길조차 주지 않았다. 그녀는 자리에 앉아 미소를 지으려고 했지만 할 수 없었다. 다리가 떨리는 것 같았다. 벽에 걸린 복제품을 쳐다보며 "보띠첼리"[33]라고 틀리게 말했다. 필리뽀 리삐[34]의 그림이었다. 나중에 바로잡아줄 기회가 있을 것이다. 그녀는 품질과 가격, 그리고 가구점에 대해 묻기 시작했다. "마음에 들어요." 그녀는 이 말을 서너번 되뇌었다.

저녁 7시였고 해가 뉘엿뉘엿 지면서 크림색 벽지를 오렌지 빛으로 물들였다. 옆에 앉으니 그녀의 몸이 뻣뻣하게 굳었다. 그녀는 핸드백조차 내려놓지 않은 채였다. 핸드백을 건네달라고 했다. "당신은 손님이 아니라 안주인이라는 걸 기억해." 그러자 그녀가 애써 머리를 살짝 늘어뜨리더니 재킷을 벗고 나서 쭈뼛쭈뼛 다리를 뻗었다. "왜 그래? 겁나?" 내가 물었다. "그렇게 보여요?" 그녀가 대

33 보띠첼리(Sandro Botticelli, ?1445~1510): 이딸리아의 화가. 주요 작품으로 「비너스의 탄생」 「봄」 등이 있다.

34 필리뽀 리삐(Fra Filippo Lippi, ?1406~69): 이딸리아의 화가. 르네상스 초기 화풍을 이끌었고, 보띠첼리의 스승이기도 하다.

답 대신 되물었다. "솔직히 그래." "당신 말이 맞을 수도 있어요. 하지만 당신이나 저 때문은 아니에요." "알아, 단지 '이 순간'이 두려운 거겠지." 그녀가 마음을 가라앉히는 듯했다. 그러나 한가지는 분명했다. 그녀는 들뜬 기분이 아니었다. 창백한 얼굴은 그녀가 정말로 겁을 먹었다는 것을 의미했다. 그녀의 태도는 모텔에 가는 것을 기꺼이 받아들이지만 택시가 멈춰서는 순간 어김없이 히스테리 상태가 되어 살려달라고 비명을 질러대는 여자 출납원들과는 달랐다. 그래, 그녀에게는 과장된 몸짓이 전혀 없었다. 그녀는 당혹스러워했고, 나는 그 이유를 시시콜콜하게 캐묻고 싶지 않았다. 아마도 선뜻 캐묻기가 거북했을 것이다. "요는 제가 그 아이디어에 익숙해져야겠지요." 그녀가 말했다. 아마도 나를 만족시키기 위해서였을 것이다. 그녀는 내가 다소 낙담했다는 걸 눈치챘다. "여자들은 이런 것들에 대해 이런저런 상상을 하지만 현실은 다르게 나타나곤 하죠. 하지만 제가 인정하고 당신에게 고마워해야 할 게 있어요. 당신이 준비한 것들은 제가 마음에 두었던 것과 크게 다르지 않아요." "언제부터?" "수학 선생님을 짝사랑하던 고등학생 때 이후로요." 백화점 여자 점원이 나 대신 골라준(꼭 그런 것만은 아니다. 나도 접시가 마음에 든다) 매끄러운 노란색 접시로 식탁을 차렸다. 나는 햄과 쏘시지 따위를 내놓고 품위 있게 주인 역할을 했다. 전부 자신이 좋아하는 것들이었지만 그녀는 너무 긴장한 나머지 어느 것도 즐기지 못했다. 샴페인 마개를 딸 순간이 되었을 때, 그녀는 더이상 창백하지 않았다. "몇시까지 있을 수 있어?" 내가 물었다. "늦게까지요." "어머닌?" "엄마가 우리 관계를 아세요."

명백하게 벨트라인 아래를 가격한 것이다. 그건 반칙이다.[35] 적나라하게 발가벗겨진 느낌이었다. 마치 길가에 늘어선 사람들의 환호성을 받으며 속옷 차림으로 사란디 거리를 활보하는 기분이랄까. "그런데 왜 그랬어?" 용기를 내어 물었다. "엄마는 저에 관해서는 모든 걸 아시거든요." "아버지는?" "아버진 별나라에 사세요. 재단사세요. 끔직한 재단사죠. 아빠한테는 절대 양복을 맞추지 마세요. 어떤 옷이든 항상 똑같은 마네킹을 사용해 치수를 재시거든요. 게다가 신지론자神智論者에 아나키스트세요. 무엇에 대해서건 결코 묻는 법이 없으세요. 월요일엔 신지론자 친구분들과 회동하시는데, 그분들은 블라바쯔끼 여사[36]에 대해 새벽까지 토론을 하세요. 목요일엔 아나키스트 친구분들이 집에까지 오시는데 고래고래 소리를 질러가며 바꾸닌[37]과 끄로뽀뜨낀[38]에 대해 언쟁을 벌여요. 이 점만 빼면 다정하고 평화로운 분이세요. 이따금 인자하게 저를 바라보시며 매우 유용한 것들을 말씀해주세요. 지금까지 제가 들어온 이야기들 중에 가장 유용한 것들이죠." 평소에도 그녀가 가족 얘기하는 걸 무척 좋아하지만, 특히 오늘은 더 좋았다. 우리의 새로운 친밀함의 시작에 좋은 징조로 보였다. "그런데 어머니께선 나에 대해 뭐라고 하시나?" 나의 정신적 외상은 이사벨의 어머니에

35 권투시합에서 허용된 공격 범위는 상대편 허리벨트 위로, 그 기준선인 벨트라인(beltline) 아래를 공격하면 반칙이다.

36 블라바쯔끼(Helena Petrovna Blavatsky, 1831~91): 러시아의 신비사상가. 신비한 체험이나 신적 계시로 얻은 철학적·종교적 지식을 뜻하는 신지학(神智學)을 바탕으로 신지학협회를 창설했다.

37 바꾸닌(Mikhail Aleksandrovich Bakunin, 1814~76): 제정러시아의 사상가·무정부주의자. 무정부주의 운동을 지도하여 제1인터내셔널에 참가했으나 맑스와 대립하다 제명되었다.

38 끄로뽀뜨낀(Pyotr Alekseyevich Kropotkin, 1842~1921): 러시아 귀족 출신의 지리학자·무정부주의자. '상호부조론'을 발표해 무정부주의의 이론적 기반을 마련했다.

게서 기인한 것이다. "당신에 대해서요? 아무 말도요. 저에 대해서만 말씀하세요." 그녀는 잔에 남은 샴페인을 마저 들이켜고 나서 작은 종이냅킨으로 입술을 닦았다. 립스틱 자국은 전혀 남지 않았다. "엄마는 제가 과대망상에, 덜렁거린다고 하세요." "우리 관계에 대해서, 아니면 매사에?" "매사에요. 행복은, 진정한 행복은 사람들이 흔히 꿈꾸는 것보다 훨씬 덜 천사 같고 훨씬 덜 유쾌한 상태라는 게 엄마의 지론이에요. 엄마의 삶을 활기 있게 유지시켜주는 대단한 이론이죠. 엄마 말씀으로는, 대체로 사람들은 결국 자신들이 불행하다고 느끼게 되는데, 그건 다름 아니라 행복이 형언할 수 없는 만족, 기쁘기 그지없는 황홀경, 축제가 영원히 끝나지 않을 것만 같은 느낌이라고 믿었기 때문이래요. 엄마는 그렇지 않다고 하세요. 행복은 그에 훨씬 못 미치는 것이래요(어쩌면 훨씬 그 이상일 수도 있겠지만 어쨌든 그와는 다른 어떤 것이래요). 또 스스로를 불행하다고 여기는 사람들 중 상당수는 필시 실제로는 행복하지만 자신들이 지고의 행복에서 동떨어져 있다고 생각하기 때문에 그걸 깨닫지 못하거나 인정하지 않는 거래요. 까쁘리 섬의 블루 그로또[39]에 실망하는 사람들의 경우도 비슷해요. 그들이 상상한 블루 그로또는 요정들의 동굴이에요. 어떻게 생겼는지 정확히 알지도 못하면서 요정들의 동굴이라 확신했어요. 하지만 그곳에 도착하고 나서야 비로소 그들은 모든 기적은 물에 손을 담그고 나서 그 손이 담청색으로 반짝이는 걸 보는 데 있음을 깨닫게 되죠." 분명 그녀는 어머니의 생각에 대해 이야기하는 걸 좋아한다. 어머니의 생각이 마치 도달할 수 없지만 열렬히 갖고 싶은 확신인 듯 말한다. "그

39 이딸리아 남부 까쁘리 섬의 해안에 위치한 바다 동굴 중 하나.

래서 당신 생각은 어때?" 내가 물었다. "당신의 손이 담청색으로 반짝이는 것 같아?" 내가 말을 끊는 바람에 그녀는 '오늘'이라는 이 지상의 특별한 순간으로 되돌아왔다. 그녀가 대답했다. "아직 물에 손을 담그지 않은걸요." 그러고는 금세 얼굴이 빨개졌다. 당연히 그녀의 말은 제안이나, 혹은 심지어 그녀가 표현하고 싶지 않았던 절박한 요구로 해석될 수 있었기 때문이다. 내 탓은 아니었지만, 나는 갑자기 불리한 입장에 놓이게 되었다. 그녀는 자리에서 일어나 벽에 기대서서 나지막이 물었다. 그녀는 살갑게 들리길 바랐지만 실제로는 확연히 어색한 목소리였다. "처음으로 부탁 하나 해도 돼요?" "그래, 말해봐." 이렇게 대답하면서 덜컥 걱정이 앞섰다. "제가 그냥 조용히 떠나도 될까요? 오늘, 오늘만요. 내일은 다 잘될 거라고 약속할게요." 나는 실망이 이만저만이 아니었고 바보가 된 기분이었지만 이해할 수 있었다. "물론 가도록 해. 괜찮아." 하지만 괜찮지 않았다. 어떻게 괜찮을 수 있겠는가?

6월 24일 월요일

에스떼반이 아프다. 의사 말로는 심각할 수도 있다고 한다. 그렇지 않기를 빈다. 흉막염 같은 폐질환 같긴 한데, 아직은 알 수 없단다. 어디가 아픈 것인지 언제쯤 알 수 있을까? 점심식사 후에 상태가 어떤지 보려고 녀석의 방에 들어갔다. 라디오를 크게 틀어놓고 책을 읽고 있었다. 내가 들어오는 것을 보고는 읽던 페이지의 상단 모서리 부분을 접은 뒤에 책을 덮고 라디오를 껐다. 마치 '아, 나의 사생활은 끝났군'이라고 말하는 듯했다. 나는 못 본 척했다. 무은 말을 해야 할지 몰랐다. 에스떼반과는 어떤 얘기를 해야 할지 도무지 모르겠다. 어떤 화제로 얘기를 나누건 별도리 없이 결국엔 언쟁을 벌이게 된다. 그애는 내 퇴직 준비가 어떻게 돼가는지 물었다. 순조롭게 진행되고 있다고 생각한다. 사실 크게 복잡한 문제도 아니다. 이미 오래전에 관련 일정을 모조리 조정하고 각종 세금이나 수수료를 납부하고 인사기록카드를 정리해두었다. "네 친구 말로는 오래 걸리지 않는다더구나." '나의 퇴직'이라는 화제는 에스떼반과 내가 가장 자주 나누는 대화 주제의 하나다. 우리 사이엔 그 사안의 추이를 수시로 점검한다는 일종의 침묵 협정이 존재한다. 그렇지만 오늘은 다른 시도를 했다. "그런데 어떻게 지내는지 네 얘기도 좀 하려무나. 우린 대화가 전혀 없잖아." "맞아요. 아버지나 저나 다 너무 바빠서 그래요." "그래, 그렇지. 그런데 넌 정말 사무실에서 할 일이 많은 거냐?" 어리석고 경솔한 질문이었다. 아이의 반응은 불을 보듯 빤했지만 난 예상하지 못했다. "무슨 말씀이세요? 공무원들은 죄다 빈둥거린다는 건가요? 물론 아버지 같은 무역회사 직원들한테나 능률적으로 열심히 일할 특권이 있겠지요." 내가 잘못한 터라 갑절로 화가 나서 말했다. "얘야, 바보처럼 굴지 마라. 그런 뜻으로 한 말도 아니고 그렇게 생각하지도 않았어. 노처녀처럼 지나치게 예민하구나. 아니면 네가 집채만 한 죄책감을 느끼거나." 뜻밖에도 그애는 전혀 공격적으로 나오지 않았다. 몸에 열이 나서 기운이 빠진 게 분명했다. 게다가 변명을 늘어놓기까지 했다. "아버지 말씀이 옳을 수도 있어요. 전 걸핏하면 짜증이 나요. 잘 모르겠어요. 제 자신한테 화가 나는 기분이에요." 에스떼반이 털어놓은 속내치고는 과장에 가까웠다. 그러나 자기비판으로서는 사실에 아주 가깝다고 생각한다. 에스떼반이 양심에 따라 처신하지 않을 거라는 인상을 받은 지 오래다. "제가 공무원 일을 그만둔다면 뭐라고 하시겠어요?" "지금 말이냐?" "글쎄요, 당장은 아니에요. 몸이 회복되면요, 만약 회복이 된다면요. 의사 말로는 대략 몇달은 걸린댔어요." "그런데 왜 뜬금없이 그런 생각을 하게 됐니?" "너무 많은 걸 묻지 마세요. 제가 달라지려고 하는 게 대견하지 않으세요?" "그래, 대견하다. 네가 날 아주 기쁘게 하는구나. 다만 네가 병가를 낼 필요가 있다면 지금의 직장에서 받아내는 게 더 쉽지 않겠니?" "아버지는 발진티푸스에 걸리셨을 때 쫓겨나셨나요? 해고 안 당하셨잖아요, 그렇죠? 6개월 동안 결근하셨고요." 사실 나는 그 아이가 자기주장을 펴는 걸 듣는 순전한 즐거움을 위해 반박하고 있었다. "지금 중요한 건 네가 회복하는 거란다. 두고 보면 알겠지." 그뒤에 에스떼반은 자신과 자신의 한계, 그리고 자신의 소망에 대해 길게 얘기를 늘어놓기 시작했다. 너무 얘기가 길어지는 바람에 3시 15분이 되어서야 사무실에 도착했고 본부장에게 용서를 구해야 했다. 조바심이 났지만 나에게 아이의 말을 가로막을 권리가 있다고 느껴지지 않았다. 에스떼반이 속마음을 털어놓은 것은 그때가 처음이었고 그애를 실망시킬 수 없었다. 그애가 말을 마치고 난 뒤 내가 얘기를 했다. 몇마디 충고를 해주었지만 구체성 없는 매우 포괄적인 내용이었다. 나는 아이를 겁주고 싶은 마음이 없었고 그랬다고 생각하지도 않는다. 방을 나가면서 담요 아래로 불거진 아이의 무릎을 움켜잡았고 녀석은 답례로 미소를 지어보였다. 맙소사, 나에게는 낯선 얼굴처럼 보였다. 이런 일이 가당키나 한가? 반면에 그 낯선 얼굴엔 애정이 듬뿍 담겨 있었다. 그리고 그 아이가 내 아들이다. 얼마나 기쁜 일인가.

나는 사무실에 늦게까지 남아 있어야 했고, 결과적으로 '허니문'

의 시작을 뒤로 미뤄야만 했다.

6월 25일 화요일

엄청난 과제가 떨어졌다. 내일까지 끝마쳐야 한다.

6월 26일 수요일

밤 10시까지 일해야 했다. 시쳇말로 녹초가 됐다.

6월 27일 목요일

분명 오늘이 사무실에서 가장 정신없이 바쁜 마지막 날이었을 것이다. 이보다 더 복잡하고 쓸모없는 보고서를 요구하는 걸 결코 본 적이 없다. 게다가 벌써 시산표 제출이 코앞이다.

에스떼반은 열 없이 지나갔다. 그나마 다행이다.

6월 28일 금요일

마침내 7시 30분에 사무실을 나와 아파트로 갔다. 그녀가 먼저 도착해 열쇠로 문을 열고 들어가 자리를 잡고 있었다. 내가 도착하자 아무 거리낌 없이 다시 한번 키스를 하며 반갑게 맞아주었다. 우리는 먹고, 떠들고, 웃고, 그리고 사랑을 나누었다. 모든 일이 너무 술술 풀려 굳이 여기에 적을 필요가 없다. 난 기도를 하고 있다. "이 상태가 지속되기를." 그리고 하느님이 부담을 느끼도록 다리 없는 목제품을 두드릴 것이다.[40]

6월 29일 토요일

에스떼반의 병세는 그리 심각한 것 같지 않다. 엑스레이 검사 결과 의사의 비관적인 진단이 빗나갔다. 그런 의사는 환자들을 겁주거나 적어도 심각한 합병증이나 정체불명의 치명적인 위험이 임박했음을 알리고 싶어한다. 이후 결과가 그다지 나쁘지 않으면 갑자기 엄청난 안도감이 들기 마련인데, 보통 군소리 없이, 심지어는 감사한 마음으로 터무니없이 높은 병원비를 치르기 위한 최적의 분위기를 조성하는 것은 바로 가족들이 느끼는 이러한 안도감이다. 거의 겸연쩍어하며, 그리고 이웃의 건강을 위해 인생과 시간을 희생하는 사람 앞에서 그런 무례하고 천박한 화제를 입에 올리는 것이 응당 수치스럽다는 듯 "얼만가요, 선생님?" 하고 겸손하게 물으면, 의사는 언제나 불편한 기색이 역력한 예의 그 관대하고 인자한 표정을 지으며 말한다. "제발요, 그 얘기는 차차 하도록 해요. 걱정 마세요. 아무 문제 없을 겁니다." 그리고 곧이어 이런 추악하고 곤혹스러운 상황에서 인간의 존엄성을 구해내기 위해 말을 멈추

40 우루과이 토속신앙에 따르면, 창틀이나 액자, 문짝 같은 다리 없는 목제품을 두드리는 행위가 행운을 가져다준다고 한다.

고 화제를 바꿔 환자가 내일 먹을 수프에 대해 일장연설을 시작한다. 그러고 나서 마침내 치료비 얘기를 꺼내야 할 시간이 되면, 한껏 부풀린 계산서 한장만 달랑 우편으로 보내고 만다. 사람들은 청구된 금액을 보고 놀라 어안이 벙벙해진다. 아마도 그 순간엔 근엄한 과학의 순교자가 짓는 상냥하고 자애로운 프란쩨스꼬회[41] 수도사 같은 미소가 없기 때문일 것이다.

6월 30일 일요일

온전히 우리만을 위한 하루다. 아침식사부터 온종일 함께할 수 있다. 나는 모든 것을 확인하고 점검하고 싶은 간절한 마음으로 아파트에 도착했다. 금요일에 있었던 일은 특별했을 뿐더러 급류처럼 강력했다. 모든 것이 순식간에, 너무 자연스럽게, 너무 행복하게 지나가서 그 무엇도 머릿속에 기억해둘 수 없었다. 생의 한가운데에 있을 때는 생에 대한 성찰이 불가능한 법이다. 나에게 일어나고 있는 이 이상한 일을 곰곰이 따져보고 최대한 면밀하게 헤아려보고 싶고, 나의 몸과 마음이 보내는 신호를 식별하고 나의 젊음의 결여를 과도한 양심으로 벌충하고 싶다. 나는 극도의 진실함부터 순진한 내숭에 이르기까지 그녀의 목소리가 지닌 어조와 느낌, 그녀의 몸의 세세한 사항을 확인해보고 싶다. 나는 사실 그녀의 알몸을 보지 못했다. 아니, 발견할 수 없었다. 왜냐하면 그녀가 긴장을 덜 수만 있다면, 그리고 그녀의 신경이 감정에 자리를 양보하기만

41 1209년 아시시의 프란쩨스꼬가 창설한 탁발수도회.

한다면 일부러라도 기꺼이 댓가를 지불하고 싶었기 때문이다. 쑥스러움이나 두려움 따위로 인한 그녀의 전율이 점차 보다 부드럽고, 평범하고, 자연스럽고, 순종적인 전율로 변할 수 있다면, 어둠이 정말로 칠흑 같기를, 환한 구멍을 하나하나 막는 차광성遮光性이기를 바란다. 오늘 그녀가 나에게 말했다. "모든 것이 지나가서 행복해요." 그녀의 힘 있는 말투와 반짝이는 눈빛으로 보아 검사나 분만, 히스테리, 또는 부부가 잠자리에 드는 단순하고 통상적인 일상적 행위보다 더 큰 위험과 책임이 수반되고, 한 남자와 '한' 여자가 잠을 자는 것보다 훨씬 더 단순하고 통상적이고 일상적인 일을 언급한 듯했다. "심지어 양심의 가책을 느끼지 않는다고, 죄의식이 없다고 말하고 싶어요." 그녀가 재빨리 해명한 것으로 보아 내가 성급한 몸짓을 취한 게 분명했다. "당신이 이해할 수 없다는 걸 알아요. 그건 남자의 사고방식으로는 이해할 수 없는 것이에요. 당신 남자들에게는 섹스를 한다는 것이 일종의 평범한 상호작용, 심지어는 생리적 의무일 뿐, 양심의 문제인 경우는 드물어요. 남자들이 어떻게 섹스의 문제를 중요한 다른 모든 것들, 다른 모든 삶의 영역에서 분리할 수 있는지 부러워요. 여자에게는 섹스가 전부라는 이론을 만들어낸 건 바로 당신 남자들이었어요. 당신들은 그 이론을 만들어낸 다음, 그 진정한 의미를 비틀어 캐리커처로 둔갑시켜버렸어요. 이렇게 말할 때 남자들은 여자를 수치를 모르는 태생적 향락자로 여겨요. 섹스는 여자에게 전부를 의미해요. 다시 말해, 화장품과 속임수, 수박 겉핥기식의 교양, 준비된 눈물, 그리고 남자에게 올가미를 씌워 자신의 성생활, 성적 요구, 성적 의식儀式의 공급자로 변화시키기 위한 모든 유혹 수단을 포함하는 여자의 일생이요." 그녀는 흥분한 상태였고 심지어 나에게 화가 난 것 같았다.

어찌나 자신만만한 냉소의 눈길로 나를 바라보던지 마치 이 세상에 존재하는 일체의 여성적 품위를 위임받은 것처럼 보였다. "그렇다면 그 말은 전혀 사실이 아닌가?" 단지 그녀를 도발하기 위해서 물었다. 공격적인 태도를 보일 때, 그녀는 더없이 예뻐 보이기 때문이다. "그 말의 일부는 사실이에요. 때로는요. 다른 자질은 전혀 없고 오직 섹스만 밝히는 여자가 있다는 걸 알아요. 하지만 대다수의 여자들은 그렇지 않아요. 비록 그렇다 해도, 복잡하고 자기중심적이며 극도로 양식 있는 인간 존재인 여자들도 있어요. 어쩌면 여성적 자아가 섹스의 동의어라는 건 맞는 말이겠지만, 여성은 섹스를 양심과 동일시한다는 걸 알아야 해요. 심각한 죄책감, 최상의 행복, 그리고 난제가 바로 거기에 있을 수 있어요. 당신 남자들과는 딴판이지요. 원하거든 노처녀와 노총각의 경우를 비교해보세요. 표면적으로는 유사한 인간 존재, 욕구불만이라는 점에서 유사한 두 존재로 비칠 수 있어요. 하지만 두사람의 서로에 대한 반응은 어떨까요?" 그녀는 호흡을 가다듬고 말을 계속했다.

"노처녀는 신경질적이 되고 갈수록 여성스러움을 잃어버려요. 또 더 광적이고 더 히스테릭해지고 성취감을 덜 느끼게 되죠. 반면에 노총각은 외모에 신경 쓰기 시작하고, 흥미진진해지고 시끄럽고 외설적이 돼요. 노처녀나 노총각이나 다 고독에 시달리지요. 노총각에게 고독은 단지 가정부를 두느냐 일인용 침대를 사용하느냐의 문제일 뿐이지만, 노처녀에게는 나무망치로 뒤통수를 후려치는 거나 마찬가지예요." 참 눈치 없게도 그 순간 난 웃음을 터뜨리고 말았다. 그녀는 말을 멈추고 신기하다는 듯이 나를 쳐다보았다. "당신이 노처녀들 편을 들다니 놀랍군." 내가 말했다. "당신이 당신만의 이론을 세우려고 노심초사하는 모습을 보는 게 좋으면서도, 한편으로는 겁이 나. 아마도 어머니로부터 물려받았을 거야. 그분은 행복에 대한 자신만의 이론을 가지셨고, 당신은 당신만의 이론을 가졌어. '보통 여자의 섹스와 양심 간의 유대에 관하여'라고 명명할 수 있을 법한 이론 말이야. 하지만 이제 말해줘. 남자들이 그런 식으로 생각한다는 발상, 여자에게는 섹스가 전부라는 그 터무니없는 논리를 만들어낸 장본인이 남자들이라는 생각은 대체 어디서 나온 거지?" 그녀는 자신이 궁지에 몰렸음을 깨닫고 무안한 표정을 지었다. "전들 뭘 알겠어요? 누구한테 들었죠. 전 학자가 아니라고요. 하지만 설령 남자들이 그러한 궤변을 지어내지 않았다 해도, 충분히 그랬을 만해요." 이제 정말로 그녀를 새롭게 발견하고 있었다. 단지 자신의 용서를 받아내기 위해 명백한 순진함으로 되돌아가는 발가벗겨진 모습의 어린 소녀의 출현. 결국 나는 그녀의 여성주의적 분출을 크게 상관하지 않는다. 간단히 말해, 나에게 이 모든 것을 말한 것은 그녀가 더이상 양심의 가책을 느끼지 않게 된 이유를 설명하기 위해서였다. 그래, 그 점이 중요하다. 그녀가 양심의 가책을 느끼지 않고, 긴장을 풀고, 내 품에서 편안함을 느끼는 것. 나머지는 사족이고 정당화다. 나로서는 그것이 사실이든 아니든 아무래도 상관없다. 그녀가 스스로 정당하다고 느끼고 싶다면, 이 모든 것을 심각한 양심의 문제로 돌리고 싶다면, 그것을 말하고 싶다면, 내가 그녀의 말을 귀담아듣고 이해하기를 원한다면, 그렇다면 그녀는 계속해서 말을 해야 하고 나는 귀 기울여 들을 것이다. 그녀는 흥분해서 볼이 발그레해지면 무척 예뻐 보인다. 더욱이 이것이 나에게 양심의 문제가 아니라는 것은 사실이 아니다. 언제 썼는지는 정확히 기억나지 않지만 나의 망설임을 기록해둔 것은 자명하다. 망설임이야말로 양심의 발로가 아니고 무엇이겠는가.

그러나 그녀는 대단했다. 갑자기 조용해지더니 공격적인 행동을 자제하며 교태를 부리기는커녕 당당하게 자신을 비웃듯이 거울에 비친 자신의 모습을 바라보았다. 그러고는 침대 위에 앉아 나를 불렀다. "이리 와서 앉아요. 전 몇번이고 같은 말을 반복하면서 시간을 허비하는 바보네요. 한마디로, 당신이 다른 남자들과 다르다는 걸 알아요. 당신이 절 이해한다는 것도요. 그리고 이 상황이 왜 저한테 진정한 양심의 문제인지 당신이 안다고 생각해요." 나는 도리 없이 거짓말을 해야 했기에 "물론, 알지"라고 말했다. 그러나 어느덧 그녀는 나의 품에 안겨 있었고, 생각할 다른 것들, 실행에 옮길 다른 오래된 계획들, 마음을 써야 할 다른 새로운 애무가 있었다. 양심의 문제에도 역시 다정다감한 면이 있다.

7월 3일 수요일

믿기지 않는 일이지만, 아니발이 5월 초에 브라질에서 돌아온 뒤로 그를 보지 못했다. 그가 어제 전화를 걸어와서 기뻤다. 난 누군가와 얘기를 나누고 누군가에게 속마음을 털어놓을 필요가 있었다. 그제야 비로소 나는 지금껏 아베야네다와의 관계를 나만의 비밀로 꼭꼭 묻어두고 누구에게도 일체 발설하지 않았다는 걸 깨달았다. 그건 이해가 된다. 누구와 그 문제를 상의하겠는가? 내 아이들과? 생각만 해도 소름끼친다. 비그날레와? 그의 능글맞은 눈짓과 내 어깨를 토닥이는 모습, 맞장구치는 그의 요란한 웃음소리를 떠올리고는 어쩔 수 없이 곧바로 생각을 접는다. 직장 동료들과? 그것은 엄청난 실수인 동시에 십중팔구 아베야네다는 직장을 그만

두어야 할 것이다. 설령 그녀가 우리 사무실에서 일하고 있지 않다 해도 그런 분위기에서는 속을 털어놓을 마음이 생길 것 같지 않다. 사무실에는 친구가 없다. 매일같이 만나 다함께 혹은 각자 따로 분통을 터뜨리고, 농담을 하며 낄낄거리고, 불평을 주고받고 서로 앙심을 품는 동료들, 집단적으로는 이사회에 대해 구시렁거리면서도 개인적으로는 이사들에게 굽실거리는 동료들이 있을 뿐이다. 이것은 흔히 공생이라 불리지만 공생이 우정처럼 보이리라는 기대는 희망사항일 뿐이다. 사무실에서 숱한 세월을 보냈지만, 고백건대 아베야네다는 내가 처음으로 애정을 준 사람이다. 나머지는 선택되지 않은 관계, 환경에 의해 강요된 유대라는 한계가 있다. 무뇨스와 멘데스, 로블레도와 나의 공통분모는 뭘까? 그래, 우린 때때로 함께 웃고, 이따금 같이 한잔하고, 서로 친근하게 대한다. 하지만 실제로는 모두가 낯설고 서먹서먹하다. 이런 유형의 피상적인 관계에서는 많은 얘기를 나누지만 정작 본질적인 것, 정말 중요하고 결정적인 핵심 사항에 대해서는 결코 말하지 않기 때문이다. 업무는 다른 종류의 신뢰를 가로막는 요소라고 생각한다. 업무는 끝없이 반복되는 망치질, 모르핀, 유독가스의 일종이다. 가끔 그들 중 하나(특히 무뇨스)가 나에게 다가와 정말로 격의 없는 대화를 시작하곤 했다. 일단 말을 시작하면, 그는 솔직하게 자신의 자화상을 개략적으로 말하고, 이어서 자신의 드라마(아무리 우리 자신을 평균인으로 느낀다 해도 우리들 각자의 삶은 진부하고 어리둥절한 싸구려 드라마다)의 조각들을 합성하기 시작한다. 그러나 늘 누군가 카운터에서 손짓하는 사람이 있기 마련이다. 무뇨스는 30분 동안 체납 고객에게 서비스 제한과 연체료에 대해 설명해야 한다. 그는 언쟁을 하고 고함을 좀 지르고, 또 자신이 비열하다고 느낄 게

뻔하다. 그는 내 자리로 돌아와서 멀뚱멀뚱 나를 쳐다볼 뿐 아무 말도 하지 않는다. 그는 어떻게든 웃어보려 하지만 입꼬리가 아래로 처진다. 그러고는 지난 급여대장을 집어 꼬깃꼬깃 구기더니 휴지통에 던져버린다. 그것은 단순한 대체물이다. 더이상 쓸모가 없어 휴지통으로 던져진 것은 털어놓고 싶었던 내밀한 얘기다. 맞다, 업무는 신뢰에 재갈을 물린다. 그러나 그외에도 놀리기가 있다. 우리는 모두 놀리는 데 일가견이 있다. 동료에 대한 관심의 유용성은 어떻게든 소모되어야 한다. 그러지 않으면 그것은 낭포처럼 변하고, 잘 모르겠지만 불시에 폐쇄공포증이나 신경쇠약 같은 게 생겨날 것이다. 우리가 의좋게 이웃들(얼굴 없는 성경 속의 모호한 이웃이 아니라 성과 이름을 가진 이웃, 내 앞의 책상에서 서류를 작성하고 내가 검토 후에 결재를 할 수 있도록 이익계산서를 건네주는 가장 가까운 이웃)에게 관심을 보일 만큼 용기가 없고 솔직하지도 못하다면, 또 우리가 자발적으로 우정을 단념한다면, 그렇다면 우리는 적어도 8시간 내내 상처받기 쉬운 상태에 내몰려 있던 이웃에게 장난스럽게라도 관심을 갖게 된다. 더군다나 놀리기는 일종의 유대감을 제공한다. 오늘은 이 사람이 후보이고 내일은 저 사람이, 그리고 그 다음날은 내가 후보가 될 것이다. 놀림을 당하는 사람은 말없이 욕을 하겠지만 곧 체념하며, 그것이 단지 게임의 일부임을, 그리고 가까운 미래에, 어쩌면 1~2시간 후에 그도 자신의 적성에 가장 부합하는 복수의 방식을 선택할 수 있다는 걸 알고 있다. 놀리는 사람도 그 나름대로 스스로 한팀이 되었다고 느끼며 뜨거운 열기 속에 재미를 만끽한다. 매번 그들 중 한명이 자신들의 놀리기에 양념을 보태며, 나머지 사람들은 축하를 보내고 서로에게 신호를 하면서 짜릿한 공범의식에 사로잡힌다. 서로 얼싸안고

만세를 외쳐대는 일만 빼놓고 다 하는 셈이다. 웃음은 얼마나 큰 위로가 되는가. 뒤쪽에서 수박 같은 본부장의 얼굴이 나타나 웃음을 참아야 할 때조차 그렇다. 웃음은 판에 박힌 일상과 문서 업무에 대한 얼마나 큰 복수이며, 8시간 동안 무언가 하찮은 일, 즉 살아간다는 단순한 사실만으로도 죄를 짓는 쓸모없는 사람들, 단지 하느님이 오래전에 그들을 믿지 않게 되었다는 걸 몰라서 하느님을 믿는 무익한 사람들의 계좌를 불리는 일에 뒤얽히는 것이 의미하는 형벌에 대한 얼마나 멋진 앙갚음인가. 요컨대, 놀리기와 일 사이에는 어떤 차이가 있나? 남을 놀리는 것은 얼마나 힘들고 피곤한 일인가? 그리고 우리가 하는 일은 얼마나 큰 조롱인가, 얼마나 짓궂은 농담인가!

7월 4일 목요일

아니발과 오랫동안 얘기를 나누었다. 내가 누군가에게 아베야네다의 이름을 언급하기는 처음이다. 다시 말해, 처음으로 그 이름이 나에게 갖는 진정한 의미를 실어 발음했다. 어느 시점에 다다르자 그에게 얘기하는 동안에 마치 심취한 관객처럼 내가 외부에서 사건의 전말을 지켜보고 있는 것만 같았다. 아니발은 귀를 쫑긋 세우고 내 말에 관심을 기울였다. "그럼 결혼하지그래? 자네가 주저하는 이유를 잘 모르겠어." 그가 이해하지 못한다는 건 믿기 어렵다. 상황은 명약관화했다. 난 다시 설명을 시작했다. 처음부터 그에게 해주고 있던 예의 그 상투적인 설명 말이다. 나의 나이, 그녀의 나이, 10년 뒤의 나, 10년 뒤의 그녀, 그녀에게 상처를 주지 않으려는 소망, 웃음거리가 되지 않으려는 또다른 소망, 현재 누리고 있는 기쁨, 나의 세 아이 등등. "그럼 이런 식이면 그녀에게 상처를 주지 않을 거라고 생각해?" 물론, 상처를 주는 건 불가피하다. 하지만 어쨌든 그녀를 속박하는 것보다는 상처를 덜 주겠지. "그녀는 뭐라고 해? 동의해?" 대답하기 곤란한 질문이었다. 그녀가 동의하는지 모르겠다. 일전에 기회를 주었을 때 그녀가 그렇다고 대답하긴 했지만, 실제로 동의하는지는 모르겠다. 그녀는 안정적인 상황, 정식으로 모두의 축복을 받는 안정된 상황을 원할까? 그녀에 대한 배려라고 말할 수 있을까? 실은 나 자신을 위한 선택이 아닐까? "웃음거리가 될까봐 두려운 거야? 아니면 다른 이유라도 있어?" 분명 아니발은 문제의 핵심을 건드릴 작정이었다. "대체 무슨 말을 하는 건가?" "나한테 솔직하라고 했잖아, 안 그래? 내가 보기에 문제는 뻔해. 10년 뒤에 그녀가 바람이라도 피울까봐 두려운 거야." 타인의 입을 통해 진실을 확인하는 건 얼마나 민망한가. 아침에 막 잠자리에서 일어나 정신을 온전히 차리기 전, 하루 중 남은 시간동안 남들에게 보이고 또 남들을 보게 될 가면을 쓰기 전, 누구나 적대심과 자기원망이 가득 찬 씁쓸한 허튼소리를 내뱉는 시간을 갖기 마련인데 차마 그럴 때에도 선뜻 입 밖에 꺼내지 못하는 그런 진실이라면 특히 더 민망하다. 정말로 10년 뒤에 그녀가 바람을 피울까봐 겁이 나는 걸까? 난 아니발에게 욕설로 대답했는데, 그것은 비록 먼 미래의 일이라 해도 전통적으로 오쟁이 진 남자 취급을 당했을 때 보이는 남자다운 반응이다. 그러나 나의 의구심은 계속 머릿속에서 빙빙 돌았고, 그 얘기를 쓰고 있는 이 순간에도 나 자신이 별로 관대하지도 차분하지도 못하며 훨씬 천박하고 재미없다는 느낌을 지울 수 없다.

7월 6일 토요일

정오가 지나 비가 억수같이 쏟아졌다. 우린 20분 동안 모퉁이에서 비가 긋기를 기다리면서 뛰어가는 사람들을 무심히 바라보았다. 그러나 도리 없이 몸이 차가워졌고 난 무서우리만큼 규칙적으로 재채기를 해대기 시작했다. 택시를 잡는 건 애당초 불가능한 일이었다. 아파트에서 고작 두블록 거리여서 걸어가기로 했다. 실은 미친 듯이 뛰어서 3분 만에 비에 흠뻑 젖은 몸으로 아파트에 도착했다. 나는 녹초가 되어 풀자루처럼 잠시 침대에 널브러져 있었다. 그러나 그 전에 담요를 찾아 그녀의 몸에 둘러줄 기운은 있었다. 그녀는 물이 뚝뚝 떨어지는 재킷과 엉망이 된 스커트를 벗은 채였다. 나는 점차 안정을 되찾았고 30분 후에는 어느덧 온기가 느껴졌다. 부엌으로 가서 석유난로에 불을 붙이고 물을 끓였다. 그녀가 침실에서 날 불렀다. 그녀는 어느새 자리에서 일어나 몸에 담요를 두른 채 창가에 서서 쏟아지는 빗줄기를 바라보고 있었다. 나 역시 가까이 다가가 비 내리는 모습을 바라보았다. 우리는 한동안 아무 말도 하지 않았다. 문득 나는 깨달았다. 그 순간이, 일상의 그 작은 조각이 지고의 축복이자 행복임을. 전에는 그 순간만큼 완벽하게 행복했던 적이 결코 없었지만, 다시는 그런 감정을, 적어도 그 정도로 강렬하게는 느끼지 못하리라는 서글픈 느낌이 들었다. 행복의 절정은 무릇 그러하다. 분명 그러하다. 더욱이 그 절정은 섬광처럼 순간적으로 스쳐지나가는 찰나에 불과하다고 확신한다. 그리고 그 순간을 더 길게 늘일 권리는 없다. 창밖 아래쪽에서는 입마개를 한 개 한마리가 어떤 희망도 없이 체념한 듯 천천히 걸음을 옮기고 있었다. 갑자기 개가 걸음을 멈추더니 이상한 영감에 따라 한쪽 다리를 들었고, 이어 매우 태연한 걸음으로 계속 걸어갔다. 실은 아직도 비가 내리는지 확인하려고 걸음을 멈춘 것처럼 보였다. 우린 동시에 서로를 쳐다보며 웃음을 터뜨렸다. 마법이 깨졌고 이른바 절정의 순간이 지나갔다고 생각했다. 그러나 그녀는 여전히 나와 함께 있었고, 난 그녀를 느끼고 그녀를 만지고 그녀에게 입맞출 수 있었다. 한마디로 "아베야네다"라고 말할 수 있었다. 게다가 "아베야네다"는 말의 세계다. 나는 그 이름에 수백개의 의미를 주입하는 법을 배우고, 그녀 역시 그것들을 식별하는 법을 배운다. 그것은 게임이다. 아침에 내가 "아베야네다"라고 말하면 그건 "안녕, 좋은 아침"이라는 뜻이다. (책망의 "아베야네다"도 있고, 경고의 "아베야네다", 변명의 "아베야네다"도 있다.) 그러나 그녀는 나를 약 올리려고 일부러 못 알아듣는 척한다. 내가 "우리 섹스하자"라는 의미로 "아베야네다"라고 말하면, 그녀는 아주 명랑하게 "제가 지금 떠날 거라고 생각하시나봐요? 너무 일러요!"라고 딴청을 부린다. 아, 아베야네다가 단지 하나의 성씨, 신입 보조직원의 성씨(불과 다섯 달 전만 해도 난 '여사원은 일에 대한 의욕은 강하지 않지만, 적어도 내가 설명하는 내용을 알아듣는다'라고 썼었다)에 불과했고, 한없는 존경의 눈길로 나를 바라보던 넓적한 얼굴과 커다란 입을 가진 그 어린 여자를 식별해주는 표지에 지나지 않았던 그 옛날이여. 그리고 지금 그 자리에 그녀가 있었다. 내 앞에, 몸에 담요를 두른 채. 그녀가 나에게 의미 없는 존재였을 때, 내성적이고 단지 호감 가는 사람에 지나지 않았을 때, 그녀가 어땠는지 기억나지 않는다. 지금의 그녀를 기억할 뿐이다. 나의 넋을 빼앗고, 내 가슴에 분에 넘치는 기쁨을 가져다주고, 나를 정복한 달콤하고 깜찍한 여자.

난 미래의 그 무엇도 우리를 방해하지 못하도록 일부러 눈을 깜박거렸다. 이윽고 나의 눈길이 그녀의 몸을 감쌌다. 담요보다 훨씬 더 따뜻했다. 사실 그 눈길은 어느새 "아베야네다"라고 말하기 시작한 나의 목소리와 별개가 아니었다. 이번에는 그녀가 나의 말을 완벽하게 이해했다.

7월 7일 일요일

눈부시게 화창한 날. 거의 가을 날씨였다. 우린 까라스꼬[42]에 갔다. 해변은 한적했다. 아마도 아직 7월 초라 날씨가 좋을 거라고는 미처 생각지 못했을 것이다. 모래 위에 앉았다. 이처럼 해변이 텅 비었을 때 파도는 위풍당당하다. 파도만이 홀로 풍경을 지배한다. 그런 점에서 유감스럽게도 내가 유순하고 순종적임을 인정한다. 포말과 강력한 힘을 자랑하는, 적막한 거친 바다를 본다. 거의 비현실적으로 보이는 천진난만한 갈매기들이 가까스로 얼룩을 드리운다. 그리고 나는 곧바로 무책임한 감탄으로 도피한다. 하지만 그뒤에, 아니 거의 즉시 감탄은 산산조각 나고, 난 스스로를 조개나 조약돌처럼 무방비 상태로 느끼기 시작한다. 그 바다는 일종의 영원이다. 내가 어렸을 때 바다는 사납게 일렁였다. 그러나 할아버지가 어렸을 때도, 할아버지의 할아버지가 어렸을 때도 바다는 늘 그랬다. 움직이지만 생명이 없는 존재. 어둡고 무감각한 파도의 존재. 역사의 증인, 역사에 대해 쥐뿔도 모르기 때문에 쓸모없는 증인. 하

42 몬떼비데오에서 가장 유명한 해변의 하나.

느님이 바다라면 어떨까? 하느님 역시 무감각한 증인, 움직이지만 생명이 없는 존재다. 아베야네다 역시 바람에 머리를 흩날리며 거의 눈을 깜박이지 않고 바다를 바라보고 있었다. "그런데 하느님을 믿으세요?" 그녀는 내가, 아니 나의 생각이 시작한 대화를 이어가듯 물었다. "모르겠어, 하느님이 존재하기를 바라지만 확신이 없어. 하느님이 존재한다 해도 그분이 흩어진 불완전한 데이터 나부랭이를 근거로 쉽게 믿어버리는 우리를 흡족해하실지도 확신하지 못하겠어." "하지만 너무나 분명한걸요. 당신은 하느님이 얼굴과 손과 심장을 가지셨길 바라기 때문에 문제를 복잡하게 만드는 거예요. 하느님은 공통분모예요. 또한 그분을 총체적 존재로 부를 수도 있겠죠. 하느님은 이 돌이고, 저의 신발이고, 저 갈매기, 당신의 바지, 저 구름, 세상만물이에요." "그런 생각에 마음이 끌려? 그렇게 생각하면 만족스러워?" "적어도 경외심을 불러일으켜요." "난 아니야. 대형 주식회사 같은 하느님은 상상이 안돼."

7월 8일 월요일

에스떼반은 이제 병상을 털고 일어났다. 그애가 병이 난 것은 결과적으로 우리 둘 모두에게 좋게 작용했다. 우린 두세차례 솔직하고도 정말 유익한 대화를 나누었다. 어쩌다가 일반적인 문제에 대해서도 의견을 나누었지만 서로 옥신각신하는 일 없이 대화가 물 흐르듯 자연스럽게 흘러갔다.

7월 9일 화요일

그러니까, 10년 뒤에 그녀가 바람이라도 날까봐 두려운 걸까?

7월 10일 수요일

비그날레. 사란디 근처에서 그와 마주쳤다. 그의 말에 귀를 기울일 수밖에 달리 도리가 없었다. 그는 행복해 보이지 않았다. 내가 갈 길이 급해서 카운터에서 커피를 한잔했다. 그 자리에서 그는 자신이 계발하고 있는, 쩌렁쩌렁 울리는 자신감 넘치는 스타일의 목소리로 로맨스의 최근 상황을 늘어놓았다. "참 더럽게 재수가 없었어. 마누라가 우리 관계를 눈치챘다고, 알겠어? 현장에서 딱 걸린 건 아니야. 우린 그저 키스를 하고 있었을 뿐이라고. 하지만 뚱뚱보 마누라가 얼마나 난리 법석을 쳤겠어? 그런 일이 자기 집 지붕 아래 한식구 사이에서 벌어졌으니 말일세. 남편인 내가 바퀴벌레처럼 느껴지더군. 그런데 엘비라는 상황을 아주 차분하게 받아들이며 해괴한 논리를 펴더라고. 나와는 항상 오누이처럼 지냈고 내 마누라가 본 건 바로 형제자매 간의 입맞춤이라나. 난 근친상간을 한 기분이었고 뚱보는 불같이 화를 내기 시작했어. 마누라가 소리쳤어. '내가 그 머저리 프란시스꼬처럼 고분고분할 거라고 생각하면 큰 오산이야.' 마누라는 장모와 이웃사람들, 가게 주인에게 그 사실을 떠벌렸어. 2시간 후에는 화냥년 엘비라한테 남편을 빼앗길 뻔 했다는 소문이 온 동네에 파다하게 퍼졌지. 엘비라는 엘비라대로 씩씩거리며 프란시스꼬에게 자신이 모욕을 당하고 있으며 그 집구석에 한시도 더 머물지 않겠다고 했어. 그렇지만 그녀는 3시간가량 있으면서 나한테 아주 몹쓸 짓을 했지. 흔히들 아주 추잡하다고 말하는 짓 말이야. 생각 좀 해봐. 프란시스꼬는 매사에 긍정적인 '예스맨'이었고 전혀 위험하지 않았어. 하지만 뚱보는 계속 박박 우기면서 고래고래 소리를 질러댔어. 심지어 두세차례 엘비라와 몸싸움까지 했지. 그런데 그런 살벌한 순간에 한번은 엘비라가 이렇게 말했어. 그래, 자넨 그 여자가 뚱보한테 뭐라고 했는지 상상도 못할 거야. 자기가 나 같은 쓰레기한테 관심을 가졌을 거라는 황당한 생각을 도대체 어떻게 했느냐고 했어. 무슨 말인지 알겠어? 그런데 정말이지 최악은 그렇게 말하니까 뚱보가 납득이 되었는지 흥분을 가라앉혔다는 거야. 알겠어? 맹세하지만 난 이 점에 대해 엘비라를 용서하지 않을 거야. 그녀와 그녀의 쩨쩨한 오쟁이 진 남편을 집에서 쫓아낼 거라고. 이봐, 어쨌든, 그녀는 내가 생각했던 것만큼 미인도 아니야. 게다가 내가 더이상 충실한 남편도 아니니 훨씬 더 젊고 싱싱한 여자들과 연애를 할 수 있고, 무엇보다 그것은 내가 늘 신성시했던 가정생활과는 전혀 무관하다는 결론이 섰어. 그런데도 가련한 뚱보 씨는 천하태평이야."

7월 13일 토요일

그녀는 내 곁에 잠들어 있다. 지금은 메모지 낱장에 쓰고, 오늘 밤 일기장에 옮겨 적을 것이다. 오후 4시, 시에스따[43]가 끝날 시간이다. 하나의 비교에 대해 생각하기 시작하여 결국 다른 비교로 옮겨갔다. 여기 내 곁에 그녀의 몸이 있다. 밖은 쌀쌀하지만 이곳은 쾌적하고 오히려 더운 편이다. 시트와 담요가 한쪽으로 미끄러져 그녀의 몸이 훤히 드러나 있다. 이 몸을 내가 기억하고 있는 이사벨의 몸과 비교해보고 싶었다. 분명 두 몸은 확연히 달랐다. 이사벨은 마르지 않고 가슴이 풍만했는데, 바로 그 때문에 가슴이 조금 처졌었다. 배꼽은 큼지막하고 안으로 움푹 꺼졌으며 가장자리가 두꺼워 까무잡잡했다. 엉덩이는 단연 최고였는데, 내가 그녀에게 가장 끌리는 부위였고 아직도 엉덩이에 대한 기억이 손끝에 생생하다. 그녀의 어깨는 통통하게 살이 오르고 혈색이 좋았다. 다리는 장차 정맥류로 진척될 위험성이 엿보였지만, 여전히 아름답고 각선미가 빼어났다. 내 곁에 있는 이 몸은 이사벨의 몸과는 공통적인 특색이 전혀 없다. 아베야네다는 말랐고 가슴은 일말의 연민을 자아내며, 어깨는 주근깨투성이다. 또 배꼽은 작고 어린애 같다. 그녀의 엉덩이는 역시 최고이고(아니면 내가 언제나 엉덩이에 흥분하는 걸까?), 다리는 말랐지만 매끈하다. 그렇지만 한때 난 이사벨의 몸에 끌렸고 지금은 아베야네다의 몸에 끌린다. 이사벨의 알몸에는 자극을 불러일으키는 힘이 있었다. 그녀를 바라볼 때면 나의 전 존재가 즉각 섹스가 되곤 했다. 그외에 다른 것을 생각할 이유가 없었다. 아베야네다의 알몸에는 사랑스럽고 거짓 없는 무방비의 수수함, 눈물겨운 무력함이 있다. 난 그것에 깊이 끌린다. 그러나 아베야네다와는 섹스가 제안이나 간청의 일부일 뿐이다. 이사벨의 알몸은 완전하고 아마도 더 순수했을 것이다. 아베야네다의 몸은 하나의 태도를 가진 알몸이다. 이사벨을 사랑하기 위해서는 그녀의

43 지중해 연안 국가와 라틴아메리카 국가들에서 이른 오후에 자는 낮잠, 또는 낮잠 자는 시간.

몸에 끌리는 느낌으로 충분했다. 아베야네다를 사랑하기 위해서는 그녀의 알몸뿐만 아니라 그녀의 태도까지 사랑할 필요가 있다. 적어도 그 태도가 그녀가 지닌 매력의 절반이기 때문이다. 이사벨을 품에 안는다는 것은 육체적 반응 하나하나에 민감한, 온갖 자극을 가져다주는 몸을 껴안음을 의미했다. 아베야네다의 깡마른 몸을 껴안는 것은 그녀의 미소 외에도 그녀의 눈길, 그녀의 말투, 애정 표현의 레퍼토리, 몸을 완전히 허락하는 것에 대한 거리낌, 그리고 그 거리낌에 대한 변명을 모두 보듬어 안는 것을 의미한다. 음, 그게 첫번째 비교였다. 그러나 뒤이어 두번째 비교가 이루어졌고, 그로 인해 마음이 울적하고 맥이 풀렸다. 이사벨의 몸과 아베야네다의 몸. 아, 얼마나 슬픈가! 난 한번도 운동선수의 몸을 가져본 적이 없다. 결코! 그러나 한때는 근육과 힘, 매끄럽고 단단한 피부를 가졌었다. 무엇보다 예전 나의 몸은, 불행하게도 오늘날에는 갖게 된 여타의 많은 특징들이 없기도 했다. 한쪽이 더 심한 대머리(왼쪽이 더 휑하다)와 펑퍼짐한 코, 목의 사마귀부터 띄엄띄엄 붉은 털이 섬을 이룬 가슴과 꾸르륵거리는 배, 정맥류에 걸린 발목, 치유할 수 없는 심각한 무좀에 걸린 발까지. 아베야네다 앞에서는 괜찮다. 그녀는 그런 모습으로 나를 알고 있고 과거의 내 모습이 어땠는지는 모른다. 하지만 나에겐 중요하다. 내가 젊은 시절의 환영幻影이나 나 자신의 캐리커처처럼 비쳐지는 게 신경 쓰인다. 아마 보상도 있을 것이다. 나의 머리와 나의 가슴, 한마디로 영적인 존재로서의 나는 아마도 이사벨과 함께했던 날들보다 지금이 좀더 나을 것이다. 그러나 손톱만큼 더 나을 뿐이다. 너무 환상을 품는 것도 좋지 않다. 균형을 잡자. 객관적이 되자. 진지해지자. 빌어먹을. 대답은 이렇다. “그게 중요해?” 만약 정말로 존재하신다면, 하느님은 아마도 저기 위에서 성호를 긋고 계시리라. 아베야네다(오오, 그녀는 존재한다)는 지금 여기, 아래쪽에서 눈을 뜨고 있다.

7월 15일 월요일

이리저리 따져보니, 아니발이 옳을 수도 있겠다. 내가 결혼을 피하는 건 아베야네다의 미래를 지켜주기 위해서가 아니라 웃음거리가 되는 게 두려워서다. 그것이 올바른 선택은 아닌 것 같다. 한가지 분명한 사실은 내가 그녀를 사랑한다는 점이다. 나는 이 말을 나 자신을 위해서만 쓴다. 따라서 진부하게 들려도 상관없다. 두말할 것 없이 그건 진실이다. 그래서 그녀가 고통받기를 원치 않는다. 나는 내 자신이 아베야네다가 언제나 자유로울 수 있도록, 몇년 뒤 그녀가 늙다리에게 매여 있다고 느끼지 않도록 결혼이라는 안정적인 상황을 피하고 있는 거라고 믿는다(실은 그렇다는 걸 알고 있다고 믿었다). 만약 지금 그것이 지어낸 핑계에 불과하며 진짜 이유는 미래의 기망欺罔에 대비한 일종의 보험임이 밝혀진다면, 우리 관계의 전체적인 틀과 외형이 바뀌어야 한다는 건 명백하다. 아마도 그녀는 자기보다 갑절이나 나이 많은 남자에게 구속되어 있다는 것보다 언제나 일시적이고 비밀스러운 상황 때문에 더 고통받을 것이다. 결국, 비웃음을 살까 두려워 그녀를 잘못 판단했고 그건 끔찍한 일이다. 난 그녀가 좋은 사람이고, 또 심성이 곱다는 걸 안다. 설령 다른 누구와 사랑에 빠진다 해도, 조롱당하는 사람의 입장에서는 꽤나 모욕적이고도 굴욕적인 무지의 상태로 나를 내몰지 않을 사람이다. 그녀가 사실을 털어놓거나, 아니면 어떻게든 상황을 파악하고 그 상황을 이해할 만큼 내가 충분히 마음의 평정을 유지하게 될 것이다. 어쩌면 그녀와 얘기해서 스스로 결정할 수 있게 하고 심리적 안정을 찾도록 도와주는 편이 더 나을지도 모르겠다.

7월 17일 수요일

블랑까는 오늘 슬픈 얼굴이었다. 그애와 하이메와 나는 말없이 저녁을 먹었다. 에스떼반은 병치레를 한 후 처음으로 밤 외출을 할 채비를 하고 있었다. 나는 저녁식사 중에 아무 말도 하지 않았다. 하이메가 어떤 반응을 보일지 너무 잘 알았기 때문이다. 이윽고 하이메가 인사를 하는 둥 마는 둥(쾅 하고 문을 닫기 전에 뭐라고 투덜거린 걸 '안녕히 주무세요'로 받아들일 수는 없는 노릇이다) 하고 자리를 뜰 때, 나는 식탁에 앉아 신문을 읽고 있었다. 그사이에 블랑까는 식탁을 치우며 일부러 꾸물거렸다. 아이가 테이블보를 치울 수 있게 신문을 들어올려야 했고, 그뒤에 딸애를 쳐다보았다. 아이의 눈엔 눈물이 그렁그렁했다. "하이메와 무슨 문제라도 있니?" 내가 물었다. "다퉜어요. 디에고하고도요." 도대체 영문을 알 수 없었다. 하이메와 디에고가 합심해서 그애한테 대들었다는 게 상상이 되지 않았다. "디에고는 하이메가 동성애자래요. 그래서 디에고와 다퉜어요." 난 그 말에 두번 충격을 받았다. 우선, 내 아들 얘기였기 때문이고, 두번째로는, 그 말을 한 장본인이 내가 믿고 기대하는 디에고였기 때문이다. "대체 사람 좋은 디에고가 무슨 연유로 하이메를 모욕했는지 말해줄 수 있겠니?" 블랑까가 왠지 씁쓸하게 웃으며 대답했다. "더 가관인 건 모욕이 아니라 사실이라는 거예요. 그리고 그게 제가 하이메와 다툰 이유예요." 블랑까는 마지못해 그 얘기를 시시콜콜 털어놓고 있는 게 분명했다. 무엇보다 그애의 폭로를 듣는 사람이 나였기 때문이다. 나는 그 말이 진실로 들리지 않아 "그런데 넌 친동생 말보다 디에고의 모함을 더 믿는 거니?"라며 타박을 주었다. 블랑까는 눈을 내리깔았다. 손에는 빵 바구니를 계속 들고 있었다. 가슴 뭉클한 비애가 묻어나는 모습이었다. "하이메가 자기 입으로 그렇다고 하니까요." 딸애가 말했다. 그때까지 난 내 눈이 그렇게 왕방울만하게 커질 수 있다는 생각을 꿈에도 해본 적이 없었다. 관자놀이가 지끈거렸다. "그러니까 어울려 다니는 친구들이……" 내가 말을 더듬거렸다. "맞아요." 딸애가 대답했다. 망치로 머리통을 후려 맞은 느낌이었다. 하지만 속으로는 이미 내가 의심하고 있었다는 걸 깨달았다. 그랬기 때문에, 단지 그 이유 때문에 그 단어가 턱없이 낯설게 들리지는 않았던 모양이다. "하나만 부탁드릴게요." 딸애가 덧붙였다. "동생한테는 아무 말 말아주세요. 가망 없어요. 양심의 가책도 느끼지 못하고요. 무슨 말인지 아시죠? 여자한테는 끌리지가 않는데요. 어쩌다보니 그렇게 됐대요. 사람은 저마다 타고난 본성이 있기 마련인데 자신에게는 여자한테 매력을 느끼는 능력이 주어지지 않았다나요. 하이메가 적극적으로 자신을 정당화한 걸 보면 죄책감을 느끼지 않는 게 분명해요." 그 말을 듣고 나서 내가 자신 없이 말했다. "내가 머리통을 세게 몇대 쥐어박으면 죄책감을 갖게 될 거다." 블랑까는 오늘 밤 처음으로 웃었다. "거짓말 마세요. 아빤 그럴 위인이 못돼요." 이윽고 나는 낙담했다. 심하게 낙담했고 눈앞이 캄캄했다. 이사벨의 이마와 입을 빼다 박은 내 아들 하이메와 관계된 일이었다.

어디까지가 내 탓이고 그애의 잘못은 어디부터일까? 내가 아이들을 제대로 보살피지 못했고 엄마를 온전히 대신할 수 없었다는 건 사실이다. 아, 하지만 난 엄마의 자질을 타고나지 못했다. 아버지로서의 자질에 대해서도 별로 확신이 서지 않는다. 하지만 이게 그애가 그 지경이 된 것과 무슨 상관이람? 아마도 처음 시작단계에서 친구들을 떼어놓았어야 했으리라. 어쩌면 뜯어말렸어도 몰래 계속 어울렸을지 모를 일이다. “하이메와 얘기를 해봐야겠다.” 내가 말했다. 블랑까는 결국 체념하고 불행한 상황을 받아들이는 눈치였다. “너도 디에고와 화해하려무나.” 내가 덧붙였다.

7월 18일 목요일

아베야네다에게 할 말이 두가지 있었지만, 우리는 아파트에 고작 1시간 있으면서 내내 하이메 얘기만 했다. 그녀는 내 책임이 아니라고는 말하지 않았는데, 그렇게 해준 게 오히려 고마웠다. 물론 마음속으로만 고마워했다. 더욱이 나는 누구라도 일단 타락하면 제아무리 교육을 시켜도 치유할 수 없고 제아무리 관심을 쏟아도 바른 길로 인도할 수 없다고 생각한다. 물론, 그애를 위해 더 많은 것을 해줄 수 있었다. 그건 부인할 수 없는 사실이다. 그래서 책임을 통감하지 않을 수 없다. 그밖에 내가 원하는 건 뭘까? 내가 뭘 바라는 걸까? 그애가 동성애자가 아니길 바라는 걸까, 아니면 단순히 책임감에서 놓여나고 싶은 걸까? 우린 얼마나 이기적인가? 맙소사, 난 얼마나 이기적인가? 양심의 가책을 느끼는 것조차 일종의 이기심이나 편의주의의 발로이며 마음의 위안을 얻기 위한 일이다. 오늘은 하이메를 보지 못했다.

7월 19일 금요일

오늘도 하이메를 보지 못했다. 하지만 블랑까가 그애한테 내가 얘기하고 싶어한다고 말했다는 걸 알고 있다. 에스떼반은 상당히 거칠다. 그애한테는 알리지 않는 편이 낫겠다. 혹시 벌써 알고 있는 건 아닐까?

7월 20일 토요일

블랑까가 편지봉투를 가져왔다. 편지에는 이렇게 적혀 있었다. "아빠, 아빠가 저와 얘기하고 싶어하시는 거 알아요. 그리고 무슨 말씀을 하실지 짐작이 돼요. 부도덕하다고 꾸짖으실 거죠? 아빠 말씀을 받아들일 수 없는 두가지 이유가 있어요. 먼저 결코 비난받을 일이 아니고, 둘째, 아빠도 비밀스러운 사생활이 있잖아요. 아빠가 아빠를 호린 어린 여자와 함께 계신 걸 봤어요. 그게 엄마의 기억에 합당한 존중을 표하는 최선의 방법은 아니라는 걸 아빠도 수긍하시리라 생각해요. 하지만 아빠의 일방적인 청교도주의는 제 알 바 아니에요. 아빠가 하시는 일은 제 마음에 들지 않고, 제가 하는 일은 아빠 마음에 들지 않으니 제가 사라지는 게 최선이겠죠. 그러니 제가 사라질게요. 이제 아빤 하고 싶은 대로 하세요. 저도 성인이니 제 걱정은 마시고요. 게다가 제가 물러나면 아빠가 형, 누나와 더 가까워지실 거예요. 블랑까 누나는 모든 걸 알아요(더 많은 걸 알고 싶으시면 직접 물어보세요). 형한테는 어제 오후 형 사무실에 가서 직접 말했어요. 마음 놓으시라고 말씀드리는 건데, 형은 남자답게 대응했고 제 한쪽 눈을 밤탱이로 만들어놓았답니다. 성한 한쪽 눈이 미래(곧 아시게 되겠지만, 그렇게 끔찍하진 않아요)를 보게 해주고 더없이 세심하고 사려 깊은 친절한 우리 가족을 마지막으로 바라볼 수 있게 해주네요. 안녕히 계세요. 하이메." 나는 편지를 블랑까에게 건넸다. 딸애는 찬찬히 편지를 읽고 나서 말했다. "벌써 짐을 챙겨갔어요. 오늘 아침에요." 그러고는 창백한 낯빛으로 덧붙였다. "그런데 여자 만나신다는 게 사실이에요?" "그렇기도 하고 아니기도 해." 내가 말했다. "한 여자와 교제를 하는 건 맞아. 어린 여자야. 그 여자와 살고 있어. 그렇지만 이게 네 엄마의 기억에 대한 모욕이라고는 할 수 없어. 나에게도 누군가를 사랑할 권리가 있다고 생각한다. 그 여자와 결혼하지 않는 건 단지 그게 가장 적절한 선택인지 확신이 없기 때문이야." 아마도 마지막 말은 사족이었을 것이다. 잘 모르겠다. 딸애는 입술을 앙다물고 있었다. 자식으로서의 도리와 아주 단순한 인간적 감정 사이에서 망설이는 듯했다. "그런데 좋은 분인가요?" 블랑까가 초조하게 물었다. "그래, 좋은 여자란다." 내가 대답했다. 딸아이는 안도의 한숨을 내쉬었다. 아직 나를 신뢰한다는 얘기다. 그런 믿음을 줄 수 있다는 생각에 나 역시 안도의 한숨을 내쉬었다. 퍼뜩 좋은 생각이 떠올랐다. "네가 한번 만나보면 어떻겠니?" "그러지 않아도 제가 부탁드리려던 참이에요." 딸아이가 대답했다. 난 아무 말도 하지 않았지만 갸륵한 마음에 목이 메었다.

7월 21일 일요일

"아마도, 처음엔, 그러니까 우리가 처음 관계를 시작했을 때는 그걸 원했을지도 몰라요. 지금은 그렇게 생각하지 않아요." 아무래도 잊어버릴 것 같아서 이 말을 먼저 적는다. 그것이 그녀의 대답이었다. 이번엔 결혼 문제를 놓고 끝장 토론을 벌이면서 내가 아주 솔직하게 얘기했기 때문이다. "우리가 이 아파트로 오기 전에 전 그 말을 하는 게 당신에게는 고통스러운 일이라는 걸 깨달았어요." 그녀가 말했다. "어느날 당신이 우리 집 현관에서 그 말을 했어요. 그 말을 해주신 데 대해 깊이 감사드려요. 그건 제가 당신을, 당신의 사랑을 믿기로 마음먹게 도와줬어요. 하지만 받아들일 수는 없었지요. 그건 그 당시에는 미래였던, 지금 현재를 위한 거짓된 토대일 수 있었으니까요. 제가 그 말을 받아들였다면, 당신이 마지못해 동의하며, 또 아직 무르익지 않은 사안에 대한 섣부른 결정을 내려야 한다는 의무감을 느끼실 거라는 점 또한 인정해야 했을 거예요. 그 대신 제가 한발 물러섰는데, 당연한 일이지만 당신의 반응보다는 제 자신의 반응을 더 확신할 수 있으니까요. 제가 굴복한다 해도 당신에게 앙심을 품지 않을 것임을 알고 있었어요. 반면에 제가 당신에게 굴복하라고 강요한다면, 당신이 제게 일말의 앙심을 품을지 어떨지 알 수 없었어요. 하지만 이젠 다 지나갔어요. 이젠 알겠어요. 여자의 내면에는 자신의 처녀성을 지키고 처녀성의 상실을 보상받기 위해 최대한의 보증을 요구하게 하는 고유한 속성이 있어요. 훗날 이해심이 생기면, 모든 것은 남편을 붙들기 위한 신화이자 오랜 전설임을 깨닫게 되죠. 그것이 바로 지금으로선 결혼이 최선인지 확신하지 못하겠다고 말씀드리는 이유예요. 중요한 건 우리를 이어주는 무언가가 있을지 모른다는 거예요. 그 무언가가 분명 존재하지 않나요? 그런데 우리를 하나로 결합시키는 것이 한낱 단순한 절차, 성마른 배불뚝이 판사의 의례적인 선고가 아니라 실제로 존재하는 그 무엇이라는 게 더욱 강하고, 더 힘 있고, 더 아름다워 보이지 않나요? 게다가 당신에게는 자녀들이 있어요. 당신의 인생을 놓고 당신 부인의 이미지와 경쟁하고 싶어 안달하는 사람처럼 보이기는 싫어요. 괜히 자녀분들의 어머니를 대신하려다 그들의 질투를 사고 싶지 않아요. 그리고 마지막으로, 당신에겐 시간에 대한 두려움, 당신이 늙으면 제가 한눈을 팔 거라는 두려움이 있어요. 너무 예민하게 생각하지 마세요. 당신한테서 제일 마음에 드는 건 시간의 흐름 속에서도 사라지지 않을 어떤 것이에요." 그녀는 자신의 진실에 그치지 않고 아주 차분하게 나의 바람을 말하고 있었다. 게다가 그 말은 또 얼마나 듣기 좋았던가.

7월 22일 월요일

나는 조심스럽게 만남을 준비했다. 그러나 아베야네다는 그 사실을 까맣게 모르고 있었다. 우린 까페에 갔다. 둘이 함께 외출하는 일은 드물다. 그녀는 사무실 직원들 중 누군가가 우리가 같이 있는 걸 보게 될까봐 늘 노심초사한다. 나는 그녀에게 조만간 그런 일이 일어날 수밖에 없겠지만, 그렇다고 아파트에 들어박혀 여생을 보낼 수는 없다고 했다. 그녀는 자신의 잔 너머를 응시하는 나의 눈길을 느꼈다. "누굴 봤나요? 거기 사람인가요?" '거기'는 사무실이다. "아니, 거기 사람이 아니야. 하지만 당신을 만나고 싶어해." 그녀가 너무 초조해해서 깜짝쇼를 준비한 것을 잠시 후회했다. 그녀는 내가 응시하는 쪽을 눈으로 쫓다가 내가 무슨 말을 건넬 겨를도 없이 그 사람의 정체를 알아챘다. 무엇보다 블랑까는 분명 어딘가 내 이목구비를 닮았던 것이다. 나는 손짓을 하며 아이의 이름을 불렀다. 예쁘고, 쾌활하고, 사랑스러워 보였다. 내 딸이라는 게 뿌듯했다. "내 딸 블랑까야." 아베야네다가 손을 내밀었다. 떨고 있었다. 반면에 블랑까는 아주 차분했다. "긴장 푸세요. 당신을 보고 싶어한 건 바로 저예요." 그러나 아베야네다는 평정심을 되찾지 못했다. 그녀는 안절부절못하고 우물거렸다. "세상에, 아빠가 당신한테 제 얘기를 했다는 게 믿기지 않아요. 당신이 절 보고 싶어했다는 것도 뜻밖이고요. 미안해요, 뭐라고 말씀드려야 할지……" 블랑까와 나는 그녀를 진정시키기 위해 안간힘을 썼다. 그러나 그 상황에서도 두사람 사이에 일말의 친근감이 싹텄다는 것을 감지할 수 있었다. 두사람은 같은 또래다. 아베야네다는 차츰 긴장을 풀기 시작했지만, 여전히 눈물을 찔끔거렸다. 10분 후 두사람은 어느덧 교양 있는 보통 사람들처럼 대화를 나누고 있었다. 난 가만히 내버려 두었다. 두사람이, 내가 제일 사랑하는 두 여자가 곁에 있다는 건 새로운 기쁨이었다. 헤어질 때(아베야네다는 친절하게도 나더러 블랑까와 같이 가라고 고집을 부렸다) 우린 버스를 타기 전에 가랑비를 맞으며 몇블록을 함께 걸었다. 이윽고 집에 도착했을 때 블랑까가 날 꼭 껴안았다. 아무 때나 하지 않는 특별한 포옹이었고, 바로 그런 이유로 더욱 기억할 만한 것이었다. 자신의 뺨을 내 뺨에 바싹 붙이고 속삭였다. "그녀가 정말 좋아요. 아빠가 그렇게 안목이 높을 줄은 꿈에도 생각 못했어요." 먹는 둥 마는 둥 하고 잠자리에 들었다. 너무 지친 나머지 1년 내내 강제노역에 시달린 느낌이었다. 하지만 그게 대수랴.

7월 23일 화요일

어제 헤어진 뒤로 아베야네다를 보지 못했다. 오늘 아침 일찍 그녀가 서류 파일을 들고 상의를 하려고 내 책상으로 걸어왔다. 우린 사무실에서 늘 조심한다(지금까지 아무도 눈치채지 못했다). 하지만 오늘은 그녀를 유심히 살펴보았다. 어제의 깜짝쇼가 어땠는지 궁금했다. 그녀는 매우 심각해 보였고 거의 화장기 없는 얼굴이었다. 그녀에게 지침을 주었다. 우리는 사람들에 둘러싸여 있었고, 그래서 서로에게 아무 말도 할 수 없었다. 그런데 그녀가 물러가면서 기회를 틈타 수표책 두권과 함께 "고마워요"라는 말을 급하게 갈겨 쓴 쪽지를 슬쩍 건넸다.

7월 26일 금요일

아침 8시. 뚜삐[44]에서 아침을 먹고 있다. 광장이 바라보이는 창가에 앉아 식사를 하는 건 더없는 즐거움이다. 비가 내린다. 금상첨화다. 난 민속문화의 흉물스러운 상징인 빨라시오 살보[45]를 사랑하는

44 몬떼비데오의 쁠라사 인데뻰덴시아 옆에 위치한 카페로 완전한 명칭은 뚜삐 남바(Tupí Nambá).

45 7월 18일 거리와 쁠라사 인데뻰시아 교차로에 위치한 고층건물로, 1928년 완공

법을 배웠다. 관광객들이 구입하는 엽서마다 그 건물이 들어 있는 이유가 있다. 그건 촌스럽고, 따분하고, 허풍스럽고, 친절한 국민성의 표상에 가깝다. 정말이지 너무나도 흉측해서 기분이 좋아진다. 지금처럼 아주 이른 시간대의 뚜삐가 좋다. 아직 동성애자들이 몰려들지 않았고(하이메 일은 까맣게 잊고 있었다. 아, 악몽이여), 주변에는 외로운 노인들만 몇사람 있을 뿐이다. 그들은 『엘 디아』[46]와 『엘 데바떼』[47]를 믿기지 않을 정도로 즐겁게 읽고 있다. 손님들 대부분은 여전히 꼭두새벽이면 어김없이 눈을 뜨는 퇴직자들이다. 퇴직 후에도 뚜삐를 계속 찾아오게 될까? 어느 임원의 자식처럼 11시까지 침대에 누워 빈둥거리는 건 영영 익숙해지지 않으려나? 사회계급을 제대로 구분하려면 사람들이 각자 몇시에 침대에서 빠져나오는지를 고려해야 할 것이다. 건망증이 심한 데다 적당히 순진하고 쾌활한 웨이터 비앙까마노가 내 테이블로 다가온다. 꼬르따도 커피[48]와 크루아상을 다섯번째 주문한다. 웨이터는 엉뚱하게도 커다란 커피잔과 햄과 치즈가 들어간 크래커를 가져온다. 그가 너무 수고한 터라 그냥 단념해버린다. 내가 컵에 각설탕을 떨어뜨리는 동안, 그는 일과 날씨에 대해 말을 건넨다. "사람들은 이 비가 성가시겠지만 전 '겨울이잖아요, 아닌가요?'라고 말해요." 난 그의 말에 맞장구를 친다. 겨울인 건 틀림없으니까. 곧 안쪽 테이블에 앉

되고 수년간 남아메리카에서 가장 높은 건물이었다. 1층에 앞서 언급된 소로까바나 까페가 있었다.

46 도시를 세력 기반으로 하는 진보적 성향의 정당인 꼴로라도당(Partido Colorado)의 기관지 성격을 지닌 일간지로 1886년 창간되고 1993년에 폐간되었다.

47 블랑꼬당의 기관지 성격을 지닌 일간지로 1931년 창간되고 1960년대에 폐간되었다.

48 에스프레소에 소량의 우유를 섞은 에스빠냐식 커피.

은 남자가 그를 부른다. 그 남자는 비앙까마노가 주문하지 않은 엉뚱한 것을 내와 단단히 화가 나 있다. 그는 포기를 모르는 사람이다. 아니면 단순히 환전을 위해 일주일에 한번씩 들르는 아르헨띠나 사람으로 아직 이 까페에서 다반사로 일어나는 일이 무엇인지 모르는 모양이었다. 신문은 내 아침식사의 제2부다. 어떤 날에는 정기 기사를 빠짐없이 읽고 싶어 온갖 신문을 다 구입하기도 한다. 『엘 데바떼』 사설의 변덕스러운 구문의 문체, 『엘 빠이스』[49]의 세련된 위선, 소수의 반교권적 협잡꾼들에 의해 가까스로 중단된 『엘 디아』의 조잡한 보도, 네 신문 중 유일하게 수익을 내는 『라 마냐나』[50]의 견고한 구성. 이 신문들은 얼마나 다르고 또 얼마나 비슷한가! 서로 속이고, 신호를 주고받고, 파트너를 교환하면서 모두 일종의 카드놀이를 한다. 그러나 하나같이 동일한 카드로 게임을 하고 똑같은 거짓말로 먹고산다. 그리고 우리는 읽는다. 읽고 나서 우린 믿고, 투표하고, 논쟁하고, 기억을 잃어버린다. 또 어리석고 관대하게도 그들이 오늘 말하는 것이 어제 말한 것과 정반대라는 사실을 까맣게 잊는다. 그들은 자신들이 어제 악담을 퍼부었던 사람을 오늘 열렬히 옹호한다. 더욱 심각한 것은 당사자가 그들의 옹호를 자랑스럽고 흡족하게 받아들인다는 사실이다. 이것이 바로 내가 빨라시오 살보의 섬뜩한 솔직함을 좋아하는 이유다. 그것은 언제나 끔찍했고 결코 우리를 호도하지 않는다. 도시에서 가장 번잡한 이 지점에 세워져 30년 전부터 내외국인을 가리지 않고 우리 모

49 원래 블랑꼬당 성향의 일간지로 1918년 창간되었으며 우루과이 최대의 발행부수를 자랑한다.

50 1917년 반(反)바뜨예주의를 표방하며 창간된 꼴로라도당 성향의 일간지로 1998년 폐간되었다.

두에게 눈을 들어 그 추악함에 경의를 표하도록 강요해왔다. 신문을 읽으려면 시선을 떨구어야 한다.

7월 27일 토요일

그녀는 블랑까를 마음에 들어했다. "당신에게 그렇게 매력적인 딸이 있을 줄은 상상도 못했어요." 그녀는 거의 30분마다 이 말을 되풀이하고 있다. 그녀의 말과 블랑까의 말("아빠가 그렇게 안목이 높을 줄은 꿈에도 생각 못했어요")은 내게 그다지 우호적이지 않다. 두사람 모두 애초부터 나의 생산능력과 선택능력을 별로 신뢰하지 않았다는 얘기다. 하지만 기쁘다. 아베야네다도 마찬가지다. 지난 화요일, 그녀가 휘갈겨 쓴 "고마워요"라는 말은 나중에 충분히 해명되었다. 그녀는 딸아이를 마주했을 때 눈앞이 캄캄했다고 한다. 블랑까가 해명을 요구하고 합당한 온갖 비난을 퍼부으며 한바탕 소동을 벌이려고 찾아온 것으로 생각했단다. 그녀는 충격이 너무 세고 너무 심각하고 너무 치명적이어서 우리 관계가 지속될 수 없을 것이라고 생각했다. 그제야 비로소 그녀는 우리 관계가 자신의 삶에서 정말로 중요하며, 그녀가 고작 일시적인 권리밖에 가지지 못한 이 상황이 이대로 끝나버린다면 아마도 견딜 수 없으리라는 걸 절실히 깨달았다고 한다. "믿지 않으시겠지만, 따님이 다른 테이블들을 헤치고 우리에게 다가오는 동안 이 모든 생각이 머리에 떠올랐어요." 그게 바로 블랑까의 다정한 태도가 그녀에게 예기치 못한 기쁨이었던 까닭이다. "저, 있잖아요, 제가 따님의 친구가 될 수 있을까요?"라는 말은 이제 그녀의 희망에 찬 질문이다.

기쁜 빛이 얼굴에 가득하다. 아마도 20년 전 그녀가 부모에게 동방박사 세사람에 대해 물었을 때 지었던 표정이 꼭 그랬을 것이다.

7월 30일 화요일

하이메에게서 아직껏 연락이 없다. 블랑까가 하이메의 사무실에 알아보았다. 출근하지 않은 지 열흘째란다. 우린 에스떼반과는 이 문제에 대해 거론하지 않기로 암묵적인 합의를 했다. 이 일은 그애한테도 충격이었다. 아베야네다의 존재를 알게 되면 그애가 어떤 반응을 보일지 궁금하다. 블랑까에겐 적어도 지금은 그애한테 아무 말도 하지 말아달라고 당부했다. 어쩌면 애들을 심판자의 위치에 놓음으로써(혹은 애들이 스스로 그 위치에 있도록 허락함으로써) 과하게 행동했을 것이다. 난 아이들에 대해 의무를 다했다. 애들을 지도하고 보살피고 사랑을 베풀었다. 하지만 사랑을 표현하는 데는 다소 인색했을 것이다. 사실 난 항상 숨김없이 속마음을 드러내는 부류의 사람이 아니다. 애정생활에서조차 다정다감하기가 어렵다. 언제나 내가 가진 것보다 더 적게 준다. 오직 가장 결정적인 순간을 위해 최대치를 보류하면서 속마음을 감추는 것, 그것이 내 사랑의 방식이다. 아마도 여기에는 이유가 있을 텐데, 내가 감정의 미묘한 변화와 단계적 차이에 집착한다는 것이 그것이다. 그러니 언제나 최대치를 표현한다면 온 마음으로 호소해야 할 순간(사람마다 일생에 너덧번 찾아온다)을 위해 뭘 남겨둔단 말인가? 나 또한 허세 앞에서 가벼운 불쾌감을 느끼는데, 내가 보기엔 숨김없이 속마음을 드러내는 것이 바로 허세다. 매일 질질 짜는 사람에게 커다란 고통, 최대의 옹호를 필요로 하는 고통이 닥치면 할 수 있는 일이 뭐가 남아 있을까? 그런 사람들은 언제든 자살을 할 수도 있겠지만, 그건 결국 초라한 해결책일 뿐이다. 작은 고통에 젖게 하는(일종의 매일매일의 목욕처럼) 예민한 감수성을 만들어내며 영원한 위기 속에 살아가기란 거의 불가능하다는 말이다. 심리적 절제의 감각이 몸에 밴 고상한 부인들은 '삶 자체가 상당히 신산하기' 때문에 우울한 영화를 보지 않는다고 말한다. 그들의 말에는 일말의 진실이 있다. 우리가 흐느껴 울고, 어리광을 부리고, 히스테릭해지지 않아도 삶 자체는 충분히 신산하다. 그것은 바로 무언가가 우리의 길을 가로막고 우리가 행복—때로는 어리석음과 크게 다르지 않다—을 향한 여정을 계속하도록 허락하지 않기 때문이다. 언젠가 아이들이 학교에 다니고 있을 때, 하이메의 수업에서 내준 흔한 숙제 하나가 기억난다. 어머니라는 고전적인 주제에 관한 글짓기였다. 하이메는 아홉살이었고 매우 비참한 기분으로 집에 돌아왔다. 나는 이런 일이 자주 일어날 것임을 이해시키려고 애를 썼다. 그애는 어머니를 잃었고 그 사실을 받아들여야 함을, 그것이 눈물로 하루하루를 보낼 일이 아님을, 그리고 돌아가신 어머니의 기억에 그가 바칠 수 있는 가장 큰 사랑의 증표는 바로 어머니의 부재가 그를 다른 아이들보다 더 열등하게 만들 조건이 되지 않는다는 걸 보여주는 데 있음을 납득시키려고 했다. 아마도 어린 나이의 하이메에게는 부적절한 말이었을 것이다. 실제로 아이는 울음을 그치고 무시무시한 적대감으로 나를 노려보며 숙명을 타고난 자처럼 단호하게 말했다. "아빠가 엄마가 돼줘. 그러지 않으면 아빠를 죽여버릴 테야." 그애가 무슨 뜻으로 그런 말을 했을까? 자신이 터무니없는 요구를 하고 있다는 걸 알지 못할 만큼 그렇게 어리진 않았다. 하지만 아마도 자신의 첫 고뇌, 훗날 자신의 앙심과 반항, 좌절에 근본적 원인을 제공하게 될 이러한 일상적인 고뇌들 중 최초의 고뇌를 감쪽같이 감출 수 있을 만큼 자라지도 않았던 것이다. 선생님들이, 반 친구들이 그리고 사회가 어머니를 소환한다는 사실은 그애에게 난생처음 어머니의 부재라는 충격을 온몸으로 느끼게 만들었다. 그애가 얼마만큼 기발한 상상력을 발동해서 어머니의 부재에 대해 나를 원망했을지는 모르겠다. 아마도 내가 더 잘 보살폈다면 어머니가 죽지 않았을 거라고 생각했겠지. 나는 책임이 있었고, 그래서 그녀를 대신해야 했다. "그러지 않으면 아빠를 죽여버릴 테야." 물론 그애는 나를 죽이지 않았지만, 대신 자신을 죽이기 시작했고 자신을 파괴하기 시작했다. 가장이 자신의 기대를 충족시키지 못했기 때문에 아이는 자신 안에 있던 남성을 부정하는 데 몰두했다. 후유! 그런 단순하고, 평범하고, 비열한 사실에 대한 설명이 참 복잡하기도 하다. 내 아들은 동성애자다. 앞에서 스트립쇼를 하는 여동생을 둔 역겨운 산띠니처럼 호모다. 차라리 도둑이나 마약중독자, 혹은 바보천치였으면 좋겠다. 그애를 가엾게 여기고 싶은데 그럴 수 없다. 그애가 왜 그렇게 되었는지에 대한 합리적이고 심지어 타당하기까지 한 설명이 있음을 안다. 그 설명들 중 대부분이 나에게 책임의 일부를 지운다는 걸 알고 있다. 그렇다면 왜 에스떼반과 블랑까는 정상적으로 자랐을까? 왜 하이메는 탈선했고, 다른 두 아이는 그러지 않았을까? 그것도 내가 누구보다 끔찍이 사랑한 하이메에게 그런 일이 벌어졌다. 그애가 전혀 가엾지 않다. 지금도 앞으로도. 결코.

8월 1일 목요일

본부장이 나를 자신의 집무실로 불렀다. 그자를 결코 견딜 수 없었다. 그는 놀라울 만큼 천박하고 비겁한 작자다. 어쩌다 그는 툭 터놓고 자신의 추상적 존재를 드러내려고 노력했지만, 내가 맞닥뜨린 건 역겨운 이미지였다. 대개는 품위 있게 처신해야 할 순간에 일장연설을 늘어놓을 뿐이다. 그의 품위는 산산조각 났다. 그렇지만 지금 그가 사용하는 정형외과적 품위는 그를 미소 짓게끔 한다. 그의 집무실에 들어갔을 때, 그는 바로 그렇게 미소 짓고 있었다. "좋은 소식이 있소." 양손을 문지르며 그가 말했다. 마치 나를 목 졸라 죽이려는 듯 보였다. "당신에게 자그마치 부본부장직을 제안하더이다." 보아하니 이사회의 제안에 동의하지 않는 눈치였다. "축하할 수 있게 해주시오." 그가 말했다. 그의 손은 마치 마멀레이드가 덕지덕지 붙어 있는 것처럼 끈적거렸다. "물론 한가지 조건이 있소." 이번에는 굳은 표정으로 정색하고 말했다. 정말 영락없이 게처럼 보인다. 그가 책상 뒤에서 나오기 위해 옆으로 걸을 때 특히 그랬다. "2년 내에는 퇴직하지 않는다는 게 조건이오." 그럼 나의 퇴직 계획은? 부본부장직은 좋은 자리다. 회사에서 직장생활을 끝마치기에는 특히 안성맞춤이다. 할 일도 거의 없다. 몇몇 주요 고객을 만나고, 직원들을 감독하고, 본부장이 부재 중일 때 그의 자리를 대신하고, 중역들과 그들의 끔찍한 농담, 그리고 중역들의 부인들과 그녀들의 백과사전적 무지의 과시를 견뎌내기만 하면 된다. 하지만 퇴직 계획은 어떻게 되나? "생각할 시간이 얼마나 있습니까?" 내가 물었다. 나의 질문은 거절의 예고편이었다. 게가 눈을 반짝이며 대답했다. "일주일이오. 다음 주 목요일에 당신의 답변을 이사회에 보고해야 하오." 사무실로 돌아왔는데 모두들 이미 그 소식을 알고 있었다. 철저하게 비밀이 지켜져야 하는 뉴스에 언제나 이런 일이 발생한다. 포옹과 축하, 존평이 이어졌다. 신입 여직원인 아베야네다까지 와서 악수를 청했다. 그 모든 손들 중에서 오직 그녀의 손에서만 살아 있음이 느껴졌다.

8월 3일 토요일

그 문제에 대해 그녀와 장시간 이야기를 나누었다. 부본부장 자리는 편하고, 즐겁고, 존경받을 만한 데다 보수도 좋으니 신중하게 생각해보란다. 맞는 말이다. 나도 그 사실을 이미 알고 있다. 그러나 내게 휴식할 권리가 있다는 것 또한 알고 있다. 100뻬소의 급여 인상에 그 권리를 팔지는 않을 것이다. 훨씬 더 높은 급여를 제안한다 해도 마찬가지다. 언제나 나에게 중요한 것은 수입이 먹고 살기에 충분한지 여부였다. 실제로 수입은 충분하다. 급여가 좋은 편이다. 더이상의 수입이 필요치 않다. 아파트 비용이 추가된 지금도 그렇다. 게다가 퇴직하고 나면 지금보다 약간 더 높은 수입(거의 100뻬소가 는다)을 기대할 수 있을 것이다. 지금까지 받아온 성과급이 최근 5년 동안 나의 평균 소득을 적지 않게 높였고, 더군다나 어떤 공제도 없을 것이기 때문이다. 물론 인플레이션이 어김없이 초래할 화폐가치 하락에 유념해야 한다. 위협은 현실이지만, 언제든 다소 은밀하게 회계 업무를 계속할 수 있는 기회가 있을 것이다. 그러나 분명 아베야네다는 이 모든 좀스러운 예측보다 더 감동적이고 덜 현실적인 다른 이유들을 내세울 것이다. "당신이 없으면 사무실은 참을 수 없을 거예요." 그건 더 좋다. 하지만 나에게도 복안이 있기 때문에 이 말로는 나를 설득하지 못할 것이다. 내가 퇴직하면 아베야네다도 일을 그만둘 것이다. 내 수입이면 둘이 살아가기에 충분할 테고, 게다가 우린 둘 다 검소한 편이다. 명백한 이유들로 인해 우리의 소일거리는 엄밀하게 집 안에서 이루어질 것이다. 이따금 영화관이나 레스토랑, 까페에 갈 것이다. 쌀쌀하지만 해가 나는 일요일이면 기분 전환을 위해 해변을 거닐 것이다. 책을 사고 음반을 구입하겠지만, 다른 무엇보다 우리 관계 앞에 펼쳐진 삶의 편린들을 시시콜콜 언급하면서 우리 자신에 대해 즐겁게 담소를 나눌 것이다. 우리가 그 소박하고 진솔한 삶 속에서 향유하는 것을 대체할 수 있는 소일거리나 구경거리는 없다. 우리는 이미 고등훈련을 받고 있다. 왜냐하면 진솔함에도 익숙해져야 하기 때문이다. 분명 아니발이 외국에 나가 있는 동안에는 진솔한 태도가 몸에 밸 수 없었다. 부모와 자식 간의 온갖 의사소통 문제와 사무실의 사악한 관심으로부터 늘 내 사생활을 보호해준 절제 있는 태도, 그리고 순전히 위생의 측면에서 엄격하게 여자들을 만나왔기 때문에(상대는 항상 바뀌고 절대 두번 이상 만나지 않는다) 그럴 수가 없었다. 나 자신에 대해서도 간혹가다가 진솔하게 굴었을 것이다. 내가 이 말을 하는 이유는 가끔 아베야네다와 허심탄회한 대화를 나누다보면 어느새 나 자신의 생각보다 훨씬 더 진솔해 보이는 말을 하는 나 자신을 발견하곤 했기 때문이다. 그게 가능할까?

8월 4일 일요일

오늘 아침에 작은 옷장의 서랍을 열었더니 뜻밖에도 한무더기의 사진과 스크랩, 편지, 영수증, 약속을 적어둔 종이가 떨어져 바닥에 어지럽게 흩어졌다. 그때 불특정한 색깔의 종이 한장이 눈에 띄었다(원래 녹색이었던 것으로 보이지만, 지금은 오랜 습기 때문에 잉크가 번져 검게 얼룩이 져 있었다). 그 순간까지는 그 편지의 존재를 전혀 기억하지 못했지만, 일단 눈으로 확인하고 나니 이사벨에게서 받은 편지라는 걸 깨닫게 되었다. 이사벨과 나는 아주 드물게 편지를 주고받았다. 실은 오랫동안 떨어져 지낸 적이 없어 그럴 이유도 없었다. 1935년 10월 17일 따꾸아렘보에서 쓴 편지였다. 길고 갸름한 꼬리가 달린 섬세한 필체를 마주하자 좀 이상한 기분이 들었다. 그 필체에서 사람은 물론 시대도 알아볼 수 있었다. 그 편지는 만년필이 아니라 억지로 쓰기 시작하자마자 말없이 불평을 해대고 심지어는 거의 보이지 않는 작은 보라색 잉크 방울을 사방팔방 튀겨대는 스푼 모양의 펜으로 쓴 게 분명했다. 그 편지를 이 일기장에 옮겨 적어야 한다. 이사벨은 나 자신의 일부이고 대체할 수 없는 나의 과거의 일부이므로 그래야만 한다. 그녀는 매우 특별한 상황에서 내 앞으로 그 편지를 썼다. 게다가 그 편지를 다시 읽으며 나는 다소 혼란스러웠고, 몇가지 것들을 의심하게 되었으며, 심지어는 가슴 뭉클한 감동마저 느꼈다. 편지의 내용은 이렇다. "사랑하는 당신에게. 이곳에 도착한 지도 어느덧 3주가 되었네요. 다시 말해, 3주 동안 혼자서 잠을 잤다는 얘기죠. 끔찍하다는 생각 안 들어요? 당신도 알듯이, 전 이따금 잠을 설치기도 하는데, 그럴 때면 당신이 내 곁에 있기를, 당신을 만질 수 있기를 절실히 바라곤 해요. 당신의 어디가 그렇게 위안이 되는지 모르겠지만, 당신이 곁에 있다는 걸 알면 잠결에도 보호받고 있다는 느낌이 들어요. 지금은 끔찍한 악몽에 시달리지만 괴물은 나오지 않아요. 다만 당신 없이 침대에 홀로 있는 꿈을 꾸는 게 악몽이에요. 그런데 잠에서 깨어나 악몽을 쫓아버리고 나면 정말로 당신 없이 침대에 혼자 있는 거예요. 유일한 차이는 꿈속에서는 울 수 없는데 일어나면 눈물을 흘린다는 거예요. 저한테 왜 이런 일이 일어날까요? 당신이 몬떼비데오에 있다는 것도 알고, 몸성히 잘 있다는 것도 알고, 제 생각을 한다는 것도 알아요. 제 생각하는 거 맞죠? 에스떼반과 블랑까는 잘 있어요. 물론 알다시피 술마 숙모님이 애들한테 너무 오냐오냐하시지만요. 단단히 각오하세요. 우리가 집에 돌아가면 블랑까가 며칠 밤 우리를 잠 못 자게 들볶을 테니까요. 하지만 부디 그 며칠 밤이 어서 왔으면 좋겠어요. 참, 새로운 소식이 있어요. 짐작이 돼요? 다시 임신을 했어요. 이 말을 하고도 당신 키스를 받지 못하다니 끔찍해요. 혹 당신에겐 별로 끔찍하지 않나요? 사내아이일 테니 이름을 하이메Jaime라고 지어요. 전 J로 시작하는 이름이 좋아요. 이유는 모르겠지만, 이번엔 좀 겁이 나요. 제가 죽기라도 하면 어쩌죠? 제발 당장 저에게 편지를 써서 아니라고, 죽지 않을 거라고 말해줘요. 제가 죽으면 어떻게 할지 생각해보셨나요? 당신은 의연한 분이니 자신을 지킬 줄 아실 거예요. 게다가 이내 다른 여자를 만나겠죠. 벌써 그 여자가 엄청 질투 나요. 제가 얼마나 신경이 예민한지 아시죠? 실은 여기에 당신이 없다는 게 너무 서운해요. 그곳, 당신 곁에 제가 없다는 것도 그렇고요. 웃지 마세요. 당신은 전혀 웃을 일이 아닌데도 시도 때도 없이 잘 웃잖아요. 웃지 마세요, 짓궂게 굴지 마요. 제가 죽지 않을 거라고 편지를 써줘요. 아무리 마음이 괴로워도 당신에 대한 그리움을 멈출 수 없었어요. 아, 잊어버리기 전에 말해야겠어요. 마루하한테 전화를 걸어 도라의 생일이 22일이라고 상기시켜 주세요. 그녀에게 우리 두사람을 대신해서 안부 좀 전해줘요. 집은 돼지우리인가요? 셀리아가 추천해준 청소부가 왔던가요? 그 여자한테 너무 눈길을 주지 않도록 조심해요, 알았죠? 술마 숙모님은 아이들이 여기에 와 있는 걸 기뻐하세요. 에두아르도 삼촌에 대해서는 아무 말 안할래요…… 두분 다 당신이 열살 때 이곳에 와서 방학을 보내곤 했던 시절에 대해 많은 이야기를 들려주세요. 당신은 척척박사로 유명했던 모양이에요. 에두아르도 삼촌 말로는 대단한 아이였다고요. 전 지금도 당신이 여전히 대단한 아이라고 생각해요. 당신이 원망어린 눈으로 기진맥진한 채 퇴근해서 저를 무관심하게, 때로는 분노의 눈길로 대할 때조차 그래요. 하지만 밤에 우린 즐거운 시간을 보내잖아요, 그렇죠? 사흘째 비가 내리고 있어요. 거실 발코니 옆에 앉아 거리를 바라보고 있어요. 하지만 거리엔 행인이 하나도 보이지 않아요. 아이들이 잠들면, 에두아르도 삼촌의 서재로 가서 에스빠냐어―영어 사전을 들춰보며 즐거운 시간을 보내요. 저의 교양과 저의 무료함도 눈에 띄게 쌓여가요. 사내아이일까요? 아니면 계집아이일까요? 딸이라면 당신이 이름을 지어도 좋아요. 레오노르라고 짓지만 않는다면요. 하지만 그럴 리 없어요. 사내아이이고, 하이메라는 이름을 갖게 될 거예요. 당신처럼 긴 얼굴을 가졌을 테고, 형편없이 생겼지만 여자 복은 많을 거예요. 여보, 전 아이들이 좋아요. 끔찍이 사랑해요. 하지만 그애들이 당신 자식들이라는 게 무엇보다 기뻐요. 지금 자갈길 위에 비가 억수같이 퍼붓고 있어요. 다섯 더미 솔리테르[51]를 할 거예요. 도라가 가르쳐준 게임이요, 기억하죠? 제가 이기면 분만 중에 죽는 일은 없을 거예요. 사랑해요, 사랑해요, 사랑해요, 당신의 이사벨. 추신. 남은 카드가 없어요. 제가 이겼어요! 야호!"

22년이 흐른 뒤에 이 열정은 얼마나 무력해 보이는지! 그렇지만 당당하고, 진솔하고, 확고했다. 야릇하게도 이사벨의 편지를 다시 읽고 나서 그녀의 얼굴이, 내가 까맣게 잊었음에도 기억 속에 남아 있던 그 얼굴이 다시 떠올랐다. 이사벨은 어떤 신념 때문이 아니라 단순히 습관적으로, 아니 어쩌면 병적으로 '그대'라는 인칭대명사를 사용하지 않았으므로 내가 그녀의 얼굴을 떠올린 것은 "당신" "(당신은) 할 수 있어요" "(당신은) 가졌어요" 따위의 표현을 통해서였다. 나는 예의 그 '당신'을 읽었고, 곧바로 그 단어를 발음하는 입을 재구성할 수 있었다. 그리고 입은 이사벨의 얼굴에서 가장 중요한 부위였다. 그녀의 편지는 과거의 그녀의 모습을 닮았다. 다소 산만하고, 낙관주의와 염세주의, 염세주의와 낙관주의 사이를 끝없이 오가며, 침대 위의 사랑을 계속 맴돌고, 두려움으로 가득 차 있고, 감정적이다. 불쌍한 이사벨. 사내아이가 태어났고 하이메라고 이름을 지었건만, 그녀는 불과 출산 몇시간 뒤에 임신중독증으로 사망했다. 하이메는 나와 달리 얼굴이 길지 않다. 그 아이는 전혀 못생기지 않았고, 여자 복은 일시적이고, 게다가 부질없다. 불쌍한 이사벨. 그녀는 카드놀이에서 이겨 운명을 설득했다고 생각했지만, 실은 운명을 도발했을 뿐이다. 모든 게 아주, 아주 까마득하다. 이 1935년 편지의 수취인이자 이사벨의 남편인 나 자신조

51 혼자서 하는 카드놀이.

차, 아니 그 남자조차 지금은 아득하다. 이게 좋은 일인지 나쁜 일인지 모르겠다. "웃지 마세요." 그녀는 이렇게 말하고 나서 그 말을 되풀이한다. 그리고 그것은 사실이었다. 당시에 나는 툭하면 웃었고, 그녀는 내가 웃는 걸 좋아하지 않았다. 그녀는 내가 웃을 때 눈가에 생기는 주름을 좋아하지 않았고, 나를 웃게 한 원인도 재미없어했고, 또 내가 웃을 때면 어김없이 짜증을 내고 공격적이 되었다. 다른 사람들과 같이 있을 때 내가 웃으면, 그녀는 검열관의 눈길로 나를 째려보곤 했다. 이 눈길은 나중에 우리 둘만 있을 때 받게 될 책망을 예고했다. "제발 웃지 마세요, 밉살스러워 보여요." 그녀가 죽은 뒤로 입가에서 웃음이 사라졌다. 슬픔과 일과 아이들, 이 세가지에 짓눌려 거의 1년을 보냈다. 그뒤에 침착성과 자신감, 평정심이 돌아왔다. 그러나 웃음은 돌아오지 않았다. 물론 이따금 웃을 때도 있지만, 특별한 이유가 있거나 내가 의식적으로 웃으려 하기 때문이며 이런 일은 손에 꼽을 정도다. 반면에 거의 안면 경련에 가까운, 고쳐지지 않는 습관인 그 웃음은 돌아오지 않았다. 이따금 나는 이사벨이 와서 더없이 진지한 나의 모습을 보지 못하게 된 것을 애석해한다. 지금의 진지한 내 모습을 무척 흐뭇해했을 텐데. 하지만 이사벨이 지금 이 자리에 함께 있다면 아마도 웃음병을 고치지 못했을 것이다. 불쌍한 이사벨. 그녀와 대화를 거의 나누지 못했다는 걸 이제 와 새삼 깨닫는다. 때로는 도통 얘깃거리를 찾을 수 없었다. 사실, 아이들과 채권자들, 섹스를 빼고 나면 우리 사이엔 공통된 화제가 별로 없었다. 하지만 섹스에 관해서라면 굳이 얘기할 필요가 없었다. 우리의 밤은 이미 물 흐르듯 거침이 없었다. 그게 사랑이었을까? 잘 모르겠다. 만약 우리의 결혼생활이 5년 만에 막을 내리지 않았다면, 훗날 섹스는 단지 하나의 구성요소에 불과하다는 걸 깨달았을지도 모른다. 아마도 그리 먼 훗날은 아니었을 것이다. 그러나 그 5년 동안 섹스는 우리를 하나로 단단히 묶어준 끈이었다. 지금 아베야네다와는 섹스가 (적어도 나에게는) 덜 중요하고 덜 긴요한 요소다. 우리의 대화와 친밀감이 훨씬 더 중요하고 절실하다. 여하튼 난 섹스에 현혹되지 않는다. 지금 나는 마흔아홉이고 이사벨이 죽었을 때는 스물여덟이었다는 걸 잘 알고 있다. 장담컨대, 따꾸아렘보에서 나에게 편지를 쓴 1935년의 바로 그 이사벨, 검은 머리와 캐묻는 듯한 눈, 탱탱한 엉덩이, 완벽한 다리를 가진 이사벨이 지금 눈앞에 나타난다 해도 분명 나는 "거참, 유감이군" 하고 말하고는 아베야네다를 찾아 나설 것이다.

8월 7일 수요일

부본부장이 될 가능성과 관련하여 고려해야 할 또다른 요소가 있다. 만일 아베야네다가 나의 인생에 들어오지 않았다면, 아마도 나에게 주저할 권리가 있을 것이다. 어떤 사람들에겐 퇴직이 치명적일 수 있음을 안다. 나는 틀에 박힌 일상이 중단되는 게 견딜 수 없었던 퇴직자들을 여럿 알고 있다. 그러나 그들은 경직되고 둔해졌으며 사실상 혼자 힘으로 생각하기를 그만둔 사람들이다. 나에게는 이런 일이 일어날 것 같지 않다. 나는 혼자 힘으로 생각한다. 그럼에도 퇴직이 고독의 단순한 변종인 한, 퇴직을 불신할 수 있을 것이다. 몇달 전 아베야네다가 나타나기 전까지는 나의 미래가 그럴 수 있었다. 그러나 아베야네다가 나의 삶에 자리 잡은 이상 이젠 고독하지 않을 것이다. 다시 말해, 그 어떤 고독도 없기를 바란다. 더욱더 겸허해야만 한다. 남들 앞에서는 상관없다. 자신을 마주하고 자신에게 고백할 때, 최후의 진실에 다가갈 때, 그때는 더 겸허해야 한다. 이 최후의 진실은 양심의 목소리보다 훨씬 더 결정적일 수 있다. 양심의 목소리는 실어증, 즉 종종 그 목소리가 들리지 않게 막는 예기치 않은 후두염을 앓기 때문이다. 지금은 나의 고독이 끔찍한 환영이었음을 안다. 아베야네다의 존재만으로도 고독을 몰아내기에 충분했음을 안다. 그러나 그 고독은 죽지 않았고 어느 더러운 지하실에서, 틀에 박힌 일상의 어느 변방에서 세력을 규합할 거라는 점도 안다. 그리고 그것이 바로 내가 기고만장하지 않고 '바란다'라고 말하는 것으로 그치는 유일한 이유다.

8월 8일 목요일

휴, 이제 한숨 돌렸다! 부본부장 자리를 거절했다. 본부장은 회심의 미소를 지었다. 파트너로서 나를 탐탁해하지 않을 뿐더러, 내가 거절 의사를 밝힌 것이 나의 승진을 반대하기 위해 틀림없이 그가 들이댈 상당한 논거가 소급력을 얻는 데 도움이 될 것이기 때문이다. "내 말이 그 말이었네. 다 끝난 사람, 열심히 일할 의욕이 없는 사람. 이 직책에 필요한 사람은 적극적이고 활력이 넘치고 진취적인 사람이지 피곤에 찌든 사람이 아닐세." 그의 역겨운 엄지손가락에서 무례하고 젠체하며 이기적인 꿍꿍이가 훤히 들여다보인다. 다 끝난 일이다. 아, 얼마나 평화로운가!

8월 12일 월요일

어제저녁에 아베야네다와 테이블에 함께 앉아 있었다. 우린 아무것도 하지 않았다. 심지어 말도 하지 않았다. 나는 빈 재떨이 위에 손을 올려놓고 있었다. 슬펐다. 우린 원래 그렇게 슬픈 사람들이었다. 그러나 그것은 온화한 슬픔으로 평화로움에 가까웠다. 그녀는 나를 바라보다가 갑자기 입술을 움직여 한마디의 말을 했다. "사랑해요." 그 순간 그녀가 처음으로 나에게 그 말을 했다는 걸 깨달았다. 더구나 그녀는 다른 누구에게도 그 말을 한 적이 없었다. 이사벨이라면 밤마다 사랑한다는 말을 스무번은 되풀이했을 것이다. 이사벨에게 그 말을 반복하는 것은 키스를 한번 더 하는 것과 같았다. 사랑 게임의 단순한 방편이었던 셈이다. 반면 아베야네다는 꼭 필요할 때 단 한번 그 말을 했다. 어쩌면 그녀는 더이상 그 말을 할 필요가 없을지도 모른다. 그건 게임이 아니라 본질적인 것이기 때문이다. 그때 나는 가슴에 엄청난 무게를 느꼈다. 어떤 신체기관에도 영향을 끼친 것 같지 않았지만 견딜 수 없고 질식할 것 같은 무게였다. 나의 영혼은 분명 목구멍 근처의 가슴에 웅크리고 있을 것이다. "지금껏 당신에게 그 말을 하지 못했어요." 아베야네다가 웅얼거리듯 말했다. "하지만 당신을 사랑하지 않아서가 아니라 당신을 사랑하는 이유를 몰랐기 때문이에요. 이젠 그 이유를 알겠어요." 그제야 숨을 쉴 수 있었다. 한모금의 공기가 복부에서 올라오는 것 같았다. 난 언제나 누가 사정을 설명해줄 때 비로소 숨을 쉴 수 있다. 불가사의한 일 앞에서의 기쁨과 뜻밖의 일 앞에서의 즐거움은 이따금 나의 미약한 힘으로는 감당할 수 없는 느낌이다.

하지만 다행스럽게도 누군가가 늘 사정을 설명해준다. “이젠 그 이유를 알겠어요”라고 아베야네다가 말했다. “제가 당신을 사랑하는 건 당신의 얼굴 때문도, 당신의 연륜 때문도, 당신의 언변 때문도, 또 당신의 의도 때문도 아니에요. 바탕이 좋은 분이어서 당신을 사랑해요.” 지금껏 어느 누구도 나에 대해 그렇게 가슴 뭉클하고, 그렇게 간결하고, 그렇게 살아 숨 쉬는 견해를 말한 적이 없었다. 그 말이 맞다고 믿고 싶다. 바탕이 좋은 사람이라는 말을 믿고 싶다. 어쩌면 그 순간은 예외적인 경우였을지 모른다. 그러나 어쨌든 난 살아 있음을 느꼈다. 가슴속에 묵직한 무언가가 들어 있는 느낌은 살아 있음을 의미한다.

8월 15일 목요일

다음 주 월요일에 마지막 휴가를 낼 것이다. 대단한 ‘최후의 휴식’의 예고편일 것이다. 하이메가 살아 있다는 어떤 징후도 찾을 수 없었다.

8월 16일 금요일

정말 곤혹스러운 상황이었다. 7시 30분에 아니발을 만났고 까페에서 잠시 담소를 나눈 뒤 트롤리버스를 탔다. 아니발은 나보다 먼저 내리지만 어쨌든 같은 방향이라 함께 탔다. 우리는 여자, 결혼, 정조 등에 대해 얘기를 나누었다. 시종일관 매우 폭넓고 일반적인 표현을 사용했다. 나는 언제나 벽에도 귀가 있다고 생각해왔기 때문에 아주 나지막한 목소리로 말했다. 그러나 아니발은 그가 속삭이고 싶어할 때조차 주위를 쩌렁쩌렁 울리는 우레 같은 목소리로 말했다. 우리가 구체적으로 어떤 사례를 언급하고 있었는지는 모르겠다. 네모난 얼굴에 둥근 모자를 쓴 노파가 그의 옆 통로에 서 있었다. 그녀가 아니발의 말에 귀를 쫑긋 세우고 있다는 걸 눈치챘지만, 그의 말이 매우 교화적이고 퍽 소시민적이며 다분히 도덕적이었기 때문에 크게 신경 쓰지 않았다. 하지만 아니발이 트롤리버스에서 내리기 무섭게 노파가 한걸음 다가와 옆자리에 앉더니 다짜고짜 "그 사악한 작자의 말을 귀담아듣지 마요"라고 했다. 내가 어안이 벙벙해서 "뭐라고 하셨어요?"라고 말하기도 전에 노파가 벌써 말을 이었다. "정말 사악한 작자요. 가정을 파탄 내는 자들 말이오. 아이고, 당신 남정네들은 어찌나 걸핏하면 여자들을 탓하는지! 이봐요, 장담하지만 여자가 정조를 저버릴 때는 언제나 먼저 그녀가 자신에 대한 믿음을 잃게 만든, 용렬하고 멍청하고 남을 헐뜯기 좋아하는 남자가 있기 마련이라오." 노파는 이제 고함을 지르고 있었다. 승객들은 너나없이 그런 힐책을 당하고 있는 장본인이 누군지 보려고 고개를 돌리기 시작했다. 나 자신이 벌레처럼 느껴졌다. 노파는 말을 계속했다. "난 바뜨예주의자[52]지만 이혼에는 반대해요. 가정을 파탄 낸 게 이혼이에요. 당신에게 조언을 하던 그 사악한 작자가 결국 어떻게 될지 아시오? 저런, 모르시는구려. 난 알아요. 그자는 결국 감옥에 가거나 자살을 할 거요. 그나마 그게

52 20세기 초에 두차례 우루과이 대통령을 역임한 호세 바뜨예 이 오르도녜스(José Batlle y Ordóñez, 1856~1929)의 이념을 추종하는 사람. 바뜨예는 자유주의와 시민주의를 표방하고 사회·경제 측면에서 다양한 개혁 프로그램을 실행했다.

다행일 게요. 난 산 채로 불태워야 마땅한 남자들을 알고 있으니까요." 나는 모닥불 위에서 불타고 있는 아니발의 터무니없는 모습을 마음속에 그려보았다. 그제야 나는 용기를 내서 대꾸했다. "이보세요, 부인, 조용히 좀 해주시죠. 그 문제에 대해 뭘 안다고 그러세요? 그 친구가 하던 얘기는 부인이 알고 있는 것과 정반대인데……" 그러자 노파는 아랑곳하지 않고 대꾸했다. "예전의 가족들을 한번 생각해봐요. 그때는 윤리가 존재했지요. 저녁때면 집 앞을 지나면서 남편과 아내, 자식들이 보도에 앉아 있는 모습을 볼 수 있었어요. 모두 분별 있고, 품위 있고, 예의 발랐지. 신사 양반, 여자가 길을 잃고 방탕한 생활에 빠지지 않도록 하는 것, 그게 바로 행복이라오. 천성이 나쁜 여자는 없으니까. 아시겠수?" 집게손가락을 휘저으며 나에게 고함을 치는 동안 노파의 모자가 왼쪽으로 살짝 기울어지고 있었다. 고백하자면, 온 가족이 집 앞 보도에 앉아 있는 이상적인 행복의 이미지는 그다지 나를 감동시키지 못했다. "신사 양반, 그자의 말을 귀담아듣지 마요. 웃어넘겨 버려요, 그게 바로 당신이 해야 할 일이라오." 그녀가 말했다. "그렇게 노발대발하지 말고 웃어넘기지 그래요?" 그사이에 버스 승객들은 이미 각자의 생각을 말하기 시작했다. 노파 편을 드는 사람도 있었고, 나를 지지하는 사람도 있었다. 여기서 '나'는 노파가 비방한 유령 같은 가상의 적을 말한다. "난 바뜨예주의자지만 이혼에는 반대한다는 걸 명심해요." 그때 나는 노파가 다시 악담을 쏟아내기 전에 양해를 구하고 서둘러 버스에서 내렸다. 목적지까지는 열블록이 남아 있었다.

8월 17일 토요일

오늘 아침에 이사회 임원 둘과 대화를 나누었다. 별로 중요하지 않은 얘기였지만 그들과의 대화를 통해 나에 대한 친절하고 관대한 경멸을 충분히 읽어낼 수 있었다. 이사회실의 푹신한 안락의자에 깊숙이 앉은 그들은 분명 자신들이 전능하다고 혹은 사악하고 비열한 사람마저 그렇게 느낄 만큼 올림포스산에 가까이 있다고 생각할 것이다. 그들은 정상에 도달했다. 축구선수에게 정상은 언젠가 국가대표팀의 일원이 되는 것을 의미한다. 신비주의자에게는 어느 시점에 신과 교신하는 것을, 그리고 감정적인 사람에게는 어느 순간 다른 사람에게서 자신의 감정의 진정한 반향을 발견하는 것을 의미한다. 반면에 이 가련한 사람들에게 정상은 이사들의 안락의자에 앉는 것이고, 몇몇 사람의 운명을 좌지우지한다는 느낌(다른 사람들에게는 불편하기 짝이 없을)을 경험하는 것이며, 자신들이 문제를 해결하고 처리하는 중요한 인물이라는 환상을 만들어내는 것이다. 하지만 오늘 그들을 쳐다보는데 '중요한 인물'이 아니라 '중요한 것'의 얼굴이 보였다. 그들은 '사람'이 아닌 '사물'처럼 보인다. 그런데 그들의 눈에 나는 어떻게 비칠까? 얼간이나 무능력자, 혹은 감히 올림포스산에서 내린 제안을 거절한 졸장부? 여러해 전, 한번은 이사회의 최고참 임원이 이렇게 말하는 걸 들었다. "몇몇 사업가가 저지르는 가장 큰 실수는 직원을 인간으로 대하는 거요." 나는 이 말을 결코 잊지 않았고 앞으로도 잊지 않을 것이다. 한마디로 이 말을 용서할 수 없기 때문이다. 나의 이름으로, 또 인류 전체의 이름으로 용서하지 않겠다. 지금 나는 그 말을 뒤

집어 '몇몇 직원이 저지르는 가장 큰 실수는 고용주를 사람으로 대하는 것'이라고 생각하고 싶은 강한 유혹을 느낀다. 그러나 그 유혹을 뿌리친다. 그들은 사람이다. 사람처럼 보이지 않지만 사람이다. 그것도 가장 수치스러운 연민, 증오에 찬 연민의 대상이 될 만한 사람들이다. 실상 그들은 오만의 껍데기와 역겨운 뻔뻔함, 견고한 위선으로 가득 차 있지만 속은 공허하기 때문이다. 구역질 나는 이들의 속은 텅 비어 있다. 그들은 가장 끔찍한 고독, 자신조차 견딜 수 없는 자의 고독에 시달린다.

8월 18일 일요일

"이사벨 얘기 좀 해줘요." 그게 아베야네다의 좋은 점이다. 그녀는 사람들이 자신들에 대한 것들을 발견하게 해주고 자신들을 더 잘 알게 해준다. 오랜 시간을 홀로 보낼 때, 총기聰氣라고 불리는 영혼의 그 수수한 문명을 본능의 가장 복잡한 곳까지, 욕망과 감정과 혐오라는 미개척의 진정한 처녀지까지 전달하도록 자극하는 활기 넘치는 탐색적 대화 없이 수많은 세월이 흘러갈 때, 그 고독이 일상이 될 때, 가혹하게도 사람들은 자신이 결연決然하며 살아 있다고 느끼는 능력을 잃어간다. 그러나 아베야네다가 다가와 질문을 하면, 나는 그녀의 질문에 더하여 훨씬 더 많은 것들을 스스로에게 묻게 된다. 그제야 나는 내가 살아 있고 결연하다고 느낀다. "이사벨 얘기 좀 해줘요"는 천진난만하고 소박한 부탁이다. 하지만…… 이사벨의 문제는 나의 문제거나, 혹은 나의 문제였다. 그것은 이사벨이 살아 있던 시절에 나였던 그 남자의 문제다. 아뿔싸! 난 얼마나 미숙했던가! 이사벨이 나타났을 때, 나는 내가 무얼 원하는지 몰랐고, 그녀에게서 혹은 나 자신에게서 뭘 바라는지도 몰랐다. 행복한 때와 불행한 때를 분간할 기준이 없었으므로 비교의 방식이 존재하지 않았다. 좋았던 순간들은 훗날 행복에 대한 정의를 형성하게 된 반면, 나빴던 순간들은 불행의 공식을 만드는 데 일조했다. 그것은 또한 나태함이나 자발성으로 불리기도 하지만, 자발성은 우리를 얼마나 많은 심연으로 인도하는가! 그래도 그 와중에 나는 행운아였다. 이사벨은 좋은 여자였고, 나는 멍청이가 아니었다. 우리의 결합은 전혀 복잡하지 않았다. 그러나 시간의 흐름 속에서 위기에 처한 성적 매력이 닳아버렸다면 무슨 일이 일어났을까? "이사벨 얘기 좀 해줘요"는 진솔함으로의 초대였다. 나는 아베야네다가 감수하고 있는 위험을 알고 있었다. 회고적인 질투는 (원망할 수도 없고 도전도 불가능하며 경쟁의 개연성도 없으므로) 몹시 잔혹하다. 그럼에도 나는 진솔했다. 진정 이사벨의 것이자 나의 것이기도 한 그녀에 관한 얘기를 들려주었다. 아베야네다 앞에서 내가 으스댈 정도의 이사벨을 만들어내지 않았다. 물론 그러고 싶은 충동을 느꼈다. 누구나 항상 사랑하는 사람 앞에서 좋은 인상을 주고 싶어하고 그뒤에는 더 좋은 인상을 주고 싶어한다. 상대방도 나름대로 사랑받기 위해 자신의 좋은 점을 드러내고 싶어한다. 무엇보다 나는 이사벨을 꾸며내지 않았는데, 우선 아베야네다는 진실을 가질 자격이 있었고, 다음으로 나에게도 그럴 가치가 있기 때문이다. 나는 가식에, 분별 있는 옛 얼굴 위에 가면처럼 쓰는 그 가식에 지쳤다(이 경우에 피로는 혐오에 가깝다). 그것이 바로 아베야네다가 이사벨이 어떤 사람이었는지를 알아감에 따라 나 역시 내가 어떤 사람이었는지를 알게 되었다는 것이 놀랍지 않은 이유다.

8월 19일 월요일

오늘 마지막 휴가에 들어갔다. 온종일 비가 내렸다. 오후 내내 아파트에 머물렀다. 콘센트 두개를 바꾸고, 작은 옷장에 페인트칠을 하고, 나일론 셔츠 두벌을 빨았다. 아베야네다가 7시 30분에 도착했지만 고작 8시까지만 머물렀다. 그녀는 숙모님의 생일파티에 가야 했다. 그녀 말로는, 나의 대리자인 무뇨스가 참을 수 없이 거들먹거리며 잘난 척을 한다고 했다. 벌써 로블레도와 한바탕했단다.

8월 20일 화요일

하이메가 집을 나간 지 한달째다. 그 생각을 하든 안하든 그 문제가 항상 마음에 걸리는 건 틀림없다. 적어도 단 한번만이라도 그 애와 얘기를 나눌 수 있었으면!

8월 21일 수요일

나는 집에 머물며 몇시간인지 모르지만 책을 읽었다. 하지만 읽었다고 해봐야 고작 잡지 나부랭이였다. 다시는 그러고 싶지 않다. 시간을 낭비했다는 끔찍한 느낌이 든다. 멍청한 짓이 머리를 마비시키는 것 같다.

8월 22일 목요일

사무실에 나가지 않으니 기분이 좀 이상하다. 그러나 내가 이렇게 느끼는 건 아마도 이것이 진짜 휴식이 아니라 또다시 사무실에 의해 위협받게 될 시한부 휴식에 불과함을 의식하기 때문일 것이다.

8월 23일 금요일

그녀를 놀라게 하고 싶었다. 사무실에서 한블록 떨어진 곳에서 그녀를 기다렸다. 7시 5분에 그녀가 다가오는 게 보였다. 하지만 로블레도와 함께 걸어오고 있었다. 로블레도가 그녀에게 무슨 말을 하고 있었는지 모른다. 분명한 건 그녀가 정말 즐거워하며 거리낌없이 웃었다는 점이다. 언제부터 로블레도가 그렇게 재미있는 사람이었지? 까페에 들어가 두사람이 지나가기를 기다렸다가 서른걸음쯤 거리를 두고 뒤따르기 시작했다. 안데스 거리에 이르러 두사람은 헤어졌다. 이후 그녀는 산호세 거리 쪽으로 방향을 틀었다. 물론 아파트로 향하고 있었다. 나는 작고 꾀죄죄한 까페에 들어갔다. 꼬르따도 커피를 시켰는데, 내온 커피잔에 아직 립스틱 자국이 선명했다. 커피를 마시지 않았지만 웨이터에게 불평도 하지 않았다. 가슴이 두근거리고 불안하고 초조했다. 무엇보다 나 자신에게 울화가 치밀었다. 로블레도와 웃고 있는 아베야네다. 그게 뭐가 잘못됐다는 말인가? 나 아닌 다른 남자와 단순한 직업상의 관계를 넘어 소박한 인간적 관계를 맺고 있는 아베야네다. 나처럼 닳아빠진

약골이 아닌 같은 세대의 젊은 남자와 거리를 걷고 있는 아베야네다. 나와 동떨어져 있는 아베야네다, 혼자 힘으로 살아가는 아베야네다. 물론 그 어디에도 문제는 없었다. 하지만 소름 끼치는 이 느낌은 아마도 굳이 나의 보호(사랑이라고 하지 않겠다) 없이도 아베야네다가 존재하고, 어려움을 헤쳐나가고, 웃을 수 있다는 가능성을 의식적으로 간파한 게 이번이 처음이라는 데서 비롯되었을 것이다. 그녀와 로블레도 사이의 대화가 결백하다는 것을 알고 있었다. 어쩌면 그렇지 않을 수도 있다. 그녀에게 임자가 있다는 것을 로블레도가 알 턱이 없기 때문이다. '그녀에게 임자가 있다'라고 쓰는데 나 자신이 얼마나 멍청하고, 얼마나 촌스럽고, 또 얼마나 고리타분하게 느껴지는지! 임자가 있다는 건 어떤 의미일까? 아마도 불안의 본질은 다음의 사실을 확인했다는 것 외에 다른 어떤 것도 아닐 것이다. 젊은 사람들, 특히 젊은 남자와 함께 있으면 그녀가 아주 편안해한다는 사실 말이다. 더욱이 내가 본 것은 빙산의 일각에 불과하지만, 반면에 내가 간파해낸 것은 실로 엄청나며 그것은 모든 것을 잃게 될 위험이다. 로블레도는 그녀의 관심을 끌지 못한다. 사실 그는 결코 그녀의 관심을 끌지 못할 경박한 남자다. 내가 그녀를 전혀 모르는 게 아니라면 말이다. 그런데 내가 그녀를 알긴 하나? 로블레도는 그녀의 관심을 끌지 못한다. 하지만 다른 남자들, 세상의 다른 모든 남자들은 어떨까? 한 젊은 남자가 그녀를 웃게 만든다면, 얼마나 많은 다른 남자들이 그녀의 사랑을 얻을 수 있겠는가? 만약 어느날 그녀가 나를 잃게 된다면(그녀의 유일한 적은 죽음, 우리 이름을 명부에 기록해놓은 사악한 죽음일 것이다), 그녀는 완전한 삶을 누리고 시간을 마음대로 사용하며, 심장은 언제나 새롭고 너그럽고 눈부실 것이다. 그러나 어느날 내가 그녀를 잃는다면(나의 유일한 적은 '남자', 미래를 약속하는 젊고 강한 '남자'다), 그녀와 함께 삶의 마지막 기회, 시간의 마지막 호흡을 잃게 될 것이다. 지금 내 심장은 너그럽고, 기쁨이 가득하고, 새로워진 느낌이지만, 그녀가 없다면 영영 늙어빠진 심장으로 되돌아갈 것이기 때문이다.

마시지도 않은 꼬르따도 커피 값을 치르고 아파트로 향했다. 나는 그녀가 그 일에 대해 아무 말 하지 않고 침묵을 지키면 어쩌나 하는 부끄러운 두려움을 지니고 있었다. 무엇보다 그녀가 아무 말 하지 않더라도 따져보거나 캐묻지도, 책망하지도 않을 것임을 미리 알고 있었기 때문이다. 그저 단순히 씁쓸한 기분을 삼켜버리고 끝없는 작은 고통의 시기를 시작하려고 했었다. 그래, 그건 분명했다. 나는 나의 노년기에 대해 특별한 불신을 갖고 있다. 출입문 자물쇠에 열쇠를 꽂고 돌릴 때 손이 떨렸던 것 같다. "왜 이렇게 늦었어요?" 그녀가 부엌에서 소리쳤다. "로블레도가 최근에 보여준 황당한 행동에 대해 얘기하려고 기다리고 있었어요. 별난 사람 다 보겠어요! 그렇게 정신없이 웃은 건 참 오랜만이에요." 그러고는 녹색 스커트와 검정 스웨터 차림에 앞치마를 두르고 거실에 모습을 나타냈다. 그녀의 눈은 맑고, 따뜻하고, 진지했다. 그녀는 그 말로 나를 구했다는 걸 결코 알지 못할 것이다. 그녀를 내 쪽으로 끌어당겼다. 그녀를 품에 안는 동안 흔한 양털의 냄새를 거쳐 풍겨오는 그녀 어깨의 부드러운 짐승 냄새를 들이마시면서 세상이 다시 돌기 시작했다고, 다시 한번 '아베야네다와 다른 남자들'이라는 이름의 구체적인 위협을 아직은 알 수 없는 먼 미래로 쫓아버릴 수 있다고 느꼈다. 나는 "아베야네다 그리고 나"라고 천천히 말했다. 그녀는 내가 왜 바로 그 순간에 그 세 단어를 말했는지 영문을 몰랐지만, 막연한 직관으로 뭔가 중요한 일이 일어나고 있음을 깨달았다. 내게서 좀 떨어졌지만 여전히 내게 팔을 두른 채 그녀가 말했다. "어디 다시 좀 말해봐요." "아베야네다 그리고 나." 내가 순순히 되풀이했다. 지금은 집에 돌아와 혼자 있고 새벽 2시가 다 돼간다. 다름 아니라 나에게 활력을 주고 힘을 북돋우고 나를 굳건하게 해주기 때문에 이따금 계속해서 되뇌곤 한다. "아베야네다 그리고 나."

8월 24일 토요일

하느님을 생각하는 일은 거의 없다. 그렇지만 종교적 배경과 종교에 대한 동경을 갖고 있다. 내가 정말 하느님에 대한 정의, 하느님의 개념을 알고 있다는 확신이 서면 좋겠다. 하지만 그런 기대는 언감생심이다. 내가 하느님을 생각하는 일은 좀처럼 없는데, 단순히 그 문제가 나의 능력을 크게 넘어서는 데다 일종의 패닉 상태, 즉 나의 이해력과 추론능력의 전면적 해제를 불러일으키기 때문이다. "하느님은 '완전한 존재'예요." 아베야네다는 입버릇처럼 말한다. "하느님은 만물의 본질이라네." 아니발은 말한다. "그분은 만물의 균형과 조화를 지탱하는 존재야, 하느님은 '위대한 일관성'이지." 나는 이 두가지 정의를 다 이해할 수 있다. 그러나 둘 중 어느 것도 '나의 정의'가 아니다. 그 정의들은 아마도 둘 다 타당하겠지만, 내가 필요로 하는 하느님은 아니다. 나는 대화상대로서의 하느님, 피난처로서 의지할 수 있는 하느님, 물음을 던지거나 의구심에 속사포처럼 말을 퍼부을 때 응답해줄 하느님이 필요하다. 만일 하느님이 '완전한 존재'이고 '위대한 일관성'이라면, 우주를 살아 있게 하는 유일한 에너지라면, 그지없이 무한한 존재라면, 하느님이 왜 나에게 마음을 쓰겠는가? 가까스로 당신 나라의 하찮은 미물로 승격된 원자에 불과한 나에게 말이다. 난 하느님 나라의 최후의 미물의 원자여도 상관없다. 그러나 내 손이 닿는 곳에 하느님이 계셨으면 좋겠다. 그분을 붙잡고 싶다. 물론 나의 손도, 심지어 나의 논리도 아니고 나의 가슴으로 말이다.

8월 25일 일요일

아베야네다가 아기 때 사진과 가족사진 등 그녀의 세계가 담긴 사진을 가져왔다. 사랑의 증표다. 정말 그렇지 않은가? 갓난아이일 때 그녀는 말라깽이였고 다소 겁먹은 눈에 검은 생머리를 하고 있었다. 그녀는 외동딸이고 나 역시 외아들이다. 형제가 없다는 건 녹록하지 않다. 결국 버림받았다는 느낌에 사로잡히게 된다. 그녀가 가져온 사진들 중에는 집채만 한 경찰견이 등장하는 흐뭇한 사진이 있는데, 사진 속에서 개는 보호하는 듯한 눈길로 그녀를 쳐다보고 있다. 항상 누구나 한번쯤은 그녀를 보호하고 싶어했을 것 같다. 그렇지만 그녀는 그토록 무방비한 상태가 아니며 자신이 무엇을 원하는지 충분히 확신하고 있다. 게다가 난 그녀가 확신에 차 있다는 게 마음에 든다. 그녀는 확신한다. 일이 자신의 목을 조른다는 것을, 자신은 결코 자살하지 않으리라는 것을, 맑스주의는 심각한 오류라는 것을, 그녀 자신이 나를 좋아한다는 것을, 죽음은 모든 것의 끝이 아니라는 것을, 부모님이 훌륭하다는 것을, 하느님이 존재한다는 것을, 그리고 신뢰하는 사람들이 결코 그녀를 실망시키지 않으리라는 것을. 내가 그녀만큼 확고해질 수는 없을 것이다. 그러나 무엇보다 좋은 점은 그녀의 생각이 틀리지 않다는 것이다. 그녀의 확신은 또한 그녀가 운명을 위협하여 굴복시키는 데 도움이 된다. 또 사진들 중에는 그녀가 열두살 때 부모님과 함께 찍은 사진이 한장 있다. 나 역시 그 유별나고, 조화롭고, 색다른 결혼의 상상도를 그리고 싶다는 바람을 갖게 된 것은 바로 그 사진 때문이다. 그녀의 어머니는 얼굴 생김새가 부드럽고 코는 섬세했으며, 머리칼이 검고 아주 맑은 피부에 왼쪽 뺨에는 검은 점이 두개 있다. 그녀의 눈은 고요하다. 어쩌면 너무 고요할지도 모른다. 아마도 목격하는 광경, 생생한 삶의 광경에 완전히 몰입하는 데는 무용지물일 것이다. 그러나 그 눈은 모든 것을 이해할 수 있을 것처럼 보인다. 그녀의 아버지는 어깨가 다소 좁지만 훤칠하다. 또 당시에 이미 탈모가 상당히 진행되었고 입술은 매우 가늘며, 턱선은 매우 뾰족하고 날카롭지만 전혀 위압적이지 않다. 나는 사람들의 눈에 신경을 많이 쓰는 편이다. 그의 눈은 어딘가 균형이 맞지 않는다. 정신장애를 말하는 게 아니라 뭔가 특이하다는 말이다. 세상에 놀란, 아니 자신이 세상 속에 있다는 단순한 사실에 놀란 사람의 눈이다. 두분 다 선량한 사람들이지만(얼굴에 그렇게 쓰여 있다), 아버지의 선량함보다 어머니의 선량함이 더 마음에 든다. 아버지는 훌륭한 분이지만 세상과 소통하는 능력이 없다. 그래서 마침내 소통하게 되는 날 무슨 일이 일어날지 알 수 없다. "두분은 서로 사랑하세요. 그건 확실해요." 아베야네다는 말한다. "하지만 그게 제가 좋아하는 사랑의 방식인지는 모르겠어요." 그녀는 의구심을 표하기 위해 고개를 가로저었지만 이내 활기차게 덧붙였다. "감정에는 혼동하기

쉬운 일련의 유사한 인접 지역들이 있어요. 사랑, 신뢰, 동정심, 동료애, 애정. 엄마 아빠의 관계가 이 지역들 중 어느 곳에 존재하는지 전혀 모르겠어요. 그것은 정의하기 아주 어려운 어떤 것이고, 부모님에게도 그런 것 같아요. 이따금 엄마와 대화를 나누면서 가볍게 그 문제를 거론하기도 했어요. 엄마는 아빠와의 결혼생활이 지나치게 평온하다고, 사랑이 실제로 존재하기에는 지나치게 안정적이라고 생각하세요. 두분이 무언가 서로를 책망할 일이 있었다면 열정의 결핍이라고 부를 수도 있을 그 평온과 안정감은 아마도 감내하기 어려웠겠죠. 그러나 서로를 책망할 일도 없고 책망할 이유도 없어요. 부모님은 당신들이 선하고 정직하고 관대하다는 것을 아세요. 그 모든 것은, 그것이 아무리 멋지다 해도 여전히 사랑을 의미하지 않으며, 두분이 사랑의 불길로 타오르고 있음을 의미하지도 않는다는 것 또한 알고 계세요. 부모님은 격정으로 불타오르지 않지만 그분들을 하나로 결합시키는 것은 훨씬 더 오래 지속돼요." "그런데 당신과 나에겐 무슨 일이 일어나고 있지? 우리가 불타오르고 있나?" 내가 물었다. 그러나 바로 그 순간 그녀는 딴생각에 잠겨 있었고, 그녀의 시선도 세상에 놀란, 자신이 세상 속에 있다는 단순한 사실에 놀란 사람처럼 보였다.

8월 26일 월요일

에스떼반에게 사실을 털어놓았다. 정오에 블랑까가 디에고와 점심을 먹으러 나가서 집에는 우리 둘뿐이었다. 그애가 이미 알고 있다는 걸 확인하고 큰 안도의 한숨을 내쉬었다. 하이메가 말해주었단다. “그런데 아빠, 전 상황이 이해가 잘 안되고 아빠보다 한참 젊은 여자와 가까이 지내는 게 최상의 해결책이라고 생각하지도 않아요. 하지만 한가지는 분명해요. 제가 감히 아빠를 탓하자는 건 아니에요. 문제를 밖에서 객관적으로 바라보거나 자신이 그 문제에 연루되었다고 느끼지 않을 때 옳고 그름을 따지는 건 식은 죽 먹기라는 걸 알아요. 하지만 문제에 깊이 빠져들면(전 이런 상황에 여러번 처해봤어요), 상황은 변하고, 강도가 달라지고, 단순한 관찰자에게는 불가해한 것처럼 보일 법한 깊은 확신과 불가피한 희생, 그리고 체념이 생겨나죠. 부디 아빠가 행복하게 잘 지내시길 바랄게요. 피상적으로가 아니라 정말로 잘 지내셔야 해요. 아빠가 자신을 보호자이자 동시에 피보호자로 생각하시면 좋겠어요. 그건 인간 존재에게 허락될 수 있는 가장 유쾌한 느낌의 하나잖아요. 전 엄마에 대한 기억은 거의 없어요. 사실 제가 가진 엄마의 이미지는 다른 사람들의 이미지와 기억이 겹쳐져 있어요. 이젠 그 기억들 중 어느 것이 전적으로 저만의 것인지 모르겠어요. 아마도 단 하나의 기억일 거예요. 침실에서 검은 긴 머리를 빗어 등 뒤로 늘어뜨리시던 모습이요. 저한테 엄마에 대한 기억이 별로 없다는 걸 아실 거예요. 하지만 세월이 흐르면서 엄마를 도달할 수 없는 거의 이상적인 천상의 존재로 생각하는 데 익숙해졌어요. 엄마 참 미인이셨는데, 그렇죠? 엄마에 대한 저의 묘사는 아마도 엄마의 실제 모습과는 동떨어져 있겠죠. 그렇지만 그건 저에게 엄마가 존재하는 방식이에요. 그게 바로 하이메한테 아빠가 젊은 여자와 교제하신다는 말을 듣고 약간 충격을 받은 이유고요. 충격을 받긴 했지만 받아들일게요. 아빠가 아주 외롭게 지내셨다는 걸 아니까요. 그리고 이젠 한층 더 실감이 나요. 그간의 진행 상황을 지켜보면서 아빠가 활기를 되찾고 딴 사람이 되셨다는 걸 확인했으니까요. 그래서 아빠를 탓하지 않아요. 그럴 수도 없고요. 게다가 전 아빠가 옳은 선택을 하셨으리라 꼭 믿고 싶고, 행복에 최대한 가까이 다가가셨으면 정말 좋겠어요."

8월 27일 화요일

해가 났지만 추운 날이었다. 겨울의 태양은 마음이 따뜻하고 인자하기 그지없다. 마뜨리스 광장[53]까지 걸어가 비둘기 똥 위에 신문지를 펼친 다음 벤치에 앉았다. 내 앞에서는 시청 인부가 잔디를 깎고 있었다. 아무 의욕이 없는지 느릿느릿 움직였다. 만일 내가 잔디를 깎는 시청 인부라면 기분이 어떨까? 아니다, 그건 내 천직이 아니다. 지금의 직업 말고 다른 직업을, 30년 동안 헌신해온 일 말고 다른 일을 선택할 수 있다면, 까페 웨이터를 고를 것이다. 나는 민첩하고 기억력이 좋고 모범적인 웨이터가 될 것이다. 손님들이 주문한 내용을 잊지 않기 위해서 꾀를 낼 것이다. 항상 새로운 얼굴들과 일하고 오늘 까페에 들러 커피 한잔을 주문하고 결코 다시는 이곳에 오지 않을 손님과 자유롭게 대화를 나누는 건 분명 근사한 일일 것이다. 사람들은 멋지고, 재미있고, 활기가 넘친다. 숫자와 장부, 급여대장 대신 사람들과 일하는 건 분명 환상적인 일일 것이다. 여행을 한다 해도, 이곳을 떠나 풍경과 기념물, 도로 그리고 예술품에 경탄할 기회를 갖는다 해도, 그 무엇도 '사람들'만큼

53 몬떼비데오 구시가지에 위치한 광장.

나를 매혹하지 못할 것이다. '사람들'이 지나가는 것을 보고 그들의 얼굴을 유심히 살피는 것, 도처에서 행복과 비통함의 표정을 확인하는 것, 그들이 엄청난 난관을 뚫고 지칠 줄 모르고 사납게 날뛰며 자신들의 운명을 향해 얼마나 저돌적으로 달려가는지를 보는 것, 그들이 자신들의 덧없음, 자신들의 하찮음, 자신들의 삶을 의식하지 못한 채 거침없이, 심지어는 울타리에 갇혔다는 의식도 없이, 그리고 자신들이 울타리에 갇혔다는 것조차 인정하지 않고 얼마나 서두르는지를 알아채는 것은 얼마나 매혹적인가. 지금껏 나는 마뜨리스 광장의 존재를 의식하지 못했던 것 같다. 틀림없이 그 광장을 수도 없이 가로질렀을 것이다. 그리고 아마도 분수대를 우회하려고 방향을 틀 때마다 걸핏하면 욕설을 퍼부었을 것이다. 물론 전에도 분명 분수대를 본 적은 있다. 하지만 걸음을 멈추고 그것을 관찰하고 느끼고, 그 특징을 끄집어내 꼼꼼하게 검토해본 일은 없다. 위압적이고 견고한 영혼의 시청사와 깔끔하게 단장된 위선적인 얼굴의 대성당, 힘없이 흔들거리는 나무들을 한동안 바라보고 있었다. 그 순간, 하나의 확신, 즉 내가 이곳, 이 도시에 속해 있다는 결정적인 확신에 이른 것 같다. 이 점에서(아마 다른 점에서는 전혀 아닐 것이다) 나는 내가 분명 운명론자라고 생각한다. 우리들 각자는 지구상의 단 한곳에 '속해' 있으며, 따라서 세금을 납부해야 할 곳은 바로 거기다. 난 이곳 출신이다. 여기에서 세금을 납부할 것이다. 지나가는 남자(귀는 돌출귀에 긴 외투를 걸치고 심하게 흐느적거리는 남자)는 나의 이웃이다. 그는 아직 나의 존재를 모른다. 그러나 언젠가 나의 앞모습과 옆모습, 또는 뒷모습을 보게 될 것이고, 우리 사이에 비밀스러운 무언가가, 우리를 하나로 묶어주고 우리에게 서로를 이해할 수 있는 힘을 제공하는 끈끈한 유대가 숨겨져 있다는 것을 느끼게 될 것이다. 어쩌면 그날이 영영 오지 않을 수도 있다. 어쩌면 그는 이 광장에, 우리를 이웃으로 만들어주고 짝을 맺어주고, 또 우리를 소통하게 해주는 이 대기에 영원히 눈길을 주지 않을 수도 있다. 하지만 상관없다. 어쨌든 그는 나와 닮은꼴이다.

8월 28일 수요일

이제 휴가가 나흘밖에 남지 않았다. 사무실은 그립지 않다. 아베야네다가 그립다. 오늘 혼자 영화관에 갔다. 서부영화를 한편 봤다. 중간까지는 재미있었는데 그뒤로는 나 자신에게, 아니 나 자신의 인내심에 짜증이 났다.

8월 29일 목요일

아베야네다에게 오늘 하루 출근하지 말라고 했다. 상사인 내가 허락하면 그것으로 충분하다. 그녀는 하루 종일 나와 아파트에 머물렀다. 무뇨스가 얼마나 툴툴거릴지 상상이 된다. 부서에서 두명이나 빠졌고, 모든 책임이 그의 양 어깨에 지워졌으니 말이다. 단순한 상상이 아니라 이해도 된다. 하지만 상관없다. 시간은 돌이킬 수 없을 것처럼 보이고 실제로도 그럴 나이다. 나를 찾아온, 나를 발견한 이 합당한 행복을 필사적으로 붙들고 늘어져야 한다. 그게 바로 내가 너그러워지고 관대해질 수 없으며, 또 나 자신의 문제보다 무뇨스의 문제를 먼저 생각할 수 없는 이유다. 인생은 흘러가며 지금 이 순간에도 흘러가고 있다. 달아남과 종말, 끝이라는 이 느낌을 견딜 수 없다. 아베야네다와 함께 보낸 오늘은 영원이 아니다. 그건 단 하루, 하느님 빼고 우리 모두에게 소멸될 수밖에 없는 보잘것없고 비루하며 제한된 시간일 뿐이다. 그건 영원이 아니며, 요컨대 유일하게 영원의 진정한 대체물인 순간이다. 그러므로 난 두 주먹을 불끈 쥐어야 한다. 깊이 생각할 것도 없이 무조건 이 충만함을 남김없이 소모해야 한다. 아마도 그뒤에 결정적인 휴식, 확실한 휴식의 순간이 올 것이다. 아마도 훗날 이런 날들이 수없이 많을 테고, 그땐 이 고충과 이 조바심을 터무니없는 정력 낭비로 치부할 것이다. 어쩌면, 다만 어쩌면. 그러나 이 '그동안'은 본래의 것과 현재 일어나고 있는 것에 위로와 보증이 된다.

날이 쌀쌀했다. 아베야네다는 온종일 스웨터와 바지를 입고 지냈다. 그 옷차림에 머리를 묶으니 선머슴처럼 보였다. 내가 신문팔이 소년 같다고 했지만 그녀는 내 말을 흘려들었다. 그녀는 별점을 보느라 바빴다. 1년 전 누가 그녀의 별점을 보고 미래를 예언했다. 아마 지금의 직장, 그리고 특히 내가 그 미래에 나타났을 것이다. "아주 자상하고 원숙한 남자로 좀 우울하지만 지적이다." 에이! 그게 나란다. "당신 생각은 어때요? 미래를 그렇게 쉽게 예언할 수 있을까요?" 아베야네다가 물었다. "그게 가능한지 모르겠지만, 아무래도 내가 보기엔 속임수 같은데. 난 미래에 무슨 일이 일어날지 알고 싶지 않아. 끔찍하겠지. 죽을 날을 안다면 삶이 얼마나 섬뜩할지 상상이 돼?" "전 제가 언제 죽을지 알고 싶어요. 자신의 사망일을 안다면, 삶의 리듬을 조절할 수 있고, 또 남은 날들이 얼마나 되느냐에 따라 인생을 더 탕진하거나 덜 탕진할 수도 있겠지요." 나라면 끔찍할 것 같다. 하지만 예언에 따르면, 아베야네다는 자녀를 두셋 두고 행복하게 살지만, 결국 과부가 되고(홍!) 여든 즈음에 순환계 질환으로 죽을 팔자란다. 아베야네다는 그 두셋의 자녀에 대해 걱정이 많다. “아이를 갖고 싶으세요?” “잘 모르겠어.” 그녀는 나의 대답이 조심스럽다는 걸 안다. 하지만 나를 바라보는 눈길에서 아이를 적어도 하나쯤은 갖고 싶어한다는 걸 엿볼 수 있다. “슬퍼 마세요.” 그녀가 말했다. “당신이 슬퍼하면 제가 쌍둥이를 가질 수도 있어요.” 그녀는 내가 무슨 생각을 하는지 알고 있다. 그리고 그 때문에 마음 아파하고 예언의 내용에 매달린다. “그런데 남모를 과부신세라 해도 과부가 된다는 게 신경 쓰이지 않아?” “아니요, 상관없어요. 제 믿음은 거기까지 미치지 못하니까요. 당신은 목숨줄이 질기고, 예언은 당신 곁을 지나치지만 당신을 건드리진 못하리라는 걸 알아요.” 추위로 코끝이 빨개진 채 소파에 올라앉아 다리를 가슴 쪽으로 끌어당긴 그녀는 영락없는 소녀다.

8월 30일 금요일

휴가 기간 동안 매일 일기를 썼다. 이제 사무실로 복귀하는 것은 힘겨운 싸움이다. 그러나 이번 휴가는 퇴직을 앞둔 나에게 훌륭한 예행연습이었다. 블랑까는 오늘 하이메로부터 원망 가득한 격한 편지를 받았다. 그애가 내 앞으로 쓴 구절은 이렇다. “아빠한테 나의 사랑은 처음부터 끝까지 플라토닉한 것이었다고 말해. 그래야 더럽고 역겨운 내 친구가 나타나는 악몽을 꾸더라도 몸을 돌려 편안하게 숨을 쉬실 수 있을 거 아니야. 잘 있어.” 진심이라고 하기엔 증오가 너무 켜켜이 쌓여 있다. 결국은 아들놈한테 나에 대한 애정이 조금은 남아 있다고 생각하기로 했다.

8월 31일 토요일

아베야네다와 블랑까가 나 몰래 단둘이 만나고 있었다. 블랑까가 말을 약간 흘렸고 모든 게 분명해졌다. "아빠한테 말씀드리지 않은 건 우리가 아빠에 대해 많은 걸 알아가고 있기 때문이에요." 처음에는 궁색한 변명처럼 들렸지만 나중에는 감동을 받았다. 두 여자가 나라는 이 단순한 남자에 대해 각자가 지닌 불완전한 이미지를 서로 교환하고 있다고 생각할 수밖에 없었다. 일종의 퍼즐 맞추기. 물론 호기심에서 시작되었겠지만 애정 또한 느껴진다. 아베야네다는 전적으로 자기 탓인 양 미안해하며 용서를 구했고, 블랑까가 멋지다는 얘기를 수도 없이 반복했다. 난 두사람이 나를 위해서, 나를 매개로, 그리고 나로 인해서 친구처럼 지내는 게 좋다. 그러나 때로는 부질없다는 느낌을 지울 수 없다. 사실, 두사람이 마음을 쓰고 있는 문제에 대해서는 내가 전문가다.

9월 1일 일요일

파티는 끝났다. 내일 다시 출근한다. 판매장부, 고무지우개, 발송대장, 수표장, 본부장의 목소리를 떠올려본다. 속이 뒤집힐 것 같다.

9월 2일 월요일

나는 구세주처럼 환영을 받으며 복귀했다. 어떤 문제도 아직 해결되지 않은 상태였다. 감사관이 방문해서 멍청한 일처리에 대해 불호령을 내린 모양이다. 불쌍한 무뇨스는 물 한컵에도 익사할 위인이다. 산띠니는 평소보다 더 호모처럼 굴었다. 나에게 몇차례 상당히 볼썽사나운 표정을 지어보였다. 이 표정도 플라토닉할까? 그들 말로는 내가 승진을 거부했기 때문에 다른 회사에서 부본부장을 영입할 거라고 한다. 마르띠네스는 불같이 화를 낸다. 지난 6월에 광풍이 휘몰아친 이후 오늘 처음으로 발베르데 양이 모습을 나타냈다. 그녀는 더 대단한 일에 어울릴 법한 요란한 몸짓으로 엉덩이를 씰룩거렸다.

9월 3일 화요일

처음으로 아베야네다가 옛 애인 얘기를 해주었다. 이름은 엔리께 아발로스이고 시청에 근무한다. 두사람은 작년 4월부터 올 4월까지 정확히 1년 동안 사귀었다. "좋은 사람이에요. 아직도 그를 좋게 생각해요. 하지만……" 난 내가 언제나 이런 식의 설명을 두려워했다는 걸 안다. 그러나 더 큰 두려움은 그러한 설명을 듣지 못하는 일이라는 것 또한 안다. 그녀가 대담하게 그 문제를 언급한 건 더이상 별로 중요하지 않기 때문이었다. 어쨌든 나의 모든 감각은 천상의 음악처럼 들리는 그 '하지만'에 쏠려 있었다. 아발로스가 나이나 외모, 그리고 그녀와 먼저 사귀었다는 단순한 사실에서 유리한 입장에 있었기 때문이다. 아마도 그는 자신의 장점을 활용할 줄 몰랐던 것 같다. 나의 이점은 그 '하지만'과 함께 시작되었고, 난 그 이점을 십분 활용할 준비, 다시 말해 불쌍한 엔리께 아발로스의 기반을 무너뜨릴 만반의 준비가 되어 있었다. 여자의 마음이 흔들릴 때 연적을 쓰러뜨리는 가장 효과적인 방법의 하나는 바로 연적을 아낌없이 치켜세우는 것, 즉 스스로 감격할 만큼 너그럽고 고상하고 관대해지는 것임을 경험을 통해 배웠다. "정말로 아직 그 사람을 좋게 생각해요. 하지만 그와 계속 사귀었다면 그리 행복하지 못했을 게 분명해요." "그런데 왜 그렇게 확신하지? 좋은 사람이라고 하지 않았나?" "물론 좋은 사람이죠. 하지만 그것으로 충분치 않아요. 그는 너무 경박하고 저는 너무 신중하다고 탓할 수도 없어요. 저도 신중한 것만은 아니라서 꽤나 경박하게 굴기도 하고, 그도 경박한 것만은 아니라서 아주 심오한 감정에도 쉽사리 마음이 휘둘리지는 않으니까요. 어려움은 다른 종류의 것이에요. 가장 극복하기 힘든 장애물은 서로 소통할 수 없다는 느낌이었을 거예요. 그는 저를 화나게 했고 저는 그의 신경을 건드렸어요. 혹시 모르죠, 어쩌면 저를 사랑했을 수 있어요. 하지만 저에게 상처를 주는 특별한 재주가 있었다는 건 틀림없어요." 정말 최고다. 나는 그 모든 게 실패로 귀결된 것을 진심으로 애석해하는 사람의 수심 가득한 표정을 짓기 위해 얼굴 가득 부풀어 오르는 만족감을 억누르려고 무진 애를 써야만 했다. 심지어 나의 연적을 두둔할 여유도 있었다. "혹 당신한테 일말의 책임은 없는지 생각해봤어? 어쩌면 그 사람이 상처를 준 건 순전히 당신이 언제나 그가 상처를 줄 거라고 예상하고 있었기 때문일지도 몰라. 늘 수세적으로 사는 건 결코 남녀 관계를 발전시키는 최선의 방법이 아니야." 그때 그녀가 미소를 띠며 짧게 말했다. "당신하고는 수세적으로 살 필요가 없어요. 전 행복해요." 그녀의 말은 이제 나의 자제력과 가식의 힘보다 더 강력했다. 온몸에 만족감이 차올랐고 헤벌쭉 웃음이 나왔다. 불쌍한 엔리께, 아름다운 패배자의 한줌뿐인 위신을 땅바닥에 뭉개버리는 데 집착하는 건 더이상 나의 관심사가 아니었다.

9월 4일 수요일

무뇨스와 로블레도, 멘데스가 귀에 못이 박히도록 아베야네다 얘기를 했다. 내가 휴가 중일 때 그녀가 얼마나 일을 잘했는지, 스스로 입증했듯이 그녀가 얼마나 좋은 동료인지. 무슨 일이지? 그동안 아베야네다가 어떻게 처신했길래 이 매몰스러운 인간들이 감동받은 모습을 보이는 걸까? 본부장조차 나를 불러 이런저런 얘기 끝에 무심코 이런 말을 흘렸다. "당신 부서에 있는 젊은 여자 어때요? 듣자하니 일을 잘한다고 하던데." 나는 세상에서 가장 상투적인 어조로 적당히 그녀를 칭찬했다. 그러나 '게'는 이렇게 덧붙였다. "내가 왜 묻는지 아시오? 어쩌면 비서로 데려다 쓸 수도 있겠다 싶어서요." 그는 기계적으로 웃었고 나도 기계적으로 웃었다. 그러나 적어도 나의 미소 뒤에는 숱한 욕설이 감춰져 있었다.

9월 5일 목요일

우리 둘 다 이 점에서는 똑같이 느낄 것이다. 우린 서로에게 모든 걸 털어놓을 절박한 필요성이 있다. 난 혼잣말을 하듯 그녀와 얘기를 나눈다. 실제로 혼잣말을 하는 것보다 편안하기조차 하다. 실은 아베야네다가 내 영혼을 공유하는 듯한 느낌이다. 내 영혼의 구석자리에 웅크리고 앉아 나의 내밀한 얘기를 기다리고 나의 진정성을 요구하는 것만 같다. 그녀도 그녀대로 시시콜콜 모든 얘기를 털어놓는다. 다른 때라면 일기장에 이렇게 적었으리라. '적어도 난 그렇게 생각한다.' 그러나 지금은 그렇게 적지 못하겠다. 한마디로 그건 사실이 아니기 때문이다. 이젠 그녀가 숨김없이 모든 걸 털어놓는다는 것을 안다.

9월 6일 금요일

까페에서 비그날레를 보았다. 그는 안쪽 구석자리에 상당히 야해 보이는 십대 소녀와 앉아 있었다. 그는 대대적인 불장난에 뛰어들었음을 확인시켜주려는 듯 큰 손짓으로 아는 체를 했다. 그렇게 멀찍이서 보니 두사람에게서 왠지 연민이 느껴졌다. 문득 이런 생각이 들었다. '그렇다면 나는?' 물론, 비그날레는 난잡하고, 허풍스럽고, 무례하다…… 그럼 난 어떤가? 멀찍이서 바라보면 난 어떻게 보일까? 아베야네다와 함께 외출하는 경우는 극히 드물다. 우리의 생활은 대부분 사무실과 아파트에서 이루어진다. 내가 그녀와의 외출을 꺼리는 까닭은 무엇보다 남들 눈에 안 좋게 비칠까봐 조심스럽기 때문일 것이다. 아니, 있을 수 없는 일이다. 비그날레가 웨이터와 얘기를 나누는 동안, 소녀는 순간 사납고 경멸적인 시선으로 그를 쏘아보았다. 아베야네다라면 결코 그런 눈으로 나를 바라보지 않을 것이다.

9월 7일 토요일

에스떼반의 친구와 약속이 잡혔다. 넉달 내에 퇴직할 수 있다는 게 사실상 분명해졌다. 이상한 일이다. 퇴직 시점이 가까워질수록 사무실이 점점 더 참을 수 없어진다. 이제 넉달분의 대변기입과 차변기입, 시산표, 비망계정, 진술서만 남았다는 걸 안다. 그러나 그 넉달을 보내려면 1년 치의 수명을 바쳐야 할 것이다. 그런데 다시 생각해보니, 1년 치의 수명을 바칠 일은 없을 것 같다. 지금 나의 삶엔 아베야네다가 있으니 말이다.

9월 8일 일요일

오늘 저녁에 사랑을 나누었다. 지금껏 수없이 섹스를 했지만 일일이 기록해두진 않았다. 하지만 오늘은 경이로웠다. 평생 이사벨을 비롯해 어느 누구와도 그토록 황홀경에 가까운 기분을 느껴본 적이 단 한번도 없었다. 이따금 아베야네다가 내 가슴에 자리 잡은 목형木型 같다는 생각이 든다. 그녀는 그 목형을 확장하여 하루하루

더 잘 느낄 수 있는 적당한 조건에 위치시키는 것 같다. 사실 나는 내가 가슴속에 애정을 쌓아두고 있는 줄 몰랐다. 이 단어가 상투적이고 감상적으로 들린다 해도 상관없다. 나는 애정을 품었고 그 사실이 뿌듯하다. 욕망조차 순수해지고, 전적으로 섹스에 바쳐진 행위조차 순결에 가까워진다. 그러나 그 순수함은 위선이나 가식이 아니다. 또 단지 정신적인 사랑만을 희구하는 것도 아니다. 그 순수함은 그녀의 살갗을 구석구석 사랑하고, 그녀의 향기를 호흡하고, 작은 구멍 하나까지 그녀의 복부를 샅샅이 탐사하는 것이다. 그것은 욕망을 절정으로 치닫게 한다.

9월 9일 월요일

판매부 직원들은 메넨데스라는 동료를 잔인하게 골탕 먹일 계획을 짰다. 산띠니, 시에라, 아베야네다와 함께 들어온 신입사원으로 순진하고 점술과 미신에 사로잡힌 젊은이였다. 메넨데스가 내일 추첨하는 복권 한조를 통째로 구입한 것이 알려졌다. 그는 이번에는 아무에게도 복권을 보여주지 않겠다고 했다. 아무에게도 보여주지 않으면 그 번호가 대박 날 거라는 예감 때문이라나. 그런데 오늘 오후 뻬냐롤[54]의 수금원이 찾아왔고, 메넨데스는 돈을 지불하려고 지갑을 열면서 아주 잠깐 동안 창구 위에 복권을 올려놓았다. 그는 눈치채지 못했지만, 호시탐탐 기회를 엿보던 머저리 로사스가 번호를 기억해두었다가 곧바로 떠벌렸다. 내일을 위해 직원들

54 몬떼비데오를 연고로 하는 우루과이의 명문 스포츠 클럽인 아뜰레띠고 뻬냐롤 클럽(Club Atlético Peñarol)을 말한다.

이 준비한 장난은 이렇다. 그들은 사무실 앞의 복권판매원과 짜고 정해진 시각에 흑판의 일등란에 15,301이라는 번호를 적어놓기로 했다. 그러나 잠깐뿐이고 나중에 숫자를 지울 것이다. 뜻밖에도 복권판매원은 그들이 생각해낸 기발한 속임수가 너무 마음에 든다며 협조하기로 했다.

9월 10일 화요일

대단했다. 2시 45분에 가이솔로가 밖에서 돌아와 큰 소리로 말했다. "이런 제기랄! 지난 토요일까지 1에 걸었는데, 하필이면 오늘 그 숫자가 터졌어." 예정된 첫 질문이 사무실 뒤쪽에서 나왔다. "그러니까 1로 끝난다는 거야? 마지막 숫자 두개를 기억해?" "01." 가이솔로가 퉁명스럽게 대답했다. 그러자 뻬냐가 책상 뒤에서 펄쩍 뛰어오르며 "어머, 난 301에 걸었어"라고 말하고는 커다란 창문 앞에서 일하는 메넨데스 쪽을 돌아보며 재빨리 덧붙였다. "메넨데스, 어서 흑판을 살펴봐. 301이 나오면 난 정말 갑부가 되는 거야." 그때까지도 메넨데스는 헛된 기대를 품지 않으려고 감정을 억누른 사람의 태도로 고개를 최대한 천천히 돌렸던 것 같다. 그는 또렷하게 적혀 있는 15,301이라는 커다란 숫자를 확인하고는 한동안 얼어붙어 있었다. 그 순간 그는 모든 가능성을 신중하게 따져보았을 테고, 또 일체의 속임수의 가능성을 뿌리쳤을 것이다. 번호를 알고 있는 이는 오직 그뿐이었다. 속임수의 여정은 거기에서 끝나야 했다. 계획대로라면 그 순간에 전 부서원들이 몰려들어 그를 놀려대기로 되어 있었다. 하지만 메넨데스가 펄쩍펄쩍 뛰며 안쪽으로 달려가리라고는 아무도 예상하지 못했다. 한 목격자의 진술에 따르면, 그는 노크도 하지 않고 본부장실로 뛰어들어가 그에게(당시 미국회사의 대표를 접견하고 있었다) 몸을 던지다시피 했고, 본부장이 놀라움을 표할 겨를도 없이 그의 대머리에 쪽하고 소리 내어 입을 맞추었다. 이 마지막 상황을 뒤늦게 알게 된 나는 본부장실로 뒤따라가 그의 팔을 잡고 강제로 끌어냈다. 나사못과 피스톤 박스들 틈에서 그가 고개를 젖히고 폭발하듯 평생 잊을 수 없을 홍소를 터뜨리는 동안, 나는 거의 고함을 지르다시피 진실을 말해주었다. 그러는 동안 끔찍한 기분이 들었지만 별도리가 없었다. 난 사내가 그렇게 절망적으로 와르르 무너지는 걸 본 적이 없다. 다리가 꺾여 바닥에 풀썩 주저앉았고 벌어진 입을 다물지 못했다. 그제야 그는 비로소 오른손으로 눈을 가렸다. 그를 의자에 앉히고 나서 본부장실에 들어가 자초지종을 설명했다. 그러나 그 머저리는 미국인 사장 앞에서 창피를 당했다는 사실을 참지 못했다. "되지도 않는 소리 늘어놓으려고 애쓸 것 없어요. 그 멍청한 새끼는 당장 해고야."

끔찍한 일은 그가 정말로 해고되었고 게다가 평생 잊지 못할 쓰라린 경험을 얻었다는 것이다. 5분 동안의 그 광적인 환상은 지워지지 않을 것이다. 그 소식을 전해 듣고 직원 대표들이 본부장을 찾아갔다. 그러나 '게'는 요지부동이었다. 분명 내가 사무실에서 보낸 숱한 시간을 통틀어 가장 슬프고, 가장 낯 뜨겁고, 가장 우울한 날이었다. 잔인한 직원들이 마지막 순간에는 동료애를 발휘했다. 메넨데스가 다른 일자리를 찾는 동안 판매부 직원들은 그의 급여를 보전해주기 위해 십시일반 돈을 모아 전달하기로 했다. 그러나 장애물이 있었다. 메넨데스는 선물이나 보상, 아니면 그밖의 어떤 명목으로든 호의를 일절 받아들이지 않는 성격이다. 또한 사무실의 어느 누구와도 말하기 싫어했다. 불쌍한 친구. 나 역시 어제나 오늘 그에게 미리 귀띔해주지 않은 데 대해 자책하고 있다. 그러나 그가 그렇게 폭발적인 반응을 보이리라고 누가 상상이나 했겠는가.

9월 11일 수요일

생일은 모레지만 그녀는 오늘 내게 선물을 건넸다. 먼저, 금시계를 주었다. 가여워라. 분명 모아둔 돈을 몽땅 털었을 것이다. 그다음에 다소 쑥스러워하며 작은 상자를 열어 다른 선물을 보여주었다. 완벽한 형태의 가늘고 길쭉한 작은 고둥이었다. "아홉번째 생일날 라빨로마[55]에서 주웠어요. 마치 바다가 호의를 베풀 듯 파도에 밀려와 제 발 밑에 남겨졌어요. 유년기의 가장 행복했던 순간이었을 거예요. 적어도 제가 가장 아끼고 가장 경탄하는 물건이에요. 당신이 지니고 다녔으면 좋겠어요. 좀 생뚱맞아 보이나요?"

지금 내 손바닥에 그 고둥이 놓여 있다. 우리는 좋은 친구가 될 것이다.

9월 12일 목요일

디에고는 걱정을 달고 산다. 그의 영향으로 블랑까 역시 걱정쟁이가 돼간다. 오늘밤 두 아이와 장시간 얘기를 나누었다. 애들의 걱

55 우루과이 동부 해안에 위치한 로차 주의 소도시.

정거리는 국가와 자신들의 세대이며, 이 두가지 추상적 개념의 기저에는 '그들 자신'이라 불리는 걱정거리가 있다. 디에고는 뭔가 통념에 반하며 긍정적이고, 자극적이고, 혁신적인 것을 하고 싶어 한다. 하지만 그게 뭔지는 잘 모른다. 지금까지 그애가 가장 강렬하게 느낀 것은 공격적인 비순응주의인데, 아직 여기에 일관성이 다소 부족하다. 그애는 우리 국민의 무관심과 사회적 추진력의 결여, 부정행위에 대한 민주적 관용, 속임수에 대한 밋밋하고 무기력한 반응을 개탄스러워한다. 가령, 취미로 글을 쓰는 17인의 논설위원과 뿐따 델 에스떼[56]의 방갈로에서 핏대를 세워가며 끔찍한 '휴식 전염병' 확산에 반대하는 17인의 연금생활자, 그리고 교묘한 신념으로 자신들이 믿지 않는 주제, 속으로는 스스로도 부당하다고 생각하는 비방을 펼치기 위해 모든 지식과 통찰력을 동원하는 17인의 허세꾼을 고용하는 조간신문이 있다는 점에 치를 떤다. 그애는 좌파들조차 드러내놓고 부르주아의 안락과 경직된 가치체계, 온건한 위선의 토대를 받아들인다는 데 격분한다. "무슨 뾰족한 수가 없을까요?" 그애는 솔직하고 도발적인 초조함을 드러내며 묻고 또 묻는다. "나로서는 아무런 해결책도 보이지 않는구나. 무슨 일이 일어나고 있는지 이해도 되고 또 일어나고 있는 일이 불합리하다고 생각하지만 고작 탄식밖에 못하는 사람들이 있단다. 열정이 부족한 거지. 그것이 바로 우리의 자화상인 이 거대한 민주적 난장판의 비밀이야. 지난 수십년간 우리는 침착함을 잃지 않았고 객관적이었어. 하지만 객관성은 수세적이어서 세상을 바꾸는 데 도움이 안돼. 심지어는 우리나라처럼 손바닥만 한 나라조차 바꿀 수 없어.

56 말도나도 주에 위치한 온천 도시로 우루과이의 가장 대표적인 관광지의 하나.

열정이 필요해. 함성의 열정, 함성으로 사유되고 함성으로 쓰인 열정이. 사람들의 귀에 고함을 질러야 해. 그들의 명백한 난청은 일종의 자기방어, 비겁하고 병적인 자기방어니까. 반드시 사람들이 타인들에게서 자신의 수치를 자각하고 자기방어를 자기혐오로 대체하도록 만들어야 해. 우루과이 사람이 자신의 수동성에 혐오를 느끼는 날, 그날에야 비로소 쓸모 있는 존재가 될 거야."

9월 13일 금요일

오늘은 나의 쉰번째 생일이다. 다시 말해, 오늘 이후 퇴직할 수 있는 자격이 생긴다. 마치 지금까지의 삶을 정리하기 위해 선고된 날짜 같다. 하지만 나는 1년 내내 삶을 정리해왔다. 즐거운 날이든 슬픈 날이든 날짜가 고정된 기념일들은 성가시다. 예컨대, 11월 2일[57]엔 죽은 이들을 위해 일제히 울어야 하고, 8월 25일[58]엔 국기를 보는 것만으로도 감격해야 한다는 것은 맥 빠지는 일이다. 날짜와 상관없이 감격할 수도 있고 그렇지 않을 수도 있다.

9월 14일 토요일

그렇지만 어제 하루가 헛되이 지나간 건 아니었다. 오늘 '쉰살'이라는 생각에 여러차례 낙담했다. 거울 앞에 섰는데, 지금까지 단

57 세상을 떠난 이들의 영혼을 추모하는 망자의 날(Día de los Muertos).
58 1825년 8월 25일을 기념하여 제정된 우루과이의 독립기념일.

한번도 어떤 일에서 성공을 거둔 적이 없고 앞으로도 없을 퀭한 눈의 주름투성이 사내에 대한 일말의 동정과 연민을 느끼지 않을 수 없었다. 더 큰 비극은 하찮다는 것이 아니라 그 하찮음을 깨닫지 못하는 것이다. 가장 큰 비극은 실제로 하찮고 그렇다는 것도 아는데, 일면 절대적으로 합당한(이건 최악이다) 그 운명에 순응하지 못하는 것이다. 내가 거울에 비친 모습을 바라보고 있을 때 어깨 너머로 아베야네다의 얼굴이 나타났다. 그 순간, 지금까지 단 한번도 어떤 일에서 성공을 거둔 적이 없고 앞으로도 없을 퀭한 눈의 주름투성이 사내의 눈에 생기가 돌았고, 2시간 반 동안은 이제 쉰 살이 됐다는 사실조차 까맣게 잊었다.

9월 15일 일요일

그녀가 웃는다. "나이 오십이 어떤 의미인지 알아?" 내가 묻는다. 그러자 그녀는 다시 웃는다. 아마도 속으로는 모든 걸 깨닫고 아주 다양한 생각들을 평형저울 위에 올려놓기 시작할 것이다. 그럼에도 그녀는 좋은 사람이고 아무 말도 하지 않는다. 그녀는 불가피한 순간이 닥칠 거라고 말하지 않는다. 내가 섹스를 떠올리지 않고 그녀를 바라보게 되고, 그녀가 내 손을 잡아도 전기가 통하지 않게 될 순간, 내가 그녀에게 품은 사랑이 조카딸이나 친구의 딸, 아득히 먼 영화배우들에게 느끼는 온화한 애정, 일종의 정신적 장식품이지만 상처를 줄 수도 상처를 입을 수도 없으며 생채기를 남길 수도 심장박동을 빠르게 할 수도 없는 애정, 신의 단조로운 사랑의 진행처럼 보이는 부드럽고, 온화하고, 무미건조한 애정과 다름없어질 순간 말이다. 그땐 그녀를 바라보아도 질투를 느끼지 못할 것이다. 그때쯤이면 심리적 격동의 시기는 지났을 테니까. 칠십대 노인의 청명한 하늘에 구름 한점 나타나면 누구나 그것이 죽음의 구름임을 알아챌 것이다. 이것은 분명 일기장의 지면 위에 적어온 것 중에서 가장 진부하고 터무니없는 문장일 것이다. 어쩌면 가장 진실한 문장일지도 모른다. 왜 진실은 항상 조금은 진부한 걸까? 사유는 변명 없는 존엄, 흔들림 없는 금욕, 거리낌 없는 평정심을 세우는 데 보탬이 된다. 그러나 변명과 흔들림, 거리낌은 모두 현실 속에 웅크리고 숨어 있으며 거기에 다다르면 우리를 무장해제시키고 힘을 빼놓는다. 이루어야 할 목표의 가치가 높을수록 이루어지지 않은 목표들은 더 우스꽝스러워 보인다. 그녀를 바라보면서도 누구에게도 질투심을 느끼지 못할 것이다. 오직 나 자신에 대한 질투, 모두를 시샘하는 지금 이 순간의 나에 대한 질투만이 있을 것이다. 아베야네다, 그리고 나의 오십의 나이와 함께 외출했다. 그 둘을 데리고 18일 거리를 따라 거닐었다. 그녀와 함께 있는 모습을 누가 보았으면 했지만 사무실 동료 누구와도 마주치지 않은 것 같다. 그 대신 비그날레 부인과 하이메의 친구, 그리고 아베야네다의 친척 두사람이 우리를 보았다. 게다가('게다가'는 얼마나 끔찍한가!) 18일 거리와 야과론 거리 교차로에서 이사벨의 어머니와 마주쳤다. 믿을 수 없는 일이다. 우리 두사람의 얼굴 위로 숱한 세월이 흘렀는데도 그녀를 보면 아직 가슴이 철렁 내려앉는다. 실은 단순한 충격 이상의 어떤 것이다. 그것은 분노와 무기력의 도약이다. 그녀는 누구든 모자를 벗고 경의를 표하지 않을 수 없을 정도로 경탄스러운 천하무적의 여인이다. 그녀는 20년 전과 마찬가지로 공격적인 침묵의 인사를 건넨 다음, 한참 동안 흘긋거리며 말 그대로 아베야네다의 몸을 훑었다. 탐색의 눈길인 동시에 경멸의 시선이었다. 아베야네다는 내가 충격을 받았음을 감지하고는 내 팔을 잡으며 누구냐고 물었다. "장모." 내가 대답했다. 맞는 말이다. 처음이자 하나뿐인 나의 장모다. 내가 아베야네다와 결혼한다 해도, 결코 내가 이사벨의 남편이 아니었다 해도, 힘세고 단호한 이 장대 같은 일흔의 노부인은 언제나 내가 생각하는 '보편적인 장모'였을 것이고 앞으로도 영원히 그럴 것이다. 나의 장모는 제발 존재하지 않았으면 하는 공포의 신의 직계후손으로 피할 수 없는, 숙명적으로 정해진 여인이다. 비록 그것이 단지 세상이 그렇다는 것을, 때로는 세상 역시 멈춰 서서 탐색적인 동시에 경멸적인 눈길로 우리를 바라볼 수 있음을 나에게 일깨워주기 위한 것이라 해도.

9월 16일 월요일

우린 거의 동시에 퇴근했지만 그녀는 아파트에 갈 마음이 없었다. 그녀는 감기에 걸렸다. 약국에 가서 감기약을 사주었다. 그런 다음에 택시를 타고 집에서 두블록 떨어진 곳에 그녀를 내려주었다. 그녀는 아버지에게 발각될 위험을 되도록 피하고 싶어한다. 그녀는 몇걸음 걷다가 돌아서서 쾌활하게 손을 흔들었다. 사실 딱히 특별할 건 없다. 그러나 그녀의 손짓에서는 친근함과 소박함이 묻어났다. 그 순간 나는 편안함을 느꼈고, 그녀와 내가 교감을 나누고 있다는 확신이 들었다. 미약할지는 몰라도 잔잔하고 분명한 교감.

9월 17일 화요일

아베야네다는 출근하지 않았다.

9월 18일 수요일

산띠니가 다시 속 얘기를 털어놓았다. 불쾌한 동시에 흥미롭다. 이젠 여동생이 자기 앞에서 알몸으로 춤추지 않는다고 했다. 그녀에게 애인이 생긴 것이다.

아베야네다는 오늘도 사무실에 나오지 않았다. 그녀의 어머니가 사무실로 전화를 걸어왔는데 내가 자리에 없어 무뇨스와 통화를 한 모양이다. 딸이 독감에 걸렸단다.

9월 19일 목요일

오늘 그녀가 사무치게 그리워지기 시작했다. 부서원들이 그녀 얘기를 하고 있었는데, 문득 그녀가 사무실에 없다는 게 참을 수 없었다.

9월 20일 금요일

아베야네다는 오늘도 출근하지 않았다. 오후에 아파트에 들렀는데, 5분 뒤에 모든 것이 분명해졌다. 5분 뒤에 모든 망설임이 사라졌다. 그녀와 결혼할 것이다. 나 자신이 내세웠던 어떤 논리보다, 그녀와 나누었던 어떤 대화보다, 그 모든 것보다 더 중요한 건 지금 이 순간 그녀가 곁에 없다는 사실이다. 나는 그녀에게, 그녀의 존재에 얼마나 익숙해져버렸나!

9월 21일 토요일

블랑까에게 결혼 계획을 털어놓았더니 기뻐했다. 이제 아베야네다에게 말할 차례다. 이젠 정말로 힘을 얻었고 확신이 섰으니 그녀에게 말하리라. 하지만 그녀는 오늘도 출근하지 않았다.

9월 22일 일요일

내게 전보를 보낼 수는 없는 걸까? 그녀는 집에 못 오게 했지만, 월요일인 내일도 출근하지 않으면 어떻게든 그녀를 방문할 구실을 찾아야겠다.

9월 23일 월요일

오, 하느님. 오, 하느님. 오, 하느님. 오, 하느님. 오, 하느님. 오, 하느님.

1월 17일 금요일

아무것도 쓰지 않은 지 어느덧 넉달이 되어간다. 9월 23일에 일어난 일에 대해 적을 용기가 나지 않았다.

9월 23일 오후 3시에 전화벨이 울렸다. 직원들과 문서, 제안서에 둘러싸인 채 수화기를 들었다. 남자 목소리가 말했다. "산또메 씨세요? 어, 전 라우라 삼촌입니다. 안 좋은 소식이 있어요. 정말 안 좋은 소식입니다. 라우라가 오늘 아침 사망했습니다."

처음엔 제대로 듣고 싶지 않았다. 라우라는 그 누구도 아니었다. 아베야네다가 아니었다. 그녀의 삼촌의 목소리는 "사망했습니다"라고 말했다. 그 말은 역겹다. '사망했다'는 의례적인 표현이다. 삼촌이란 작자는 "안 좋은 소식이 있어요"라고 말했다. 그가 대체 뭘 안단 말인가? 안 좋은 소식이 어떻게 미래를, 얼굴을, 촉각을, 그리고 꿈을 파괴할 수 있는지 그가 뭘 안단 말인가? 그자가 뭘 안단 말인가, 어? 그는 "사망했습니다"라는 말밖에 할 줄 모르는데, 그건 참을 수 없을 정도로 손쉬운 어떤 것이다. 분명 그 말을 하면서 어깨를 으쓱했을 것이다. 그 역시 역겹다. 내가 그토록 끔찍한 행동을 보인 것은 바로 그 때문이었다. 난 왼손으로 매출명세서를 공처럼 뭉쳤고, 오른손으로는 수화기를 입 쪽으로 더 가까이 끌어당겨 천천히 말했다. “주둥이 닥치시지그래?” 정확히 기억나지 않지만, 상대방의 목소리가 여러차례 “뭐라고요?”라고 물었던 것 같다. 그러나 나 역시 되풀이해서 말했다. “주둥이 닥치라고.” 그때 누가 내게서 수화기를 낚아채 삼촌과 얘기를 했다. 비명을 지르고, 숨을 헐떡거리며 횡설수설했던 것 같다. 숨조차 제대로 쉴 수 없었다. 셔츠 깃의 단추를 끄르고 넥타이를 헐겁게 푸는 게 느껴졌다. 그때 “정신적 충격을 받았어요”라고 말하는 낯선 목소리가 들렸다. 그리고 이번엔 익숙한 무뇨스의 목소리가 설명하기 시작했다. “그녀는 부장님이 높게 평가했던 직원이었어요.” 소리들의 성운星雲 속엔 산띠니의 흐느낌과 의문의 죽음에 대한 로블레도의 천박하기 짝이 없는 설명, 조화를 보내라는 본부장의 의례적인 지시도 뒤섞여 있었다. 마침내 시에라와 무뇨스가 낑낑대며 나를 가까스로 택시에 태워 집으로 데려갔다.

문을 열어주며 블랑까가 소스라치게 놀랐지만, 무뇨스는 재빨리 딸아이를 진정시켰다. “걱정 마세요, 아버지는 괜찮으세요. 무슨 일이 있었는지 알아요? 오늘 아침 동료 한사람이 사망했는데, 그 소식을 듣고 큰 충격을 받으셨어요. 그럴 만도 해요. 진짜 괜찮은 여직원이었거든요.” 그 역시 “사망했다”고 말했다. 어쩌면 그녀의 삼촌과 무뇨스, 그리고 그밖의 사람들 모두가 말한 “사망했다”라는 표현이 온당한지도 모른다. 그 표현은 너무 터무니없고, 너무 냉혹하고, 아베야네다로부터 너무 동떨어져 있는 것처럼 들려 그녀에게 상처를 줄 수도, 그녀를 파괴할 수도 없기 때문이다.

불쌍한 블랑까조차 침묵의 위로를 거두어 이윽고 방에 혼자 있게 되었을 때, 나는 입술을 움직여 말했다. “죽었어, 아베야네다는 죽었어." 왜냐하면 '죽었다'는 단어이고, '죽었다'는 삶의 무너짐이며, '죽었다'는 가슴 깊은 곳에서 진정한 고통의 숨결을 가져오고, '죽었다'는 절망이자 차갑고 완벽한 무無, 단순한 심연, 나락이기 때문이다. 다시 한번 입술을 움직여 "죽었어"라고 말하는 순간, 내게 남은 한줌밖에 안되는 역겨운 고독을 보았다. 내가 가진 이기심을 총동원하여 나 자신을, 이제 고뇌에 찬 누더기가 돼버린 나 자신을 생각했다. 그러나 그것은 동시에 그녀에 대해 생각하는 가장 관대한 방식, 그녀를 상상하는 가장 완전한 방식이었다. 9월 23일 오후 3시까지는 내 안에 나 자신보다 아베야네다를 훨씬 더 많이 가졌었다. 그녀는 내 안으로 들어와 나 자신이 되기 시작했다. 바다와 지나치게 섞여 결국 바다처럼 짭짤해지고 마는 강물처럼. 그것이 바로 입술을 움직여 "죽었어"라고 말할 때 내 자신이 꿰뚫리고, 빼앗기고, 텅 비고, 보잘것없다는 느낌이 들었던 이유다. 누가 와서 "이 남자한테서 존재의 5분의 4를 벗겨내시오"라고 지시를 내렸다. 그리고 사람들은 나를 벗겨냈다. 설상가상으로, 지금의 나인 남은 부분, 쪼그라든 나 자신의 5분의 1은 여전히 그 하찮음과 무의미함을 의식하고 있다. 내겐 좋은 목적, 좋은 계획 그리고 좋은 의도의 5분의 1이 남았지만, 나의 지성에서 남은 5분의 1은 나에게 그게 무용지물임을 일깨워주기에 충분하다. 한마디로, 상황은 끝났다. 그녀의 집에 가고 싶지 않았고 그녀의 죽은 모습도 보고 싶지 않았다. 나는 그녀를 보는데 그녀는 나를 보지 못한다는 것, 나는 그녀를 만지는데 그녀는 나를 만지지 못한다는 것, 나는 살아 있는데 그녀는 그렇지 않다는 것, 그것은 지나친 핸디캡이었기 때문이다. 그것은 그녀가 아니다. 마지막으로 그녀를 보았던 날, 그날이라면 그녀를 평소처럼 대할 수 있을 텐데. 내가 사준 감기약을 들고 택시에서 내리는 그녀, 몇걸음을 걸어가다 돌아서서 손을 흔들던 그녀. 마지막, 바로 그 마지막 몸짓. 그 순간이 눈물겨워 그 순간에 집착한다. 그날 나는 그 순간 그녀와 나 사이에 교감이 존재함을 확신한다고 썼다. 그러나 이러한 확신은 그녀가 존재하는 동안에만 가능했다. 이제 나의 입술은 "죽었어, 아베야네다는 죽었어"라고 말하기 위해 움직이고 확신은 사위어간다. 확신은 여기서는 무용지물인, 파렴치하고 볼썽사나운 것이다. 물론 나는 사무실로 돌아갔다. 사무실에서 수군대는 말들이 나를 찌르고, 괴롭히고, 신물 나게 했다. "그녀의 사촌 말로는 흔한 단순 감기였대. 그런데 갑자기 쿵 하고 쓰러진 거야! 심장마비였어." 나는 다시 일로 돌아갔고, 문제를 해결했으며, 제안서를 올렸고, 보고서를 작성했다. 난 정말로 모범적인 직원이다. 이따금 무뇨스나 로블레도, 혹은 심지어 산띠니조차 나에게 다가와 이렇게 서두를 떼면서 과거를 떠올려주는 대화를 시작하려고 애를 쓴다. "아베야네다가 이 일을 하곤 했다고 생각해보세요." "보세요, 부장님. 아베야네다가 이 주석을 달았어요." 그러면 나는 눈길을 피하며 말한다. "자, 일없어요. 산 사람은 계속 살아야지요." 내가 9월 23일에 얻은 점수는 그후로 이자까지 쳐서 잃어버렸다. 내가 타인의 불행에도 눈 하나 꿈쩍하지 않는 냉정한 이기주의자라고 쑥덕거린다는 걸 안다. 그러나 직원들이 쑥덕거려도 상관없다. 그들은 국외자다. 그들은 아베야네다와 내가 있었던 세계의 바깥에 존재한다. 지금 내가 영웅처럼, 그러나 용기를 낼 어떤 이유도 없이 홀로 존재하는 그 세계의 바깥에.

1월 22일 수요일

이따금 블랑까와 그녀 얘기를 한다. 나는 울거나 낙담하지 않는다. 그저 이야기를 할 뿐이다. 거기에 반향이 있다는 걸 안다. 울고 낙담하는 사람은 바로 블랑까다. 그애는 하느님의 존재를 믿을 수 없다고, 하느님은 나에게 기회를 주었다가 앗아가버렸다고 말한다. 그애는 어느 모로 보나 싸디스트인 잔인한 하느님의 존재를 믿을 만큼 강인하지도 못하다. 그럼에도 나는 크게 앙심을 품지 않는다. 9월 23일에 수도 없이 '오, 하느님'이라고 썼을 뿐만 아니라 그것을 말하고 느끼기도 했다. 생전 처음으로 그분과 대화를 나눌 수 있다고 생각했다. 그러나 대화에서 하느님은 힘없고 우유부단한 면을 드러냈다. 당신 자신에 대해 그다지 확신하지 못하는 것 같았다. 어쩌면 내가 막 하느님을 감동시키려는 찰나였는지도 모른다. 더욱이 나는 결정적인 논거가 존재한다는 느낌을 받았다. 바로 내 옆에, 내 눈앞에 있지만, 그럼에도 내가 인식할 수 없고 나의 주장에 덧붙일 수 없는 논거. 그런데 하느님이 당신을 설득시키도록 나에게 허락한 시한이 지나간 뒤에, 그분의 우유부단함과 나약함의 징후가 종언을 고한 뒤에, 하느님은 마침내 당신의 권능을 회복했다. 하느님은 본래의 모습대로 전능한 부정否定으로 되돌아갔다. 그러나 그분에게 원한을 품을 수 없고, 나의 증오로 그분을 만질 수도 없다. 그분이 기회를 줬지만 내가 그 기회를 이용할 줄 몰랐다는 것을 안다. 아마도 언젠가는 그 독특하고 결정적인 논거를 이해할 수 있겠지. 그러나 그때는 내가 이미 몹시 쇠약해져 있을 테고, 지금의 이 관계 역시 더욱더 닳고 닳아 있을 것이다. 이따금 만약 하느님이 페어플레이를 했다면, 내가 그분에 맞서 사용할 법한 논거 또한 제공했을 거라고 생각할 때도 있다. 그러나 아니다. 그런 일은 있을 수 없다. 나는 나를 비호해줄 하느님을 원치 않는다. 나를 다시 양심의 편에 서게 하려고 안간힘을 쓰는 하느님도 필요 없다. 난 람블라[59]의 부유한 부모들, 썩어빠진 부자들 중의 하나가 으스댈 줄만 알지 아무짝에도 쓸모없는 새파란 자식에게 하듯이 모든 것을 이미 만들어진 상태로 제공하는 하느님을 원치 않는다. 그렇지 않다. 이제 하느님과 나의 관계는 냉랭해졌다. 하느님은 내가 당신을 설득할 수 없음을 알고 있다. 그분은 결코 가까이 다가간 적도 없고 앞으로도 결코 다가가지 않을, 아득한 고독임을 안다. 그렇게 우리는 각자 자신의 세계에서 서로 증오하거나 사랑하는 일 없이 남남처럼 소원하게 지낸다.

1월 24일 금요일

오늘, 온종일 한가지 생각에만 사로잡혀 지냈다. 아침을 먹는 동안에도, 일하는 동안에도, 점심을 먹는 동안에도, 무뇨스와 언쟁을 하는 동안에도. 이 생각에서 숱한 의문들이 꼬리를 물고 일었다. '죽기 전에 무슨 생각을 했을까? 그 순간 그녀에게 난 어떤 의미였을까? 나에게 의지했을까? 내 이름을 불렀을까?'

59 몬떼비데오의 부유층이 거주하는 해안가의 거리.

1월 26일 일요일

처음으로 2월부터 1월까지 쓴 일기를 다시 읽었다. '그녀의 매 순간'을 빠짐없이 찾아내야 한다. 그녀는 2월 27일에 처음 등장했다. 3월 12일엔 이렇게 썼다. '날 부를 때면 언제나 눈을 깜박거린다. 미인은 아니다. 뭐, 웃는 모습은 그런대로 봐줄 만하다. 꿩 대신 닭이라고 그게 어딘가.' 난 그렇게 적었고, 한때 그녀에 대해 그렇게 생각했다. 4월 10일엔 이렇게 썼다. '아베야네다에겐 어딘가 끌리는 데가 있다. 확실하다. 대체 그게 뭘까?' 그런데 그게 뭐였을까? 여전히 모르겠다. 그녀의 눈, 그녀의 목소리, 그녀의 허리, 그녀의 입, 그녀의 손, 그녀의 웃음소리, 그녀의 지친 모습, 그녀의 수줍음, 그녀의 흐느낌, 그녀의 솔직함, 그녀의 슬픔, 그녀의 신뢰, 그녀의 다정함, 그녀의 꿈, 그녀의 걸음걸이, 그녀의 한숨에 끌렸다. 그러나 그 어느 특성도 한시도 눈을 못 떼게 완전히 내 마음을 사로잡기에는 충분치 않았다. 각각의 매력 포인트는 다른 매력 포인트에 의해 뒷받침되었다. 그 무엇과도 바꿀 수 없는, 아니 어쩌면 대체 가능한 매력 포인트의 총합인 전체로서의 그녀에게 끌렸다. 5월 17일에는 그녀에게 "당신을 사랑하게 된 것 같아요"라고 고백했고, 그녀는 "이미 다 알고 있었어요"라고 대답했다. 이 말을 계속해서 혼자 되뇐다. 그 말을 하는 그녀의 목소리가 들리고, 이 모든 현재는 참을 수 없어진다. 그 이틀 후 나는 말했다. "내가 이렇게 대담하게 찾고 있는 건 하나의 합의, 그러니까 내 사랑과 당신의 자유 사이의 일종의 타협이라고 말한다면 그게 바로 내 솔직한 심정일 거예요." 그녀의 대답은 "당신이 좋아요". 그 두마디 말이 얼마나 아픈지 가슴이 먹먹하다. 6월 7일, 그녀에게 키스를 했고 그날 밤 이렇게 썼다. '그건 내일 생각하자. 지금은 피곤하니까. 달리 말하면 행복하다고도 할 수 있겠지. 하지만 마냥 행복해하기엔 나는 경계심이 너무 많다. 나 자신과 나의 운명, 그리고 내일이라는 단 하나의 확실한 미래에 대해서 말이다. 경계한다는 것은, 바꿔 말하면, 의심이 많다는 것이다.' 그런데 그 불신이 나에게 무슨 보탬이 되었나? 더 격렬하고, 더 부지런하고, 더 빠르게 살기 위해 혹 내가 그 불신을 이용했던가? 물론 그렇지 않다. 나중엔 모종의 안도감을 얻었고, 사랑을 의식하면, 메아리와 반향이 있는 사랑을 의식하면 만사가 순조롭게 여겨졌다. 6월 23일, 그녀가 부모님에 대해, 그리고 어머니가 만들어낸 행복 이론에 대해 말해주었다. '보편적 장모'에 대한 확고한 나의 느낌을 이 좋은 이미지로, 이해하고 용서하는 이 여인으로 대체할 수 있을 것 같다. 28일, 내 인생에서 가장 중요한 사건이 일어났다. 다른 사람도 아니고 바로 내가 마침내 기도를 하게 되었다. "이 상태가 지속되기를." 그리고 하느님이 부담을 느끼도록 다리 없는 목제품을 두드렸다. 그러나 끝내 하느님은 매수할 수 없는 존재임이 입증되었다. 그러나 7월 6일엔 여전히 이렇게 쓰고 있다. '문득 나는 깨달았다. 그 순간이, 일상의 그 작은 조각이 지고의 축복임을, 그것이 행복임을.' 그러나 곧이어 경계의 말을 덧붙였다. '그 절정은 섬광처럼 순간적으로 스쳐지나가는 찰나에 불과하다고 확신한다. 그리고 그 순간을 더 길게 늘일 권리는 없다.' 그러나 그 말을 쓸 때 나는 정직하지 못했다. 이젠 알겠다. 마음속으로는 그 순간은 확장할 수 있으며, 절정은 하나의 점이 아니라 끝없이 펼쳐진 고원이라는 믿음이 있었다. 그러나 그 순간을 확장할 권리는 없었다. 당연하다. 이어서 '아베야네다'라는 말과 그 말이 의미하는 모든 것에 대해 썼다. 지금은 '아베야네다'라는 말이 '그녀는 이 세상에 없고, 영영 돌아오지 못한다'는 것을 의미한다고 생각한다. 더는 못하겠다.

1월 28일 화요일

이 일기에는 다른 많은 것들, 다른 많은 얼굴들이 담겨 있다. 비그날레, 아니발, 내 아이들, 이사벨. 그러나 그 어느 것도 중요하지 않고 그 어느 것도 존재하지 않는다. 아베야네다가 살아 있는 동안에는 이사벨과 함께했던 시절을 보다 제대로 이해하고 이사벨에 대해서도 그럴 수 있었다. 하지만 지금 그녀는 이 세상에 없고, 이사벨은 두껍고 어두운 절망의 커튼 뒤로 사라졌다.

1월 31일 금요일

나는 사무실에서 본질적이고, 내밀하고, 심오한 나의 삶(나의 죽음)을 집요하게 지킨다. 내 안에서 정확히 무슨 일이 일어나고 있는지 아무도 모른다. 9월 23일의 나의 무너짐은 누가 보더라도 이해할 수 있는 충격적 사건이었지만 그것으로 끝이었다. 이젠 사람들이 예전만큼 아베야네다에 대해 말하지 않고 나도 그녀 얘기를 입에 올리지 않는다. 난 내가 가진 미약한 힘으로 그녀를 지키고 있다.

2월 3일 월요일

그녀는 내 손을 잡곤 했는데, 그것으로 충분했다. 나를 기꺼이 받아들인다고 느끼기에 부족함이 없었다. 그녀는 내 손을 잡곤 했는데, 그녀와 입을 맞추고 잠자리를 함께하는 것보다, 그 무엇보다 그게 사랑이었다.

2월 6일 목요일

얼마 전 밤에 갑자기 그 생각이 떠올랐고 오늘 실행에 옮겼다. 5시에 도망치듯 사무실을 나왔다. 368번지에 도착해 초인종을 눌렀을 때 목구멍이 칼칼하더니 기침이 나오기 시작했다.

문이 열렸고, 나는 정신없이 기침을 해댔다. 그녀의 아버지였다. 사진에서 본 바로 그분이었지만, 더 늙고, 더 우울하고, 더 지친 모습이었다. 나는 결정적으로 기침을 이겨내려고 더 세게 기침을 했고, 가까스로 그에게 재단사인지를 물을 수 있었다. 그는 그렇다고 대답하기 위해 머리를 한 옆으로 비스듬히 기울였다. "저기, 양복 좀 맞추려고요." 그는 나를 작업실로 이끌었다. "아빠한테는 절대 양복을 맞추지 마세요." 아베야네다는 그렇게 말했었다. "어떤 옷이든 항상 똑같은 마네킹을 사용해 치수를 재시거든요." 그곳에 그 마네킹 — 팔다리가 잘린 채 비웃는 듯한 표정으로 꿈쩍 않고 있었다 — 이 있었다. 나는 원단을 골랐고 몇가지 세부사항을 언급한 다음 가격을 정했다. 그리고 그는 뒷문 쪽으로 가더니 나지막하게

"로사" 하고 불렀다. "엄마가 우리 관계를 아세요." 그녀가 말했었다. "엄마는 저에 관해서는 모든 걸 아시거든요." 그러나 '우리 관계'는 나의 이름과 나의 얼굴, 나의 신장을 포함하지 않았다. 그녀의 어머니에게 '우리 관계'는 아베야네다와 어느 이름 없는 연인이었다. "집사람이오." 아버지가 소개했다. "그런데…… 존함이 어떻게 된다고 하셨더라? "모랄레스입니다." 나는 거짓말을 했다. "아, 그래요, 모랄레스 씨." 어머니의 두 눈에는 날카로운 슬픔이 배어 있었다. "양복을 맞추러 오셨어." 두사람 모두 상복 차림이 아니었다. 그들에게선 가볍고 자연스러운 아픔이 묻어났다. 어머니가 나에게 미소 지었다. 마네킹 쪽으로 시선을 돌리지 않을 수 없었다. 한때 아베야네다가 짓곤 했던 그 미소를 견딜 만큼 강단이 없었기 때문이다. 그녀는 작은 공책을 펼쳤고, 아버지는 치수를 재며 두 자리 숫자를 부르기 시작했다. "이 동네에 사시는가? 75." 대충 그런 셈이라고 얼버무렸다. "낯익어 보여서 묻는 거라오. 54." "아, 시내에 삽니다만 이 근처에 자주 옵니다." "아, 그랬구려. 69." 그녀는 벽을 마주보고 기계적으로 숫자를 받아 적었다. "바짓단이 구두를 덮을 정도가 좋겠지요? 107." 가봉을 위해 다음 주 목요일에 다시 들러야 한다. 테이블 위에 책이 한권 놓여 있었다. 블라바쯔끼였다. 아버지는 잠시 작업실을 비워야 했다. 어머니는 공책을 덮고 나를 쳐다보았다. "어떻게 우리 바깥양반한테 양복을 맞추러 오셨수? 누가 추천하던가요?" "아, 특별히 추천한 사람은 없습니다. 이곳에 양복점이 있다는 걸 알고 있었던 것뿐입니다." 얼굴이 화끈거릴 만큼 설득력 없게 들렸다. 그녀는 재차 나를 쳐다보았다. "지금은 거의 일을 안해요. 딸아이가 죽은 뒤로는요." 그녀는 '사망했다'고 말하지 않았다. "아, 예. 그런데 오래됐나요?" "넉달이 다 돼가네요."

"유감입니다, 부인." 내가 말했다. 정확히 말해, 난 아베야네다의 죽음을 하나의 단순한 고통이 아니라 오히려 재앙이나 붕괴, 카오스 같은 것으로 여긴다. 난 내가 거짓말을 하고 있다는 걸 의식했다. "유감입니다"라고 말한 것은, 그토록 경솔하고 그토록 뒤늦은 애도의 말을 건넨 것은 한마디로 섬뜩했고, 그건 '사망했다'고 말하는 것과 크게 다르지 않았다. 아베야네다가 '죽었다'는 그 사실을 진정 이해할 수 있는 유일한 분에게 그 말을 했기 때문에 특히나 더 섬뜩했다.

2월 13일 목요일

가봉하는 날인데 재단사가 자리에 없었다. "남편은 없어요." 작업실에 들어섰을 때 그의 부인이 말했다. "손님을 기다릴 수 없었어요. 하지만 제가 옷을 가봉할 수 있도록 모든 걸 준비해놓고 갔다오." 그녀는 다른 방으로 들어가더니 재킷을 들고 나타났다. 몸에 전혀 맞지 않았다. 어떤 양복이든 똑같은 마네킹에 맞춰 만든다는 것은 결코 틀린 말이 아니었다. 문득 옆으로 고개를 돌려보니 (실은 재킷에 핀을 꽂고 초크로 표시를 한다는 구실로 몸을 계속 돌리게 했다) 지난 목요일에는 없던 아베야네다의 사진이 눈에 들어왔다. 너무 갑작스럽고 너무 잔혹한 충격이었다. 어머니는 나를 주시하고 있었고 그녀의 눈은 망연자실한 나의 가련한 모습을 정확히 읽어냈다. 이윽고 그녀는 남은 핀과 초크를 테이블 위에 올려놓고 처연한 미소를 띤 채 이미 확신이 선 듯 물었다. "댁이…… 그럼?" 첫 단어와 두번째 단어 사이에는 2~3초의 간격이 있었지만,

그 침묵은 그녀의 질문을 투명하게 바꿔놓기에 충분했다. 대답하지 않을 수 없었다. 아무 말 없이 대답했다. 고갯짓과 눈빛으로, 온몸으로 '그렇다'고 말했다. 아베야네다의 어머니는 내 팔에, 서툰 바느질에서 모습을 드러내기 시작한, 아직 소매가 없는 그 팔에 한쪽 손을 얹었다. 그러고는 천천히 재킷을 벗겨 마네킹 위에 걸쳐놓았다. 마네킹에 입혀놓으니 얼마나 근사하던지! "알고 싶으시죠, 그렇죠?" 그녀가 원망이나 수치심으로 날 바라보고 있지 않다는 확신이 들었다. 다만 진이 다 빠진, 고통스러운 연민의 눈길이었을 뿐이다. "댁은 그애를 알았고 그애를 사랑했어요. 그러니 괴로우실 테지요. 어떤 기분일지 알아요. 심장이 위에서 시작해 목구멍에서 끝나는 거대한 기관처럼 느껴질 거예요. 불행하면서도 불행하다고 느껴져 행복하겠지요. 그게 얼마나 끔찍한지 알아요." 그녀는 마치 옛 친구와 재회라도 한 듯 말했다. 그러나 목소리에서는 현재의 슬픔 이상의 무언가가 묻어났다. "20년 전에 누군가가 죽었어요. 제겐 전부였던 사람이었지요. 하지만 그의 죽음은 이런 식의 죽음이 아니었어요. 그냥 떠났을 뿐이죠. 국가와 제 삶에서, 무엇보다 제 삶에서 떠났어요. 장담컨대, 그런 죽음이 더 좋지 않아요. 떠나라고 요구한 건 바로 저였고 이날 이때까지 제 자신을 결코 용서하지 못했으니까요. 그런 죽음은 최악이에요. 자신을 희생시켜 만신창이가 된 채 계속 자신의 과거에 갇혀 있으니까요." 그녀는 손으로 목덜미를 어루만졌고, 난 그녀가 "제가 왜 댁한테 이런 얘기를 하고 있는지 모르겠네요"라고 말할 것이라고 넘겨짚었다. 그러나 그 대신 이렇게 덧붙였다. "그 사람은 마지막으로 라우라를 남기고 떠났어요. 그게 바로 다시 한번 제가 심장은 위에서 시작해 목구멍에서 끝나는 거대한 기관이라고 느끼는 이유지요. 댁이 어떤 심정일지 이해할 수 있는 것도 바로 그 때문이라오." 그녀는 의자를 가까이 끌어다 앉았다. 초췌한 모습이었다. 내가 물었다. "그런데 따님은 그 사실을 알고 있었나요?" "아뇨, 전혀요." 그녀가 말했다. "라우라는 아무것도 몰랐어요. 그 기구한 사연은 제 가슴에 묻어두었지요. 알량한 자존심이에요, 그렇죠?" 그때 퍼뜩 기억이 떠올랐다. "그렇다면 당신의 행복 이론은요?" 그녀는 맥없이 희미하게 웃었다. "그 얘기도 하던가요? 그건 딸애가 용기를 잃지 말고 살아 있음을 느끼라고 꾸며낸 아름다운 거짓말, 동화 같은 이야기였어요. 생전에 그애한테 준 최고의 선물이었지요. 불쌍한 것." 그녀는 허공을 쳐다보며 울고 있었다. 손으로 눈물을 훔치지 않고 보란 듯이 당당하게 울고 있었다. "하지만 알고 싶으실 테죠." 그렇게 말하고는 아베야네다의 마지막 날들과 마지막 말들, 마지막 순간들에 대해 들려주었다. 그러나 여기에 한줄도 적지 않을 것이다. 그것은 '나만의 것'이다. 영원히 '나만의 것'이다. 그것은 밤에, 아니 매일 밤 내가 불면의 끈을 다시 잡을 때마다 '사랑해'라고 말하길 기다리리라.

2월 14일 금요일

"두분은 서로 사랑하셨어요. 확실해요." 아베야네다는 부모님에 대해 말하곤 했다. "하지만 그게 제가 좋아하는 사랑의 방식인지는 모르겠어요."

2월 15일 토요일

에스떼반의 친구가 전화로 퇴직 일정이 잡혔다고 알려주었다. 3월 1일부터 출근하지 않아도 된다.

2월 16일 일요일

오늘 아침에 양복을 찾으러 갔다. 아베야네다 씨는 다림질을 막 끝낸 참이었다. 사진 한장이 실내 전체를 가득 채우고 있었고, 난 거기에서 눈을 뗄 수 없었다. "제 딸입니다." 그가 말했다. "하나밖에 없는 딸이지요." 내가 뭐라고 대답했는지 모르겠다. 기억한들 무슨 소용이 있으랴. "얼마 전에 죽었다오." 다시 한번 "유감입니다"라고 말하는 내 목소리가 들렸다. "이상한 건 말이오." 그가 재빨리 덧붙였다. "이제 와 딸아이에게 소원했다는 생각이 듭디다. 그애가 얼마나 소중한지를 한번도 내색한 적이 없었소. 그애가 꼬맹이였을 때부터 마음속으로 품었던 긴 대화를 계속 뒤로 미루어왔던 거지요. 처음엔 시간이 없었소. 나중엔 딸아이가 직장에 다니기 시작했고, 게다가 난 꽤나 졸장부라오. 내 자신이 감정적으로 느껴지는 건 좀 뜻밖이오. 이해하시겠소? 실은 이제 딸애는 이 세상에 없고 난 어쩌면 나를 구원해줄 수도 있었을, 표현하지 못한 말들을 가슴에 무겁게 담아두고 있어요." 그는 잠시 말을 멈추고 사진을 응시했다. "눈을 씻고 찾아봐도 딸애가 나와 닮은 구석이라곤 한군데도 없다고 수없이 생각했어요. 댁이 보기엔 어디가 닮은 것 같소?" "전체적으로 닮았는데요." 내가 거짓으로 대답했다. "그럴 수도 있겠지요. 하지만 영혼에 관해서라면 그앤 날 빼다 박았소. 더 정확히 말하면, 과거의 나를 닮았지요. 지금은 패배감을 느끼고 있는데, 누구나 패배를 받아들이게 되면 일그러져 자기 자신의 조악한 패러디가 되고 말잖소. 보세요, 딸아이의 죽음은 추악한 계략이었어요. 운명의 계략이었는지, 아니면 의사의 계략이었는지는 잘 모르겠소. 하지만 추악한 계략이었다는 건 분명하오. 당신이 그애와 안면이 있다면, 내가 무슨 말을 하고 싶어하는지 이해할 수 있을 거요." 내가 연달아 열번 정도 눈을 깜박였지만 그는 눈여겨보지 않았다. "그런 아이가 죽다니, 추악한 계략이 아니고서는 있을 수 없는 일이오. 그앤 (내가 어떻게 설명해드릴 수 있을까요?) 순수하면서도 열정적이었고, 자신의 열정에 솔직한 사람이었다오. 사랑스러운 아이였어요. 언제나 딸애가 분에 넘친다고 생각했지요. 하지만 걔 엄마는 그런 딸을 둘 만한 자격이 있소. 로사는 의지가 강한 사람이니까. 로사는 세상에 맞설 능력이 있소. 하지만 난 결단력도 확신도 없다오. 자살을 생각해본 적 있소? 난 있다오. 하지만 결코 자살을 감행할 수는 없을 것 같소. 그 역시 일종의 결핍입니다. 난 정신적, 도덕적으로는 자살할 능력을 완벽하게 갖추고 있지만 관자놀이에 총탄을 박아넣을 용기는 없으니 말이오. 아마도 두뇌는 가슴이 필요로 하는 것을 조금밖에 가지고 있지 못하고, 또 가슴은 두뇌의 정교함을 일부만 가지고 있다는 데 그 비밀이 있겠지요." 다시 한번 그가 동작을 멈추었는데, 이번에는 다리미를 허공에 든 채 사진을 쳐다보았다. "눈을 좀 봐요. 그앤 죽고 없지만, 저 눈만은 살아 있을 때의 습관 그대로 이쪽을 바라본다오. 심지어 당신을 바라보고 있는 것도 같소." 그의 말에 아무 대꾸도 하지 못했다. 순간 숨이 멎었다. 그가 말문을 닫았다. "자, 다 됐소." 조심스럽게 바지를 접으며 그가 말했다. "곱고 질 좋은 천이오. 얼마나 잘 다려졌는지 보오."

2월 18일 화요일

더는 368번지에 가지 않을 것이다. 실은 더이상 갈 수 없다.

2월 20일 목요일

아니발을 본 지 오래다. 하이메 소식도 전혀 듣지 못했다. 에스떼반은 일반적인 얘기만 화제에 올릴 뿐이다. 비그날레가 사무실로 전화를 걸어오면 내가 자리에 없다고 말하라고 했다. 혼자 있고 싶다. 기껏해야 딸아이와 대화를 주고받는 정도. 물론 아베야네다에 대한 얘기다.

2월 23일 일요일

오늘, 4개월 만에 아파트에 갔다. 옷장을 열었다. 그녀의 향기가 났다. 그건 중요하지 않다. 중요한 건 그녀의 부재다. 때때로 나는 '무기력'과 '절망'을 구분하는 어감의 차이를 이해하지 못하겠다.

2월 24일 월요일

하느님이 내게 암울한 운명을 주신 건 분명하다. 잔혹하진 않다. 단지 암울할 뿐. 하느님이 내게 휴전을 허락하셨다는 건 분명하다. 처음엔 이러한 휴전이 행복이라면 믿지 않으려 했다. 온 힘을 다해 저항했지만, 결국 굴복했고 그렇게 믿게 되었다. 그러나 단지 휴전이었을 뿐, 행복은 아니었다. 이제 또다시 나의 운명에 휘말렸다. 전보다 더 암울하다. 훨씬 더.

2월 25일 화요일

3월 1일 이후로는 더이상 일기를 쓰지 않을 것이다. 세상은 이제 흥미롭지 않다. 그 사실을 기록할 사람은 내가 아닐 것이다. 내가 쓸 수 있는 주제는 단 하나뿐. 하지만 쓰고 싶지 않다.

2월 26일 수요일

그녀가 얼마나 절실한가! 하느님은 나에게 가장 커다란 결핍이었다. 그러나 하느님보다 그녀가 더 필요하다.

2월 27일 목요일

사무실에서 송별회를 열어준다고 했지만 사양했다. 결례를 범하지 않으려고 가족문제와 관련된 아주 그럴싸한 구실을 둘러댔다. 실은 빵조각이 날아다니고 포도주가 엎질러지는 흥청망청한 만찬을 열 만한 어쭙잖은 구실을 상상조차 할 수 없다.

2월 28일 금요일

마지막 근무일이다. 물론 아무 일도 하지 않았다. 악수를 하고 포옹을 나누며 하루를 보냈다. 본부장은 더없이 흡족해했고 무뇨스는 정말 한껏 고무된 듯했다. 내 책상은 그 자리에 그대로 있었다. 늘 하던 일을 그만둔다는 게 그렇게 무덤덤할 줄은 상상도 못했다. 텅 빈 서랍 한곳에서 아베야네다의 신분증을 찾아냈다. 신상기록카드에 번호를 기록하도록 그녀가 놓고 간 것이었다. 그것을 주머니에 챙겨두었다가 지금 꺼내 본다. 분명 5년 전쯤 찍은 사진인데, 넉달 전의 그녀가 더 예뻤다. 이제 또 하나의 문제가 분명해졌는데, 실은 그녀의 어머니가 틀렸다는 점이다. 나 자신이 불행하게 느껴지는 게 행복하지 않다. 그저 불행할 뿐이다. 이제 직장생활은 막을 내렸다. 내일 이후로는 죽는 날까지 시간을 내 마음대로 쓸 수 있다. 오랜 기다림 끝에 마침내 휴식을 얻었다. 이제 뭘 하지?

1959년 1월과 5월 사이, 몬떼비데오

몬떼비데오 사람들의 잿빛 초상

몬떼비데오는 마리오 베네데띠의 도시다. 아니, 그는 곧 몬떼비데오다. 보르헤스의 부에노스아이레스처럼, 몬떼비데오는 그의 과거이자 미래인 동시에 현재다. 평생 이 도시에 천착하여 독자적인 영역을 구축했다는 점에서 베네데띠의 문학은 향토주의의 성격이 매우 강하다. 그러나 그는 결코 폐쇄적인 향토주의자의 한계에 갇히지 않았다. 몬떼비데오 사람들의 이야기로 라틴아메리카 독자, 나아가 전세계 독자들을 사로잡았으며 — 시와 단편·장편소설, 에세이, 희곡을 망라하는 90권의 책은 현재까지 1,300쇄 넘게 인쇄되었으며 20개 이상의 언어로 번역되었다 — 오랫동안 라틴아메리카 문학을 규정해온 세계주의와 지역주의의 이항대립을 가볍게 뛰어넘었다.

아버지의 사업 실패로 네살 때 부모를 따라 몬떼비데오로 이주한 이래 이 도시는 언제나 그의 삶과 문학의 본거지였다. 당시 그의 가족은 극심한 경제적 어려움에 처해 어머니는 결혼선물로 받은 가재도구까지 처분했고, 세 식구는 아버지가 일자리를 구할 때까지 여러해 동안 판잣집에 살아야 했다. 어린 나이에 수도에서 겪은 경험은 베네데띠의 문학에 깊은 흔적을 남겼다. 이후 그는 도시의 삶에 사로잡혔고, 몬떼비데오의 기록자가 되었다. 12년의 긴 망명생활 중에 외국을 무대로 한 작품을 쓰기도 했지만, 이 경우에도 언제나 망명지인 에스빠냐, 꾸바, 멕시꼬에 거주하는 몬떼비데오 사람들의 이야기였다.

진 프랑꼬(Jean Franco)가 『라틴아메리카의 근대문화』(*The Modern Culture of Latin America*)에서 언급하듯 우루과이가 안고 있는 많은 문제들은 교육 수준이 높은 중산층이 밀집한 데서 비롯된다. 20세기 초 우루과이는 유럽으로의 농업 수출을 통해 부를 축적하면서 번영을 누렸고, 정치 안정과 경제 발전의 결과로 도시 중산층이 급격하게 성장하고 관료주의가 빠르게 확산되었다. 베네데띠의 문학을 관통하는 것은 바로 우루과이 중산층 사람들의 일상적 삶이다. 그는 시적 울림을 지닌 연대기작가로서 도시의 일상을 규정하는 소소한 비극과 아이러니에 주목했다. 거리에서 떠다니는 삶의 편린들은 그의 글쓰기에 자양분을 제공하는 작은 인간적 드라마들이었다. 그는 생계를 위해 수도에 의존하지만 매일 저녁 뽀시또스와 까라스꼬 같은 부유한 교외지역으로 퇴각함으로써 도시의 불쾌한 모습에서 자신들을 철저하게 끊어내는 사람들을 경멸한다. 그러한 도피주의는 도시생활의 핵심을 놓치기 때문이다. 도시적 삶의 기뿜은 도시의 분위기에 침잠하고 은밀한 장소를 발견하고 거주자들의 각양각색의 삶을 아는 데서 비롯한다. 그의 문학은 프롤레타리아의 세계를 그리지 않는다는 비판을 받기도 하지만, 그는 보통 사람들의 세계가 '사무원들과 공무원들의 나라' 우루과이의 현실을 가장 정확하게 반영한다고 보았기 때문에, 잘 모르는 세계를 그리는 것은 작가적 양심에 반하는 위선이라고 믿었다. "그게 나의 한계다. 중산층 몬떼비데오 사람을 벗어나면 매우 불안해진다. 그것은 내가 잘 아는 영역이다. 언젠가 농담 반 진담 반으로 말한 적이 있지만, 우루과이는 공화국의 범주에 다다른 세계 유일의 사무실이다. 이 말은 사실이며, 나는 이 중산층을 잘 안다. 노동자계급을 다루지 않는다고 힐난하는 사람들도 적잖다. 몇번 시도해보았지만 가식적으로 느껴졌다. 나의 노동자들은 결코 노동자처럼 말하지 않는다."

베네데띠는 가르시아 마르께스나 바르가스 요사, 까를로스 푸엔떼스 같은 붐 소설가들에 대해 "그들은 보편 문화에 접근할 수 있는 특권계급을 대변하며, 따라서 라틴아메리카의 보통 사람들을 전혀 대변하지 못한다"고 지적한 바 있는데, 그들의 엘리뜨주의에 대한 비판도 같은 맥락에서 이해할 수 있다. 이러한 태도는 그의 작품 형식과 언어에도 오롯이 투영되어 있다. 실제로 세련된 지식인부터 문맹에 가까운 사람까지 남녀노소 누구나 즐겁게 읽고 이해할 수 있는 방식으로 글을 쓰는 능력을 그의 작품이 누리는 대중적 인기의 비결로 꼽을 수 있다. 그의 문학은 미학적으로 난해하거나 실험적이지 않으며, 특별한 지적 도전을 요구하지도 않는다. 가장 단순하고 명쾌한 방식의 글쓰기로 통상적인 예술품의 소비자인 소수의 교양인이 아니라 모두에게 다가가고자 했으며, 그의 삶에서 일어날 수 있는 최상의 일은 "(그가) 쓴 글이 이름 없는 민중들의 가슴에 닿는 것"이었다.

몬떼비데오 회사원의 단조롭고 따분한 일상을 노래한 『사무실의 시』(1956)는 이러한 베네데띠 문학의 특징이 본격적으로 나타나기 시작한 작품이다. 이 시집의 출간으로 우루과이 시(詩)는 일상성의 미학을 통해 매너리즘에 빠진 공허한 서정주의에서 벗어날 수 있었다. 이후 그는 서사 작품을 통해 지속적으로 다양한 몬떼비데오 사람들의 초상을 그려냈다. 제임스 조이스의 『더블린 사람들』이 연상되는 단편집 『몬떼비데오 사람들』(1959)은 평범한 일상에 갇힌 몬떼비데오 중산층의 특별하지 않은 지루하고 나른한 삶에 대한 동정적인 이해를 보여준다. 이 단편집은 사무실의 소소한 일상에 한정되지 않고 개인들의 인간성과 도덕성 문제를 제기하면서 중산층의 사회·경제적 문제를 두루 아우른다. 이 책이 출간된 이듬해에 발표되어 상호보완적 성격을 갖는 『휴전』 역시 몬떼비데오 보통 사람들의 이야기로 작가의 이러한 관심과 관점이 탁월하게 형상화된 작품이다.

『휴전』은 정신적·육체적으로 고갈된 특성 없는 한 남자의 삶을 그린다. 오래전에 상처한 49세의 홀아비 마르띤 산또메는 다람쥐 쳇바퀴 돌듯 모든 것이 철저하게 시간에 의해 통제되는 반복적이고도 단조로운 삶을 살아왔다. 그러나 삶은 끝났고 감정은 메말랐다고 느끼는 순간, 기적처럼 새로운 삶의 문이 열린다. 마법도 불꽃도 없는, 꿈을 잃어버린 텅 빈 삶에 스물네살의 젊은 신입사원 라우라 아베야네다가 틈입하면서 마르띤은 오랜 세월 그의 삶에서 거부되었던 행복을 발견한다. 그녀는 마르띤의 회색빛 삶에 새어든 한줄기 빛이요, 그의 무료한 삶에서 빛나는 '괄호' 같은 존재다. 그녀는 충만한 사랑과 활력을 선사하고 덧없이 퇴직을 기다리던 무료한 삶에서 그를 건져낸다. 두사람은 점차 가까워져 마르띤이 임차한 아파트에서 함께 지내며 은밀한 사랑과 교감을 나누는 사이가 된다. 오랜 고민과 망설임 끝에 마침내 그는 청혼하기로 마음먹지만, 라우라는 독감에 걸려 돌연 죽음을 맞는다. 이 사건이 일어난 날짜와 기록된 날짜 사이에는 상당한 시차가 있다. 마르띤은 9월 23일 그녀의 죽음을 알게 되지만, 4개월이 지나서야 그 사실을 일기에 기록한다. 주인공이 받은 심리적 트라우마가 그만큼 컸음을 의미한다. 그녀의 죽음은 그에게서 다시 행복을 앗아간다. 결국 라우라가 그의 삶에 도착한 것은 새로운 꿈도, 변화도, 행복의 기회도 아니었다. 단지 예전의 고독하고 무미건조한 삶으로 돌아가기 전에 주어진 신(神) 또는 운명과의 협정, 짧은 휴전이었을 뿐이다. 시작과 끝을 가진 시간, 두 시기 사이의 괄호를 의미하는 소설 제목은 협정이 종료되면 다시 불행한 삶으로 돌아가리라는 것을 암시한다. 이런 의미에서 소설이 일기의 형식을 취한 것은 우연이 아니다. 시간은 이 작품의 키워드이자 핵심 주제로, 소설은 시간에 대한 강박으로 시작해 시간에 대한 강박으로 끝난다. 손꼽아 기다리던 퇴직이 다가왔을 때, 마르띤은 일기 쓰기를 그만둔다. 라우라의 죽음과 함께 휴전의 시기는 막을 내렸고, 이제 모든 것은 거대한 허공이며 일기에 기록할 의미 있는 일은 더이상 일어나지 않을 것임을, 신의 부재보다 더 큰 그녀의 부재가 미래의 시간을 지배할 것임을 알기 때문이다.

주인공의 삶을 지배하는 염세주의와 숙명론, 좌절감은 적당히 현실에 안주하고 미래에 대한 확신을 잃어버린 사회계급에 속한 주변인물들 모두의 공통된 운명이라 할 수 있다. 마르띤의 고상한 친구 아니발은 세월의 흐름 속에서 늙고 추해졌다. 또 아니발과 대조되는 천박하고 성가신 친구 '아도낀' 비그날레는 천성적으로 구제불능의 존재다. 전 부인 이사벨과의 에로틱한 순간들조차 퇴색해 영혼이 고갈된 육체적 흔적처럼 보인다. 마르띤의 자녀들도 예외가 아니다. 블랑까는 자신의 삶이 아버지의 잿빛 삶을 닮게 될까봐 노심초사하며 상념에 잠기고, 에스떼반은 낙하산 인사로 고위직을 차지하고도 죄의식을 느끼지 못하는 환멸적인 존재다. 또 마르띤이 가장 아끼는 막내아들 하이메는 동성애자임이 드러나 가족 및 사회와 갈등을 겪는 고립자로 살아간다. 마르띤이 어느날 우연히 버스에서 만나 잠자리를 같이하게 된 여자는 불쾌하고 수수께끼 같은 인물이다. 또 일자리를 구걸하기 위해 주기적으로 사무실에 모습을 드러내는 유대인 남자는 절망과 좌절, 비통함의 표상이다. 이러한 정서와 연루되지 않은 유일한 인물이 라우라다. 그녀는 자기 자신과 자신이 원하는 것에 대한 확신과 결단력이 있다. 그러나 작가는 그녀의 젊음을 파괴하고 소설 전체의 구도를 전복시킬 죽음을 예비한다. 라우라가 마르띤의 삶과 소설 전체에 열어젖힌 희망의 공간은 가장 명백한 운명의 개입인 그녀의 죽음에 의해 난폭하게 닫힌다. 차원은 다르지만, 사무실에서 일어난 복권 장난의 희생자가 되어 해고당하는 메넨데스의 경우도 절정의 행복에서 난폭하게 굴러떨어진다는 점에서 마르띤의 운명과 크게 다르지 않다. 많은 비평가들이 『휴전』에는 진정한 행동이 결여되었다고 지적하는데, 이러한 양상은 소설의 근본적 숙명론과 밀접하게 결부되어 있다. 행동이 진행되지 않는다는 것은 숙명적으로 차단되어 있다는 얘기다. 모든 소설 속의 이야기는 그 한계를 횡단할 수 없는 원에 갇혀 있다. 여기에서 인물들의 근본적인 염세주의가 비롯한다. 바뀐 것은 아무것도 없고, 첫줄부터 작품의 분위기를 규정했던 환멸과 낙담이 계속된다는 것을 이해하려면 불모의 휴식에 대한 마르띤의 마지막 탄식을 떠올리는 것으로 충분하다. "이제 직장생활은 막을 내렸다. 내일 이후로는 죽는 날까지 시간을 내 마음대로 사용할 수 있다. 오랜 기다림 끝에 마침내 휴식을 얻었다. 이제 뭘 하지?"

이렇게 『휴전』에서 소설의 서사는 주인공 마르띤을 중심으로 동심원을 그리며 커져간다. 구체적으로 마르띤의 자녀 씨퀀스, 비그날레 씨퀀스, 사무실 씨퀀스, 라우라 씨퀀스 등 다양한 내용이 점진적으로 동시에 전개되어간다. 그러나 씨퀀스의 연속은 단순한 병치가 아니라 서로 유기적으로 연결되어 있다. 일련의 씨퀀스가 교직되는 이러한 배치 방식은 소설에 특별한 동력을 제공한다. 주인공의 내밀한 영역에서 출발해 이와 연관된 인물과 사건, 일화를 거쳐, 마침내 한 사회의 구성원 전체, 한 국가와 관련된 일반화에 다다르며, 뒤에 다시 주인공의 심리적 내면성으로 돌아가고, 그렇게 계속 이어진다. 사실 주인공은 단 한번도 몬떼비데오를 벗어나지 않으며, 그의 생활공간은 우루과이의 역사적 순간과 인물들에게서 따온 여러 길들로 구획된 집과 사무실, 까페 그리고 라우라와 밀회를 나누는 아파트로 제한된다. 이러한 서사구조 속에서 인물들의 폐쇄적인 잿빛 삶은 개인적인 운명을 넘어 사회 전체와 관련된 집단적인 운명과 조응한다. 이러한 구조는 작가로 하여금 개인적 이야기의 한계를 벗어나지 않고도 한 사회에 대한 전체적인 시각을 제시할 수 있게 하는데, 이것이 바로 몬떼비데오의 작가 베네데띠가 라틴아메리카의 작가, 세계의 작가로서의 보편성을 확보하는 고유한 방식이다. 그의 인물들은 현대를 살아가는 우리의 자화상이다. 사랑, 시간의 흐름, 죽음, 불의, 고독, 희망 등의 인간조건은 모든 시간과 모든 장소에서 동일하기 때문에 시공간의 한계를 넘어 대다수의 독자를 매료시킬 것이다.

일기 형식으로 된 『휴전』의 서사는 1957년 2월 11일부터 1958년 2월 28일까지 1년 남짓 전개된다. 정치적으로 신바뜨예 시대(Neobatllismo, 1947~58) 말에 해당하는데, 세기 초 호세 바뜨예(José Batlle y Ordóñez)의 주도로 시작된 사회·정치적 개혁이 강화되고 산업 발전과 국가 개입을 통한 경제 성장이 모색되던 시기였다. 이러한 정책이 가져온 가장 큰 결과는 공무원과 연금생활자의 폭발적 증가와 관료주의의 강화였다. 베네데띠는 『휴전』에서 이 시기의 역사적 전개가 평범한 도시인들의 삶에 어떠한 영향을 끼쳤는지를 추적하면서 우루과이 사회에 대한 직접적인 비판과 전형적인 도시 노동자의 소외 경험에 대한 주관적인 진술을 결합시킨다.

퇴직을 기다리는 마르띤의 일상은 국가가 사무실 공화국으로 변질되던 1950년대 말 우루과이의 축도다. 이 소설에서 작가는 1950년대 말에 이미 타성과 무기력에 빠진 우루과이 사회의 정신적·도덕적 위기의 징후를 포착하여 드러낸다. 예컨대, 많은 사람들이 정당과의 연줄을 통해 국가기관에서 일자리를 얻고, 뇌물을 제공하지 않고 공적인 일을 처리하기란 불가능하다. 주인공 자신도 퇴직 시점을 앞당기기 위해 해당 업무를 맡고 있는 아들 친구와 부당한 거래를 한다. 공정보도를 외면하는 언론과 생산적 노동에 대한 유한계급의 멸시도 비판의 대상이다. 또 관료주의화가 개인의 삶에 미치는 영향을 다각도로 탐색한다. 주된 주제는 진정한 자아로부터의 이탈, 즉 소외다. 젊은이들은 본질적인 인간관계를 뒤로 하고 가짜 우정과 반목, 불화의 세계로 진입한다. 개인의 관료주의화의 대표적인 예는 사무실 세계에 의한 감정적, 성적 삶의 잠식이다. 관료화된 우루과이 사회에 비판적인 마르띤도 결코 예외가 아니다. 라우라와의 관계는 철저히 비밀에 부쳐지며 그녀의 죽음이 알려진 뒤에도 마르띤은 사무실에서 무관심을 가장하고 슬픔을 드러내지 않는다. 주인공의 정신을 잠식한 관료주의화의 또다른 예는 그가 언제나 라우라를 사무실에서 부르는 이름인 아베야네다로 떠올린다는 것이다. 두사람의 관계는 실질적인 부부 사이와 크게 다르지 않았지만, 그녀를 라우라라는 이름으로 부르지 못하고 다른 부서원들처럼 성과 직책으로 부른다. 이는 하이메를 낳다가 임신중독증으로 사망한 전 부인 이사벨을 언제나 이름으로 기억하는 것과 대비된다. 마르띤 역시 대부분의 사무실 직원들처럼 지루하고 따분한 업무와 임원들의 비인격적 행태에 대해 불평하고 분노한다. 그리고 부서장으로서 최선을 다하는 모범적인 회사원이다. 그러나 아이러니하게도 마르띤은 라우라를 제외하고 회사 동료들 누구와도 깊은 관계를 맺지 않으며, 그들을 대하는 태도에서 인간적인 면모를 찾아보기 어렵다. 그는 가족이나 직장 동료들과의 관계에서 오는 기쁨을 잃은 지 오래다. 그 역시 관료화된 사무실 문화에 철저히 침윤된 개인임을 부인할 수 없다.

위에서 살펴본 것처럼, 『휴전』은 작가의 사회적 관심이 두드러진 최초의 소설로 고독과 소외, 사랑과 욕망, 행복, 죽음과 함께 정치·사회적 문제에 대한 작가의 이데올로기적 지향이 잘 나타나 있다. 물론 '정치적' 소설이나 '혁명적' 소설과 거리가 멀지만, 작가의 지적대로 이 작품이 단순한 연애소설로 읽혀서도 곤란한 이유가 바로 여기에 있다. 라틴아메리카에서 작가는 언제나 작가 그 이상이었다. 이는 라틴아메리카 작가에게 주어진 특수한 존재론적 조건이었다. 베네데티도 총을 들 것인가, 펜을 잡을 것인가의 갈림길에 서야 했던 라틴아메리카 작가의 운명에서 자유로울 수 없었다.

> 에스빠냐어로 'El Aguafiestas'는 파티에 물을 끼얹는 사람을 말한다. 나는 정부, 적어도 우파 정부에게는 흥을 깨는 사람이었고 제국주의자들에게는 말썽꾼이었으니 이 꼬리표가 적절해 보인다. 그러나 내가 양심 있는 말썽꾼이었고, 그래서 긍정적인 기여를 했다고 믿고 싶다. 나는 글쓰기와 그밖의 다른 활동들을 통해서 이 단어가 가진 최상의 의미에서 훼방꾼이 되고자 노력했다.

『휴전』은 1950년대 우루과이의 정치·사회적 파노라마와 밀착되어 있다는 점에서 참여적이고, 작품을 읽는 누구도 그러한 현실과 무관하다고 느낄 수 없다는 점에서 독자의 참여를 유발한다. 이러한 참여는 현실의 변화를 목표로 하며 근본적으로 윤리적 기준에 의해 인도된다. 베네데띠는 "우리는 어떤 것도 바꿀 수 없다. 한 편의 쏘네트로 쟁취한 어떤 혁명도 떠오르지 않는다"며 무기로서의 문학에 대해 회의적인 시각을 보인 바 있다. 그러나 평생 "거리에 나가 어깨 걸면 우린 둘 아닌 여럿"임을 노래한 그의 저항과 분노, 사랑의 외침이 우루과이, 더 나아가 라틴아메리카에 끼친 영향은 결코 과소평가할 수 없다.

1992년 에스빠냐의 까떼드라 출판사(Ediciones Cátedra, S.A.)에서 펴낸 판본을 번역의 저본으로 삼았음을 밝힌다. 까떼드라 판본은 1960년 몬떼비데오의 알파 출판사에서 출간된 초판본을 바탕으로 명백한 오탈자만 수정한 것이다.

정치학자였지만 누구보다 베네데띠의 문학을 사랑했고 2009년 그가 타계했을 때 가족의 일처럼 아파했던 고(故) 이성형 선생님께 이 부족한 번역을 바친다. 또 2013년 번역연습 수업에서 베네데띠의 텍스트를 읽으며 학생들과 즐거움을 나누었던 순간들을 기억하고 싶다. 꼼꼼하고 섬세한 감각으로 번역의 완성도를 높여준 김경은 편집자께도 깊은 감사의 마음을 전한다.

김현균(서울대학교 서어서문학과 교수)

작가연보

1920년 9월 14일, 우루과이 북부에 위치한 소도시 빠소 델 로스 또로스(Paso de los Toros)에서 약사이자 포도주 양조 연구가였던 브렌노 베네데띠(Brenno Benedetti)와 마띨데 파루지아(Matilde Farrugia)의 장남으로 출생. 본명은 마리오 오를란도 아르디 암렛 브렌노 베네데띠 파루지아(Mario Orlando Hardy Hamlet Brenno Benedetti Farrugia)로 부모의 출신국인 이딸리아의 관습에 따라 다섯개의 고유명사가 포함되었는데, 영문학에 대한 부모의 애착이 엿보임.

1928년 몬떼비데오 독일학교(Deutsche Schule de Montevideo)에 입학해 초등학교 과정을 이수하나, 독일인 교사가 나치 이데올로기를 주입시킨다는 이유로 아버지가 자퇴시킴. 동생 라울(Raúl)이 태어남.

1935년 미란다 중등학교(Liceo Miranda)에 진학하나 경제 사정 탓에 1년 후 자퇴. 자동차 부품회사에서 일하며 모빠상, 체호프, 포크너, 헤밍웨이, 프루스트, 버지니아 울프, 이딸로 스베보 등을 탐독함.

1938년 로고소피아(Logosofía)라는 영성운동의 창시자인 곤살레스 뻬꼬체(Carlos Bernardo González Pecotche)의 개인 비서로 일하기 위해 아르헨띠나로 건너가 1941년 몬떼비데오로 돌아와 재무국에 직장을 얻기까지 부에노스아이레스를 비롯해 여러 지역을 전전함.

1945년 첫 시집 『잊지 못할 전야』(*La víspera indeleble*)를 출간하나, 자신이 직접 이를 폐기해 이후 어떤 형태로도 재출간하지 않음. 주간지 『마르차』(*Marcha*)에 입사해 까를로스 끼하노(Carlos Quijano) 밑에서 기자로 성장하게 됨. 보르다베리(Juan María Bordaberry) 군부정권에 의해 1974년 잡지가 폐간될 때까지 일함.

1946년 로뻬스 알레그레(Luz López Alegre)와 결혼함.

1948년 첫 에세이집 『사건과 소설』(*Peripecia y novela*) 출간. 문학지 『마르히날리아』(*Marginalia*)를 창간하여 편집인으로 활동함.

1949년 첫 단편집 『오늘 아침』(*Esta Mañana y otros cuentos*) 출간. 문학지 『누메로』(*Número*) 편집진에 합류함.

1950년 시집 『오직 그동안』(*Sólo mientras tanto*) 출간. 『오늘 아침』으로 교육부상을 수상함.

1951년 단편집 『마지막 여행』(*El último viaje y otros cuentos*)과 에세이집 『마르셀 프루스트』(*Marcel Proust y otros ensayos*) 출간.

1952년 대미군사협정 반대운동에 적극 가담함.

1953년 희곡집 『예컨대, 당신들』(*Ustedes, por ejemplo*)과 첫 장편소설 『우리들 중 누가』(*Quién de nosotros*) 출간.

1954년 『마르차』의 문학 담당 편집인에 임명됨.

1956년 시집 『사무실의 시』(*Poemas de la oficina*) 출간.

1957년 『마르차』와 『엘 디아리오』(*El diario*)의 해외 통신원을 지내며, 이듬해 희곡집 『르뽀』(*El reportaje*) 출간.

1959년 『사무실의 시』를 바탕으로 한 단편집 『몬떼비데오 사람들』(*Montevideanos*) 출간. 꾸바혁명을 지지하는 활동에 참여함. 미국교육협회의 초청으로 5개월간 뉴욕에 체류하게 되면서 반제국주의자로서 활발한 정치활동을 시작함.

1960년 장편소설 『휴전』(*La tregua*)과 에세이집 『자책하는 나라』(*El país de la cola de paja*) 출간.

1961년 다모끌레스(Damocles)라는 필명으로 발표한 해학적 시평(時評) 모음집 『긁어 부스럼을 만들어보자』(*Mejor es meneallo*)와 시집 『오늘의 시』(*Poemas del hoyporhoy*) 출간.

1962년 꼰셉시온 대학에서 열린 지식인회의 참석 차 칠레를 방문함.

1963년 1950~58년에 쓴 시를 모은 『목록 1』(*Inventario uno*)과 『조국의 개념』(*Noción de patria*), 희곡집 『왕복』(*Ida y vuelta*) 출간. 『20세기 우루과이 문학』(*Literatura uruguaya del siglo XX*)과 『우리들 중 누가』로 각각 시(市) 문학상과 까마라 델 리브로(Cámara del libro)상을 수상함.

1964년 시집 『우리가 어렸을 때』(*Cuando eramos niños*) 출간. 부쿠레슈티 세계작가대회 참석 차 루마니아를 방문함. 알바레스 오요니에고(Álvarez Olloniego)와 일간지 『라 마냐나』(*La mañana*)의 부록인 '문학의 기슭'(Al pie de las letras)을 공동 편집하면서 연극평을 발표하고, 잡지 『뻴로두로』(*Peloduro*)에 유머 작가로 시평을 씀.

1965년 시집 『이웃사촌』(*Próximo prójimo*)과 장편소설 『불에 대한 감사』(*Gracias por el fuego*) 출간. 『라 뜨리부나 뽀뿔라르』(*La tribuna popular*)에 영화평을 씀.

1966년 시집 『도개교(跳開橋) 반대』(*Contra los puentes levadizos*) 출간. 데필리뻬(Ricardo Alberto Defilippi) 감독의 아르헨띠나-브라질 합작영화 「하얀 이빨들의 론다」(La ronda de los dientes blancos)에 출연함. 빠리에 1년간 체류하며 유네스코 속기사와 프랑스방송협회(ORTF) 번역가 및 방송원으로 일함. 까사 데 라스 아메리까스(Casa de las Américas) 문학상 심사위원 자격으로 꾸바를 방문함.

1967년 1955년부터 산발적으로 발표해온 라틴아메리카 작가들에 대한 비평글을 모은 『메스띠소 대륙의 문학』(*Letras del continente mestizo*)과 시집 『꿈결』(*A ras del sueño*), 단편집 『홀아비를 위한 자료』(*Datos para el viudo*) 출간. 제2회 라틴아메리카 작가회의 참석차 멕시꼬를 방문함. 체 게바라의 죽음에 큰 충격을 받고 시 「망연자실, 분노」(Consternados, rabiosos)를 발표함.

1968년 단편집 『죽음과 다른 뜻밖의 사건들』(*La muerte y otras sorpresas*) 출간. 아바나 문화회의에 참가해 「행동하는 사람과 지식인의 관계에 대하여」(Sobre las relaciones entre el hombre de acción y el intelectual)를 발표. 까사 데 라스 아메리까스 집행부에 합류해 문학연구센터를 세워 1971년까지 통솔함.

1969년 정치적 신념을 밝힌 시집 『배를 불태워라』(*Quemar las naves*)와 꾸바에서의 경험은 담은 시·칼럼·인터뷰 모음집 『꾸바 노트』(*Cuaderno cubano*) 출간. 제1회 범아프리카 문화페스티벌에 초대되어 아프리카를 방문함.

1971년 운문소설 『후안 앙헬의 생일』(*El cumpleaños de Juan Ángel*) 출간. 맑스-레닌주의 성향의 정당 '3월 26일 운동'(Movimiento de Independientes 26 de Marzo) 창당에 참여해 대표로서 73년까지 좌

파연합인 확대전선(Frente Amplio) 집행부에서 활동함. 같은 기간에 우루과이 국립대학 중남미문학과 학과장직을 수행함.

1972년 『마르차』에 발표했던 정치사설과 한편의 미발표 시, 확대전선 활동기간에 작성한 세편의 연설문으로 구성된 『71년 시평』(*Crónica del 71*)과 라틴아메리카 시인들과의 인터뷰 모음집인 『소통하는 시들』(*Los poemas comunicantes*) 출간.

1973년 시집 『긴급 문학』(*Letras de emergencia*) 출간. 6월 27일 꾸데따 발발 이후 확대전선은 불법화되고, 그의 작품은 우루과이 군부에 의해 금서로 지정됨. 학과장직을 사퇴하고, 아르헨띠나, 뻬루, 꾸바, 에스빠냐로 이어지는 12년간의 긴 망명길에 오르게 됨.

1974년 시집 『타인들의 시』(*Poemas de otros*)와 에세이집 『라틴아메리카 작가와 가능한 혁명』(*El escritor latinoamericano y la revolución posible*) 출간.

1975년 극우 테러단체 AAA(아르헨띠나 반공동맹)의 살해 협박을 받고 뻬루로 도피하나 체포되어 아르헨띠나로 강제추방 조치됨.

1976년 1월 에꽈도르, 꾸바, 뻬루에서 개최된 문화행사에 참석하고 부에노스아이레스로 돌아가려던 차에 아르헨띠나에서 군사 꾸데따가 발발했다는 소식을 접함. 까스뜨로 체제의 지지자였던 그는 꾸바에 머물며 까사 데 라스 아메리까스 집행부에 다시 합류함.

1977년 시·단편 모음집 『집과 벽돌』(*La casa y el ladrillo*), 단편집 『향수에 잠겨 향수 없이』(*Con y sin nostalgia*)와 『가까운 연안』(*La vecina orilla*) 출간. 마드리드로 거처를 옮김.

1979년 희곡집 『뻬드로와 대장』(*Pedro y el capitán*), 시집 『일상』(*Cotidianas*), 에세이집 『문화 침투의 몇몇 부차적 형태들에 관한 메모』(*Notas sobre algunas formas subsidiarias de la penetración cultural*) 출간.

1980년 시집 『전과자들』(*Ex presos*) 출간. 에스빠냐의 빨마 데 마요르까로 이주함.

1981년 시집 『망명의 바람』(*Viento del exilio*) 출간.

1982년 장편소설 『한 모퉁이가 부서진 봄』(*Primavera con una esquina rota*) 출간. 에스빠냐 일간지 『엘 빠이스』(*El País*), 산띠아고의 잡지 『뿐도 피날』(*Punto Final*), 부에노스아이레스의 잡지 『끄리시스』(*Crisis*) 등의 매체에 기고함. 꾸바 국가평의회가 수여하는 펠릭스 바렐라 훈장(Orden Félix Varela)을 받음.

1983년 시집 『추남추녀의 밤』(*La noche de los feos*) 출간. 마드리드로 이주함.

1984년 시집 『전술과 전략』(*Táctica y estrategia*)과 시·단편 모음집 『지리』(*Geografías*), 에세이집 『탈(脫)망명과 다른 추측들』(*El desexilio y otras conjeturas*) 출간.

1985년 군부독재가 막을 내리자 오랜 망명생활을 접고 귀국하여 스스로 '탈망명'(desexilio)으로 명명한 시기가 시작되었으며, 이때부터 마드리드와 몬떼비데오를 오가며 살게 됨. 1974년에 폐간된 『마르차』를 계승한 새로운 주간지 『브레차』(*Brecha*)의 편집진에 합류함. 조안 마누엘 세라뜨(Joan Manuel Serrat)가 미국의 대외정책에 대한 신랄한 비판을 담은 그의 시에 곡을 붙여 「남쪽도 존재한다」(El sur también existe)라는 음반을 발표함.

1986년 시집 『무작정 던진 질문』(*Preguntas al azar*)과 에세이집 『두 불길 사이의 문화』(*Cultura entre dos fuegos*) 출간. 불가리아의 국제보테프 상(The International Botev Prize)을 수상함.

1987년 시집 『어제 그리고 내일』(*Yesterday y mañana*)과 에세이집 『저발전과 용감한 문학』(*Subdesarrollo y letras de osadía*) 출간. 우루과이

군사독재기에 자행된 범죄에 대한 재판을 저지하기 위해 1986년 공포된 '국가의 처벌 요구 소멸 법안'을 무효화하기 위해 구성된 '국민투표 지지를 위한 국민위원회'에 가담함. 『한 모퉁이가 부서진 봄』으로 국제사면위원회가 수여하는 황금불꽃 상(Golden Flame Prize)을 수상함.

1988년 단편집 『잊힌 기억』(*Recuerdos olvidados*), 노래가사집 『차안(此岸)의 노래』(*Canciones del más acá*), 에세이집 『공모(共謀)로서의 비평』(*Crítica cómplice*) 출간.

1989년 시·단편 모음집 『바보짓과 솔직함』(*Despistes y franquezas*)과 에세이집 『문화, 움직이는 표적』(*La cultura, ese blanco móvil*) 출간. 꾸바 국가평의회가 수여하는 아이데 산따마리아 메달(Medalla Haydée Santamaría)을 수상함.

1991년 시집 『바벨의 고독』(*Las soledades de Babel*)과 에세이집 『현실과 말』(*La realidad y la palabra*) 출간.

1992년 장편소설 『커피 찌꺼기』(*La borra del café*) 출간. 엘리세오 수비엘라(Eliseo Subiela) 감독의 아르헨띠나-캐나다 합작영화 「마음의 심연」(El lado oscuro del corazón)에서 독일인 선원을 연기함.

1993년 에세이집 『세기말의 불안』(*Perplejidades de fin de siglo*) 출간. 부에노스아이레스 대학 명예교수로 추대됨.

1994년 1986~91년에 쓴 시를 모은 『목록 2』(*Inventario dos*) 출간. 아르헨띠나에서 36권으로 계획된 전집이 출간되기 시작함.

1995년 시집 『사랑, 여자들 그리고 인생』(*El amor, las mujeres y la vida*), 『망각은 기억으로 가득하다』(*El olvido está lleno de memoria*), 에세이집 『판단력 연습』(*El ejercicio del criterio*) 출간.

1996년 장편소설 『발판』(*Andamios*) 출간. 마리오 빠올레띠(Mario

Paoletti)가 쓴 베네데띠 전기 『흥을 깨는 사람』(*El Aguafiestas*)이 우루과이와 에스빠냐에서 출간. 알리깐떼 대학에서 다니엘 비글리에띠와 시낭송회 '두 목소리로'(A dos voces)를 개최함. 모로솔리 은상(Premio Morosoli de Plata)과 바르똘로메 이달고 특별상(Premio Especial Bartolomé Hidalgo), 가브리엘라 미스뜨랄 메달(Medalla Gabriela Mistral)을 수상함.

1997년 시집 『인생이라는 괄호』(*La vida ese paréntesis*) 출간. 알리깐떼 대학과 바야돌리드 대학, 아바나 대학에서 명예박사학위를 받음. 레온 펠리뻬 상(Premio León Felipe)을 수상함.

1999년 시집 『하이쿠 코너』(*Rincón de haikus*)와 단편집 『시간의 우체통』(*Buzón de tiempo*) 출간. 우루과이 문화교육부가 수여하는 대국가상(Gran Premio Nacional), 이베로아메리카 레이나 소피아 시 상(Premio Reina Sofía de Poesía Iberoamericana)을 수상함. 꼴롬비아 의회로부터 민주대십자훈장(Orden de la Democracia en el grado Gran Cruz)을 받음. 알리깐떼 대학에 마리오 베네데띠 이베로아메리카 연구센터가 창설됨.

2001년 시집 『내가 숨 쉬는 세상』(*El mundo que respiro*) 출간. 제1회 이베로아메리카 호세 마르띠 상(Premio Iberoamericano José Martí)을 수상함.

2002년 시집 『불면과 비몽사몽』(*Insomnios y duermevelas*) 출간. 몬떼비데오 시정부에 의해 '저명 시민'(Ciudadano ilustre)으로 추대됨.

2003년 시집 『아직도 살아있네』(*Existir todavía*)와 1995~2002년에 쓴 시를 모은 『목록 3』(*Inventario tres*), 단편집 『내 과거의 미래』(*El porvenir de mi pasado*) 출간.

2004년 시집 『자기방어』(*Defensa propia*)와 『기억과 희망』(*Memoria y

esperanza) 출간. 우루과이 국립대학에서 명예박사학위를 받고, 에스빠냐의 알깔라 라 레알 시에서 에뜨노수르 상(Premio Etnosur)을 수상함. 알레산드라 모스까(Alessandra Mosca) 감독의 「마리오 베네데띠와 그밖의 뜻밖의 사건」(Mario Benedetti y otras sorpresas)과 리까르도 까사스(Ricardo Casas) 감독의 「진정한 말」(Palabras verdaderas) 등 그의 삶과 문학세계를 조명한 다큐멘터리가 제작됨.

2005년 시집 『작별과 환영』(*Adioses y bienvenidas*) 출간. 국제 메넨데스 뻴라요 상(Premio Internacional Menéndez Pelayo)과 빠블로 네루다 메달(Medalla Pablo Neruda)을 수상함.

2006년 시집 『노래하지 않는 자의 노래』(*Canciones del que no canta*) 출간. 4월 13일 부인이 알츠하이머병으로 사망하자 건강이 악화되어 거처를 몬떼비데오로 완전히 옮김. 모로솔리 금상(Premio Morosoli de Oro)을 수상함. 뿌에르또리꼬 독립 지지 청원서에 서명함.

2007년 단편집 『빠리 이야기』(*Historias de París*), 에세이집 『의도적인 삶』(*Vivir adrede*), 『경계를 허무는 다니엘 비글리에띠』(*Daniel Viglietti, desalambrando*) 출간. 베네수엘라의 프란시스꼬 데 미란다 훈장(Orden Francisco de Miranda)과 엘살바도르의 사우리 훈장(Orden de Saurí)을 받음. 베네수엘라와 꾸바 정부가 수여하는 알바 문화상(Premio Cultural ALBA)을 수상함.

2008년 시집 『자신의 증인 』(*Testigo de uno mismo*)과 희곡집 『작별 여행』(*El viaje de salida*) 출간. 아르헨띠나의 꼬르도바 대학에서 명예박사학위를 받음.

2009년 5월 17일 몬떼비데오의 자택에서 호흡기 및 장 질환으로 88세를 일기로 사망함. 우루과이 정부는 국장을 선포했고, 몬떼비데오 중앙묘지의 국립 빤떼온(Panteón Nacional)에 안장됨.

발간사

고전의 새로운 기준, 창비세계문학

오늘날 우리는 인간의 존엄과 개성이 매몰되어가는 시대를 살고 있다. 물질만능과 승자독식을 강요하는 자본주의가 전지구적으로 확산되면서 현대사회는 더 황폐해지고 삶의 질은 크게 훼손되었다. 경제성장만이 최고의 선으로 인정되고 상업주의에 물든 문화소비가 삶을 지배할수록 문학은 점점 더 변방으로 밀려나고 있다. 삶의 본질을 성찰하는 문학의 자리가 위축되는 세계에서는 가진 자와 못 가진 자 할 것 없이 모두가 불행할 수밖에 없다.

이 시대야말로 인간답게 산다는 것의 의미가 무엇인지 근본적인 화두를 다시 던지고 사유의 모험을 떠나야 할 때다. 우리는 그 여정에 반드시 필요한 벗과 스승이 다름 아닌 세계문학의 고전이라는 점을 강조한다. 고전에는 다양한 전통과 문화를 쌓아올린 공동체의 경험이 녹아들어 있고, 세계와 존재에 대한 탁월한 개인들의 치열한 탐색이 기록되어 있으며, 새로운 세상을 꿈꾸는 아름다운 도전과 눈물이 아로새겨 있기 때문이다. 이 무궁무진한 상상력의 보고이자 살아 있는 문화유산을 되새길 때만 개인의 일상에서 참다운 인간적 가치를 실현하고 근대적 삶의 의미와 한계를 성찰하는 지혜를 얻을 수 있을 것이다.

'창비세계문학'은 이러한 문제의식에서 출발한다. 세계문학의 참의미를 되새겨 '지금 여기'의 관점으로 우리의 정전을 재구성해야 할 필요성이 그 어느 때보다 절실하다. '정전'이란 본디 고정된 목록으로 존재하는 것이 아니라 그때그때 주어진 처소에서 새롭게 재구성됨으로써 생명을 이어가는 것이다. 우리는 먼저 전세계 문학들의 다양성과 차이를 존중하면서 국가와 민족, 언어의 경계를 넘어 보편적 가치에 기여할 수 있는 가능성에 주목하고자 한다. 근대를 깊이 성찰한 서양문학뿐 아니라 아시아와 라틴아메리카, 중동과 아프리카 등 비서구권 문학의 성취를 발굴하고 재평가하는 것 역시 세계문학의 지형도를 다시 그리려는 창비의 필수적인 작업이 될 것이다.

여러 전집들이 나와 있는 세계문학 시장에서 '창비세계문학'은 세계문학 독서의 새로운 기준이 되고자 한다. 참신하고 폭넓으면서도 엄정한 기획, 원작의 의도와 문체를 살려내는 적확하고 충실한 번역, 그리고 완성도 높은 책의 품질이 그 기초이다. 독서시장을 왜곡하는 값싼 유행과 상업주의에 맞서 문학정신을 굳건히 세우며, 안팎의 조언과 비판에 귀 기울이고 독자들과 꾸준히 소통하면서 진정 이 시대가 요구하는 세계문학이 무엇인지 되묻고 갱신해 나갈 것이다.

1966년 계간 『창작과비평』을 창간한 이래 한국문학을 풍성하게 하고 민족문학과 세계문학 담론을 주도해온 창비가 오직 좋은 책으로 독자와 함께해왔듯, '창비세계문학' 역시 그러한 항심을 지켜 나갈 것이다. '창비세계문학'이 다른 시공간에서 우리와 닮은 삶을 만나게 해주고, 가보지 못한 길을 걷게 하며, 그 길 끝에서 새로운 길을 열어주기를 소망한다. 또한 무한경쟁에 내몰린 젊은이와 청소년 들에게 삶의 소중함과 기쁨을 일깨워주기를 바란다. 목록을 쌓아갈수록 '창비세계문학'이 독자들의 사랑으로 무르익고 그 감동이 세대를 넘나들며 이어진다면 더없는 보람이겠다.

2012년 가을

창비세계문학 기획위원회

김현균 서은혜 석영중 이욱연 임홍배 정혜용 한기욱

창비세계문학 40

휴전

초판 1쇄 발행 / 2015년 1월 23일

지은이 / 마리오 베네데띠
옮긴이 / 김현균
펴낸이 / 강일우
책임편집 / 김경은
펴낸곳 / (주)창비
등록 / 1986년 8월 5일 제85호
주소 / 413-120 경기도 파주시 회동길 184
전화 / 031-955-3333
팩시밀리 / 영업 031-955-3399 편집 031-955-3400
홈페이지 / www.changbi.com
전자우편 / lit@changbi.com

ISBN 978-89-364-6440-0 03870

* 책값은 뒤표지에 표시되어 있습니다.